筋肉のメランコリー

ラカンとともに読む三島由紀夫

福田大輔

晃洋書房

イントロダクション

本書では精神分析の方法序説が試みられている。ここで精神分析というのは、ジグムント・フロイトにより創始された精神疾患の治療方法であり、ジャック・ラカンによって遂行されたフロイトの実践にたいする懐疑とそこから生まれた省察の総体を指す。

ゴシック建築術と類比されるスコラ神学とは異なり、フロイトとラカンの精神分析においては、大きな体系をなす理論の形成は避けられてきた。その方法についても、万人に一律に適用可能なプロトコルの抽出は回避された。それは精神分析の知の硬直化を妨げるには必然的な選択であるが、教育的な配慮から精神分析の方法序説を記述しようとする者には悩ましい条件である。

臨床の現場における精神分析家は、他者の言葉の網目のなかに反復される幾つかの言葉の断片を繋ぎ合わせ、セメントのように凝固した言葉のあいだに懐疑の切断線を挟み、他者自身には聞こえなくなった無意識の欲望の声を聞き取り、他者にそっと投げ返す機能を果たす。こうした操作は「解釈」とよばれるが、これは、偉そうに他者に教え諭すこと、既存の〈理論〉を他者に講釈することではなく、他者が自らの症状についての知を獲得して、症状に連なる不安や制止を解きほぐす技量を編み出すのを支えることである。それがフロイトやラカンの〈理論〉と合致するかは二次的な問題である。解釈とは、精神分析家にしか遂行できない行為だが、その行為の適切さは、既存の理論との整合性よりも、他者の言葉の力を倍加させたか、他者が症状を読解する力を高めたか否かで決定されるべきである。そうした意味においては、精神分析的解釈は、他者の身体に響いては消えていく〈声〉でしかなく、また、そうあるべきなのである。

それゆえ、精神分析の知は、精神分析家の知のみならず、精神分析を受けた主体の知も含んだものであり、その両者の絶妙な配合により、新たな知として生まれ変わり、書き換えられるべきものである。しかも、その知が刻み込まれるのは、精神分析入門などと銘打たれた書物ではなく、話す存在であるわたしたちの身体なのである。理論として組織化されることなく、知識として書物に蓄積されることもない、精神分析における〈声〉の重層化、その身体の次元への持続的な定着、こうしたものとして精神分析の知を捉え、読者の耳元で共鳴させるのが本書の狙いである。

しかし、どうしたら精神分析〈理論〉への入門ではなく、精神分析臨床の〈声〉への誘いとなる書物を記すことができるのか。しかも、わたしたちは難解で知られるフランスの精神分析家、ジャック・ラカンの〈声〉を響かせる必要がある……そのためには、ラカンの〈声〉と同じ強度を誇る著者を並べる必要があるのではないか。

そのように考えて、ここで共鳴板として頼ったのは、戦後日本を代表する作家、精神分析にも詳しい三島由紀夫である。三島とラカンの組み合わせは、ひとりの作家とその作品群をひとつの精神分析理論によって解説するといった、単線的関係には収束することはないだろう。しかし、両者のあいだには他者の言葉に走る裂け目や線刻《トレ》を聞き取る非凡な能力において親和性がある。フランス語と日本語のあいだの言語学的断絶は、誰にも越えられない壁として存在することは認めなければならないが、両者の言葉を通してふたつの言語を相互に交差させると、互いの言語の意識されない側面を照らし出すことはできそうだ。

本書は、相互に独立した論文がゆるく連鎖《セリー》をなす構成となっているが、第1章だけは、精神分析の専門用語の説明も兼ねて、フロイトの精神分析のラカンによる批判を瞥見《べっけん》している。本書全体を通して、精神分析の基礎概念のあからさまな使用を排除することで、他者の言葉のうちに響く音《ノイズ》に肉薄し、そこから他者の無意識の論理を導き出すためである。つまりそれは、精神分析の実践で他者の言葉を傾聴するように、三島由紀夫のテクスト読解の準備を整えるためである。

第2章では、精神分析を主題とする『音楽』という作品の読解を展開している。三島自身の生涯や家族構成の紹介なしに、いきなり作品読解に入ることに驚かれる読者もいるかもしれない。しかし、三島についての予備知識を極力排して、著者と切り離した作品として読んだとき、この作品のなかの他者の言葉と身体に響く音《ノイズ》にたいする解像度の高さは驚くべきものがある。そのことを強調するために、ラカンによるフロイト読解の直後に『音楽』の読解を配置した。こうすることで、三島自身がどのように精神分析について語ろうと、精神分析の知が三島のエクリチュールには読み取れると、最初に明らかにすることができる。

第3章と第4章において、三島の幼少期、肉体鍛錬した青年期、結婚して父となった壮年期、自死を決意した最晩期における身体を論じている。その生涯や家族構成を年譜で追いながら三島の身体論が展開される。三島自身の身体についての論考は、ラカンの身体観と響き合うどころか、それを補完してあまりある豊饒さを誇っている。三島の洞察力を経ることでラカンの「鏡像段階論」はこれまでにない広がりを得ると思われる。

第5章では、三島の主著『金閣寺』を取り上げて、身体と享楽の関係についてエクリチュールの観点から掘り下げている。ラカンは日本語の特異な書字体系についての考察を深めて、自らの言語と身体についての理論の再構築を試みたが、三島は漢語圏に属する日本語のエクリチュールの深淵を誰よりも奥深く潜ることのできた稀有な書き手である。身体論にエクリチュール論が交差してくる点において、『金閣寺』論は本書のターニングポイントになっている。

第6章の『サド侯爵夫人』と『わが友ヒットラー』の読解では、三島の多産な執筆活動の衰退、そのエクリチュールの強度の喪失、さらには作家自身の身体の老化といった主題が集中的に取り上げられる。とくに、『わが友ヒットラー』は、『サド侯爵夫人』の成功の裏に忘れられがちな作品であり、読み進めるのが非常に難しく、それを論文としてまとめるのにも苦しんだが、疲労、苦痛なき苦痛、退屈といった精神分析ではあまり着目されない主題が中心的に扱われ、ラカンの主張する「現実的なもの」を極めて説得的に例証していると思われる。これは次章の剣道を中心とした執筆活動とは異なった三島のエクリチュールの営為とそこでの身体の不吉な役割の主題に連なっていく点でも重要である。

最終章である第7章では、外国語での精神分析の経験を取り入れた三島読解の提示となっている。本書の著者は、フランスでの精神分析経験において、夢や言い間違いの読解に日本語が混じり込むこともあり、そうした言語の狭間で起こる音の屈折によって無意識の論理を読んできた。その精神分析の知に基づいて、ラカンと三島の書物に響く声なき声を聴き分けようとした。そのため、フランスでもあまり先行研究のない、後期ラカンの論文「リチュラテール」にならって、三島の最期について論じている。

本書執筆の最終段階になって、事後的に気づいたことだが、無意識には、言語そのものを超越する力はないが——ラカンには「無意識は言語のように構造化されている」という有名な定式がある――、ひとつの言語をすり抜けるくらいの自由はある。この自由を読者と共有すること、これは本書の著者の意図を超えて本書全体を貫く欲望である、と記しておきたい。

筋肉のメランコリー　ラカンとともに読む三島由紀夫　目次

イントロダクション　1

第1章　ラカンによるフロイトの欲望への問いかけ　1

第2章　『音楽』　精神分析家の欲望への問いかけ　41

第4章　家族の見掛け《サンブラン》と対象aの弁証法——109

第5章　金閣の書字と身体——145

凡例

1、ジャック・ラカンの著作を引用する際には以下の略号を示す。『エクリ』ならびに『他のエクリ』は、それぞれ「É」「AÉ」の記号に続けてスイユ版の頁数を記す。『セミネール』は、原則としてジャック＝アラン・ミレールの校訂を受けたスイユ版およびラ・マルティニエール版に拠り、「S」の記号に続けて巻号数（ローマ数字）と原書頁数（アラビア数字）を記す。邦訳が存在する場合には、原書頁数に続いて（/のあとに）邦訳頁数を併記する。

2、ジャック＝アラン・ミレールの校訂を受けていないラカンのセミネールからの引用については、その都度注に記す。

3、ラカンの著作からの引用は、既存の邦訳に従うが、適宜訳語を変更してある。

4、三島由紀夫の文章の引用は、原則として『決定版 三島由紀夫全集』全42巻・補巻・別巻（新潮社、二〇〇〇年一一月－〇六年四月）に拠る。ただし、旧仮名遣いは新仮名遣いに改めた。

5、ラカンと三島の文章を引用または訳出する際には以下のように記号を用いている。

・強調に関して、特に断りのない場合は原文による強調であり、引用者による強調を行うときはその旨を付記する。

・引用文または訳出文において文章を省略する際には、省略部分を〔……〕で示す。

・引用箇所中、引用者による補足は〔 〕で示した。

6、まとまった引用をする場合、段落の冒頭から引く場合には行頭二字下げで記載した。

7、本文中の括弧について、〈 〉は言葉のまとまりや強調を示すために用いている。また大文字で始まる原語を翻訳するときにも〈 〉で括った。

第1章

ラカンによるフロイトの欲望への問いかけ

第1章では、フロイトによる症例提示（鼠男と狼男）に触れて、精神分析の「解釈」についての感触を得ながら、本書で頻出する専門用語である「シニフィアン」、「対象a」、「幻想」について解説していきたい。構造言語学のソシュール、構造人類学のレヴィ＝ストロース、肉の現象学のメルロ＝ポンティを理論的支柱として「フロイトへの回帰」を提唱したとき、ラカンはフロイトの理論の現代的な意匠を与えるのではなく、フロイトの臨床の過剰を批判しようとしていたことを強調したい。本書の基軸となるラカンによるフロイト臨床批判は、現代ラカン派精神分析臨床の基礎となっているが、基礎であるほど言語化すると複雑な事柄に変容していくことを痛感させられた。本章の最後はとりわけテクニカルな議論となっているため、読みづらい場合には飛ばして、次章以降を読んでから戻ってくることを勧める。すべての読解のマトリックスが提示されていることに気がつくだろう。

フロイトの芸術解釈と精神分析の創設

精神分析誕生前の若きフロイトは、自らを啓蒙主義の系譜に連ね、科学主義と無神論を標榜していたが、彼の知的営為の中心にあったのは真理への愛《パトス》である。彼の真理追求の精神は、『省察』におけるデカルトのコギトの懐疑にも拮抗するとラカンは述べているが、実際、フロイトは神や真・善・美といった超越的範疇、伝統や慣習や良識に疑いを向けて退け、夢という不確実な現象を唯一の参照点とした。夢についての研究は当時の流行ではあったが、この過剰な真理への愛《パトス》は、フロイトが精神分析を創造した、もうひとつの愛《パトス》に通底している。

フロイトは自らの神経症と立ち向かう際、男女両性の性的周期説を唱えたベルリンの耳鼻科医W・フリースに絶対的な知を想定する必要があった。それだけフロイトも孤独と自らの神経症によって追い詰められていたのである。しかし多くの書簡を通して自らの病理的な愛《パトス》の自己分析を成し遂げ、知を想定された主体の磁場から身を剥がし、自らの道を切り開いた。いわば、精神分析はフリースという妄想的な〈他者〉の言葉のうちに含まれた真理を救い出し、その再解釈から練り上げられた理論なのである*1。この信ずべき〈他者〉の喪失の横断《ブレイクスルー》を通じて、フロイトは敬愛していた父への憎しみが存在することに驚愕し、エディプス・コンプレックスを提唱した*2。

こうしてフロイトは〈他者〉からの手紙における妄想の裂け目を見極めて、そこから自らを切り離した（両性愛の概念はフロイト理論に残るフリースの妄想の澱のようなものである）。フロイトの往復書簡による自己分析は、統合失調症の専門家でもあったユングとのあいだにも継続されたように思われる。ナルシシズム概念の生成など、フロイトは精神分析理論の基礎を構築するのに書簡による精神分析（この場合はフロイトの自己分析ではなくユングの精神分析）という形式を役立てた。

同じ文脈で、初期のフロイトの芸術論は精神分析運動創始のパロール、つまり、精神分析を言説として創設したパフォーマティヴな価値を帯びたパロールとして理解することができる（このパロールという用語は、構造主義言語学の祖ソシュールによるランガージュ・ラング・パロールの定義に依拠しているが、ラカン以降のフランスの精神分析ではそこに微妙なニュアンスを加えているので注記しておいた方がよいだろう。ランガージュ（langage）とは、言語をはじめとした記号を作りあげ使用する能力およびそれにより実現される活動であり、ラング（langue）とは、日本語や英語など、制度化された音・意味・記号の配置の規則——発音・語彙・文法——を意味する。パロール（parole）とは、ラングの枠組みにおいてランガージュを機能させることで実現する、具体的に発せ

＊1　精神分析をほかの精神療法から峻別するのは解釈である。精神分析の解釈は、夢、言い間違い、失策行為といった主体本人にも制御できない現象を対象とするが、科学はこうした反復可能性の担保されない現象を扱えないからだ。しかも、精神分析においては、分析家の能力を超えたところで出現する「偶然」もうまく利用して解釈がなされる。もしくは、偶然と切り離せない形式で解釈が実践可能であるところに精神分析の特質がある。自らも意図しない解釈の効果によって、精神分析家自身が驚かされることも少なくない。患者と母語を共有していない場合には、精神分析家の聞き間違い、もしくはその単純な質問が解釈の機能を帯びたりもするのである。精神分析家は患者の症状の真理に必ず触れることができるわけではない。患者の反応を伺いながら、その場で解釈をずらすことも稀ではない。

　しかし、成功した解釈を重ねて、患者の症状の核の周囲に枢要なシニフィアンの星座《コンステラシオン》を並べ、判じ絵のような構造をした症状を消去させることに成功した当の精神分析家でも、もういちど同じような解釈を再現できるかわからない。幾重にも織り成された肌理を成していて（「重層的決定」と呼ばれる）、単純な因果連関では間に合わない。精神分析での意義ある解釈には、精神分析家も驚くような、患者からの意表をついた言表行為——沈黙や発話の拒否も含む——への開かれた態度、そうした予想外の言表行為が生じるまでの辛抱強さが最も重要である。偶然邂逅した言辞を治療の流れに合流させる才智（当意即妙な返答を瞬間的に繰り出す機知も含まれる）こそが、その精神分析家の資質を示すものと考えられる。

＊2　Octave Mannoni, «L'athéisme de Freud» in *Ornicar?*, n° 6, Paris, Navarin, 1976, pp. 21-32.

られた個々の言葉を意味する。精神分析の文脈におけるパロールは、この言語学的定義に加えて、無意識の領域の事象をすばやく捉えるのに役立つような、急き立てられた言葉、勢いや流れのある発話を意味する。こうしたパロールによって創設されたのが精神分析である）。「レオナルド・ダ・ヴィンチの幼年期のある思い出」（一九一〇）や「ミケランジェロのモーセ像」（一九一四）などは、ヨーロッパのルネサンス期の天才という〈他者〉からの《手紙》として受け取り、フロイトの自己分析の延長線上に位置を占める論文になっている。こうした芸術論は、すでに古典として認知されてしまっており、出版直後に当時の読者が感じた斬新さを味わうことは難しいが、ポスト・フロイディアンの精神分析家の「応用精神分析」*3とは質的に異なった次元に位置している。

そのほか、ヒステリー患者の語る夢、さらには自分自身の夢（これもある意味では〈他者〉からの手紙である）に出てきた曖昧な音の響きだけを頼りにして、自由連想法でそれを圧縮や置換させてときほぐし、無意識に抑圧された欲望の声を聴き分けた。そうした欲望の聴き取りについては、フロイトの五大症例――ドラ、ハンス少年、鼠男、シュレーバー議長、狼男――を開けば随所で確認できる。

とくに鼠男の症例は貴重である。症例論文のみならず、その治療の経緯を綴ったフロイトの記録*4も残っているため、とりわけ細かにフロイトによる読解を辿ることが可能となるためである。また狼男についても、精神分析家フロイトの症状が如実に現れた症例として非常に貴重である。まずは前者から検討していこう。

鼠男のシニフィアン

鼠男の本名はエルンスト・ランツァー（一八七八－一九一四）である。二九歳のときにフロイトの分析室のあるベルグガッセに姿を現した。鼠男という症例名は、オーストリア軍の少尉だったランツァーが鼠に関わる一連の強迫症状を呈していたため、フロイトによって名づけられた。

エルンストはウィーンのユダヤ系ブルジョワジーの家庭に生まれた。ウィーンでも有数のサボルスキー社を営む父親ハインリッヒ・ランツァーは、自分よりも裕福な従姉妹と結婚して現在の地位についた人物だった。エルンストが貧しい従姉妹のギゼラ・アードラーと恋に落ちたときには、不妊で虚弱な体質なギゼラを疎んで結婚を許さなかった。また、母親からは富裕な家に生まれた女性との結婚を勧められてもいた。

そうしたなか父親が急に亡くなる。ほぼ同時期に、エルンストはオーストリア・ハンガリー帝国陸軍に主任伍長として編入されている。一九〇七年になり、エルンストはガリツィアに赴任され軍務につき、そこで残酷な性格で有名なネメチェク大尉に出会う。この大尉から、鼠刑と呼ばれる東洋の刑罰様式（臀部に瓶を被せて、そこに鼠を放ち、肛門を食い破らせる）を知らされ、その日の訓練中にエルンストは鼻眼鏡を喪失してしまう。急いでウィーンの眼鏡屋に新しい鼻眼鏡を注文して、商品を赴任地まで郵送してもらうことにした。すぐに鼻眼鏡は手に入ったが、それを渡したのがネメチェク大尉であ

＊3　「応用精神分析」とは、精神分析実践によって精錬された知の精神分析実践における使用ではなく、精神分析実践によって獲得された知を精神分析実践以外の分野に適用することである。精神分析的な芸術論はこの範疇に位置づけられる。「応用精神分析」を試みる精神分析家が少ないのは、作者からの返答をもはや期待できないためである。たとえ作者が生きていたとしても、作者から独立の生を歩み始めた作品からは、精神分析実践の生の触れ合いから得られる情報が構造的に欠如しているからだが、精神分析家としての能力ではなく、そのプラスアルファの部分の能力を必要とするからでもある。

＊4　フロイト『「ねずみ男」精神分析の記録』、北山修編集・監訳、人文書院、二〇〇六年。

り、郵便業務担当のダフィート中尉が郵送料を立て替えたので返金するようにと指示があった*5。

まったく外傷的なところのない言葉だが、エルンストは返金を巡った妄想観念に襲われる。自分の購入した鼻眼鏡の代金の支払いを複雑極まる仕方で返済しなければ、愛するギゼラと数年前に死去していた父親に大変な不幸が起こる（鼠刑が課される）というのだ。拷問と借金の話を混同しながら、自分の症状形成の経緯を語るエルンストの表情には、「彼自身知らない享楽に対する恐怖」があったことをフロイトは鋭くも見落とさなかった。

フロイトは二、三時間にもわたるセッションを二〇回程度かけて鼠男を分析治療した。そこでは父親の愛情生活の負債（父親は裕福な生活を求めて愛を諦めた）や主体自身の幼少期の性生活についての解明がなされた。父親が軍務についていた頃、賭博の掛け金を支払えなくなり、同僚が立て替えてくれたが、その借金を返済できなかったこと、父親も愛していないが富豪な女性（エルンストの母親）と貧しくも美しい女性のあいだで苦悩して、愛を犠牲にして社会的地位の上昇を選んだことを想起した。ラカンの言葉を借りれば、父親の象徴的負債を鼠男は背負って支払おうと必死になっていたのだ。

フロイトとの症状の解明のなかでも重要なのは、「鼠（Rat）」という語の周囲に現われた、類似音の配列についての洞察である。「鼠」は哺乳類の小動物を指示するだけではなく、ドイツ語における /rat/ 音に近接した語と響き合っている。鼻眼鏡の代金を支払うように言われたのは演習の「休憩（Rast）」のあいだであり、最愛の人ギゼラと「結婚する（heiraten）」という動詞にも /rat/ 音は入り込み、大変な不幸が起こるのでギゼラと父親を「救う（retten）」という言葉にも /rat/ 音が交差している。そのほかにも「負債（Ratte もしくは Rattung）」と /rat/ 音は鼠男の症状の要所に現れては消えていく。鼠男の症状は言語によって構造化されているのである。ひとつの音素からもうひとつの音素

Glejisamen **gl**＝glückliche dh : beglücke L〔Lanzer〕＝auch : alle
〔幸福な、つまり　L(ランツァー)を幸せに＝全ての人も〕
e ＝vergessen〔この意味は忘れたとランツァーは言う〕
j ＝jetzt und immer〔今そして常に〕
(**i** 　steht unsicher danaben〔i が並んでかすかに判読できる〕)
s ＝vergessen〔この意味は忘れたとランツァーは言う〕

いまや、この言葉は次のものから成り立っていることがわかる。

Gisela
s **amen**、つまり彼は自分の精液 Samen を、愛しい人の肉体と一体化させているのであり、ということは、まったく卑俗な意味でいえば、彼女を思い描いて自慰をしているのである。

（フロイト『「ねずみ男」精神分析の記録』、北山修編集・監訳、人文書院、二〇〇六年、八一頁の図を参照した）

へと連鎖していく鼠男の主体は、$S_1 \rightarrow \$ \rightarrow S_2$と単線的に記載されるだろう。

こうした父親の結婚において愛ではなく金が選択されたことによる象徴的負債、そうした父親への冒瀆《ぼうとく》的な心情など、すでに鼠男の幻想を受け入れる準備のできていた文脈があり、そこに鼠刑の外傷が最後に書き込まれたと解釈することもできるだろう。シニフィアンとは、精神分析家もしくは分析主体が意識的に使用するものではなく、シニフィアン独自の組み合わせの力学によって自律的に運動しており、主体はその運動の効果でしかない。意識の座としての自我とは異なり、無意識の主体はシニフィアンに「従属した（assujetti）」存在である。シニフィアンを操るのではなく、シニフィアンに操られる受動性のうちにある。

＊5　鼠男の家族と軍務先での発症については、各登場人物の固有名が記されている次の文献を参照した。エリザベート・ルディネスコ『ジークムント・フロイト伝』藤野邦夫訳、講談社、二〇一九年、二二一－二二四頁。

また、強迫神経症の主体の場合、外部から他者によって与えられた言葉が、主体自身によって意識的に書き換えられるだけではなく、その書き換えの過程も主体によって明示的に語られることがある。「A大尉に三八シリングを返却しろ」という言葉は、「返却などするな」という内語によって否定されてから「おまえはA大尉に三八シリング返却しなければならない」というかたちで言説の折り込みがなされ、その折り込みの内部に享楽が巻き込まれている。享楽の取り込みによる超自我の命令がなされている。「自らは知らない享楽の恐れ」である。これは/rat/音のように全体として鼠刑の幻想を構成するネットワークをなすわけではないが、幾度も反復され、そのうちに意味が磨耗して、脱意味化された音になってしまう。いわば意識的に反芻される呪文形式のシニフィアンとして機能しているのである。

こうした治療過程で明らかになってきたのが、鼠男の症状形成の論理の核であり、愛するギゼラが不幸に陥らないための祈祷の言葉である。鼠男は祈祷の際に唱える「Glejisamen」という秘密の言葉をフロイトに告白して、七頁のような要素（＝音素）に分解した。

「Glejisamen」は無意味な音素の連なりからなる音塊である。音《ノイズ》と形容してもよいだろう。ひとつの単語のなかに複数の断絶線が走った言葉といってもよい。この音《ノイズ》を含んだ祈祷を幾度も唱えることで、鼠男の精神的安寧は確保され、一時的にではあれ、ギゼラにも不幸が起こらないと安心できた。「A大尉に三八シリングを返却しろ」は言表として意味のあるものだが、「Glejisamen」は完全に無意味な言表になっている。またこの音には、ギゼラの幸福を祈ると同時に、性的な侵襲のモチーフがあることも見逃すことはできない。この無意味な言葉そのものに、鼠男の精神的な葛藤が映し出されていることも明らかだろう＊6。

この音の塊は性的および冒瀆的意味を漂白されて、それを無自覚に耳にしただけでは、無意味な雑音としてしか響かず、/rat/音の連鎖からも離脱したところにある。これがラカンにおける「シニフィアン」の極北である。「シニフィアンは主体を別のシニフィアンに向けて代理表象する」というシニフィアンの規定は、よく$S_1 \rightarrow \$ \rightarrow S_2$と単線的に記載されるが、各音素が複雑に絡み合う状態をイメージする方がよいだろう（こうした視点はソシュールのシニフィアンとシニフィエの概念からは直接導き出されないだろう）。

こうした視点をまとめれば、シニフィアンとは行為であることがわかる。もちろん、どの行為もシ

＊6　このように書き出してしまうとなんの変哲もない言葉のパズルのように映るだろう。しかし、分析主体の語る膨大な情報のうちから「Gleisamen」だけを抽出するのは至難の技である。なによりこうした私秘的な祈禱の言葉は凡庸な治療者に洩らされることはない。こうしたシニフィアンが得られたこと自体がその精神分析家の力量を示すものになっている。つまり、精神分析家への転移があった証拠である。しかも、こうした素材を分析セッションのなかで適切な仕方とタイミングで解釈しなければならない。

好機を逸しては解釈とならないが、転移を考慮しない解釈もまったく効果がなく、治療そのものが中断してしまうことも少なくない。「転移性恋愛についての見解」（一九一五）において、フロイトは転移をダイナマイトに比しており、その火器は危険だが、それを使うことを躊躇してはならないと述べていた。優れた精神分析家は、症状解釈はもちろんのこと転移解釈についても秀でていなければならない。しかも、患者の自律性を尊重するために、精神分析家は不必要な介入で患者の混乱を招かないように配慮し、患者に暗示を与えることを極力避けねばならない。さらにいえば、解釈をめぐる状況は非常に流動的であり、同一の主体による同じ症状にたいしてであっても同じ解釈はありえない。この点においては精神分析の歴史は美術史と同じであり、一度達成された解釈を繰り返しても、その解釈は既知の秩序に回収されてしまう。解釈は唯一無二の出来事として与えられる必要がある。

ニフィアンであるわけではない。それどころか、ひとりの主体の行為のほとんどは、シニフィアンとは関係なく、あらかじめ設定された目的を実行するためになされるものである。どんなルーティンな行動であっても（無目的に行動していると信じていても）、「〜のために」という行為の《意味》の連関のなかにある。逆に「〜のために」という意味連関から外れて行為しなさいと言われると当惑してしまうはずである。

しかし、この意味からの一瞬の離脱こそが、精神分析家の解釈によって分析主体が超えるべき第一の関門なのである。精神分析家の傾聴とは、分析主体のパロールはもちろん、ありとあらゆる分析主体の振る舞いをシニフィアンとみなすことである。そして、《意味》からの切断の構えを取ること自体が、すでにひとつの行為であるがゆえに、シニフィアンは行為であると主張可能になるのである。

こうした臨床的知見が得られたのは、フロイトのシニフィアンにたいする嗅覚もさることながら、その精神分析の治療の枠組みを発明した才覚にもよる。精神分析とそのほかの精神療法を峻別《しゅんべつ》するのは、患者（ラカン派では精神分析をするのは精神分析家ではなくむしろ患者の方であることを強調するため「分析主体」という名称が使われる）が寝椅子に横たわり、精神分析家と対面せず、自分の頭に浮かんだことを自己検閲することなく、自由に話してもらう構造である。この自由連想という方法は、他人の目を見て話すのではなく、虚空を見つめながら、もしくは目を閉じながら、場合によっては（わたしもその部類だが）自分の靴を眺めながら語るのであり、やはり日常にはない経験で、自分の連想も予想外の方向に飛んでいくものである。分析主体による「自由連想」に対応するものとして、精神分析家による「平等に漂う注意」がある。全神経を集中させて患者のパロールに耳を傾けているというのが真実である。意味を脱してシニフィアン化して聴くことである*7。当然ながら、エディプス・コンプレックスという概念そのもの――精神分析の理論全体も意味の体系である――も括弧に入れて傾聴すべきである。意味ということで例外はないのである（それは解脱者のように分析主体の言葉《パロール》を無意味な音の塊のように聴くのではなく、むしろ幾度もその言葉《パロール》の意味を疑ってすぐに解釈しないということである）。どうしてそうするべきなのかは狼男の症例を詳しく検討することで理解してもらえるだろう。

狼男のシニフィアンと対象a

セルゲイ・パンケイエフ（一八七七―一九七九）は、ウクライナ南部のロシア貴族出身であり、オデッサ大学に入学した一八歳のとき淋病を移され、抑うつ状態に陥る。一九〇六年には父の自殺、一九〇八年にも姉の自殺で打撃を受け、重篤な精神疾患を抱えたため、男性の執事と侍医の付き添いなしに外出できなかった。ドイツ精神医学界の重鎮エミール・クレペリンを頼ってミュンヘンまで足を運び、次いでベルリンの精神科医テオドア・ツィーヘンの診察を受けるがともに効果がなく、一九一〇年一月にフロイトと精神分析を開始して、週五回のセッションを開始した。このロシア人青年には精神病的兆候が見受けられたが、フロイトは精神分析セッションを施した。

パンケイエフが「狼男」と名づけられたのは、狼についての有名な夢が治療初期から報告されて、その周囲に狼に関する連想を巡らされ、最終的に去勢不安のともなう両親の性交の目撃の場面（「原光

＊7　無意識とはつねに書かれては消される文字の次元にある。『夢解釈』での定型夢の説明では、「ネクタイ＝男性性器」もしくは「梯子《はしご》を登る＝性行為」のように、夢の主題とその意味との一対一対応をつける解釈が提示されるが、実際の精神分析においては、文脈を度外視した、患者の個別性を反映しない、とってつけたような解釈として問題にされない。

景」）が報告されたからである。その有名な夢とは、狼男にとっての最初の不安夢であった。

> 私はこんな夢を見ました。「夜私はベッドに寝ていました（私のベッドは足の方が窓に向いており、その窓の向こうには古い胡桃の木がずらりと並んでいました。その夢は冬のこと、たしか冬の夜のことだったと思います）。急に窓がひとりでに開きました。窓の向こうの大きな胡桃の木に幾匹かの白い狼が坐っているのを見て、私はびっくりしました。狼は六匹か七匹いました。彼らは真白で、どちらかといえば狐かシェパードのように見えました。というのは、それが狐みたいに大きなしっぽをもち、その耳は何かを狙う犬みたいにぴんと立っていたからです。この狼たちに食べられるのではないかという非常な不安に襲われて、私は大声をあげ、泣き出し」目が醒めました。*8

フロイトは狼男の主体的構造の核心部に繋がるこの夢を決して手放さなかった*9。夢は「表象の裏側（l'envers de la représentation）」（S.XI, 58/上一三三頁）であるというラカンの言葉のとおり、この狼についての夢が、驚くべき強度を帯びたヴェールとなって、その裏側から届いてくる衝撃を伝えているからである。つまり、フロイトはこのヴェールがその裏にあるより高い強度の事象を隠蔽するために外挿されたと見て取ったのである。こうした核心部への大胆な切り込みは精神分析の創始者フロイトゆえに可能になったといえよう。

夢そのものが別の舞台を隠蔽する機能を持つという直観は、この夢が覚醒後も強い「現実感（Wirklichkeitsgefühl）」をもって迫ってきたことによって強められる。この論文には「現実（Realität）」という用語も使われているが、それは事実についての知覚や判断に関わり、情動が介入しないでも成

（GW. XII. 55/368頁）

立するが、「Wirklichkeit」は知覚や判断よりも切迫感を持って主体に情動を引き起こす強度である。「この夢は、その実在性が童話の非実在性とまさに対照的に強調されるようなある出来事を示唆しているように見える」*10というフロイトの言葉とも響き合っている。

さらに、狼たちがまったく動かないで静かにしていたあと、いっせいに緊張して自分を注視していたこと――沈黙をさらに深くする沈黙――からも、不安を引き起こすヴェールの強度が伝わってくる。この夢のなかで唯一の動きは、窓が開かれることである。主体

＊8　Freud, Aus der Geschichte einer infantilen Neurose, Gesammelte Werke, Band XII, Frankfurt am Main, Ficher Verlag, 1999 (1940), p. 54. フロイト「ある幼児期神経症の病歴より」、『フロイト著作集9』、人文書院、一九八三年、三六七―三六八頁。本書では基本的に岩波書店版『フロイト全集』を参照しているが、狼男の事例だけは人文書院版の『フロイト著作集』を参照する（本書の文意に合わせて翻訳に変更を加えてある）。以下ではドイツ語版『全集』の原書の略号に「GW」の記号を用い、それに続けて巻号数（ローマ数字）と原書頁数（アラビア数字）を記す。また、原書頁数に続いて（/のあとに）人文書院版『著作集』の邦訳頁数を併記する。

＊9　悪夢の場合は「表象」というヴェールが破れてしまい、現実的なものがあまりにも生々しく露呈しているため、狼男の親指が切断しかかった幻覚と同じような次元にあり、解釈を慎重に避けなければならない。また、前日の出来事を変容させただけの夢もあり、そうしたものは夢解釈しようとしても無駄である。こうした取捨選択は精神分析家自身の分析経験の蓄積によってなされることは言うまでもない。

＊10　GW.XII, 59/三七二頁。

自身は文字通り言葉を失っていることに注意しよう。

夢の中で動いたものといえば、窓がひとりでに開いたことだけでした。というのは、狼たちは木の幹から左右に伸びた枝の上でぴくりともせずにじっと坐って、私を見つめていたからです。まるで、すべての注意を私に集中しているようでした。[*11]

狼男のパロールに従って、フロイトは「突然窓がひとりでに開く」――「突然眼が開く」というパラレルを打ち立て、夢見る主体の目の開かれ（覚醒）と夢の世界への開かれを重ね合わせる。この劇中劇のような構造によって、夢と現実の狭間にある幻想の領域が開かれてくる。フロイトにとっての幻想とは、主体の欲動がシナリオのある映像として上演される、心的舞台装置である。欲動とは心的かつ身体的である境界的な特徴を備えた性的エネルギーであり、そのものとしては表象も計測も不可能であるが、主として幻想を通じてその動きを把握できる[*12]。フロイトは欲動の対象として乳房（口唇期）、糞便（肛門期）、ペニス（男根期）をあげて、次第に発達を遂げていくと考えたが、ラカンはこのリストにリビドー発達段階論には位置づけられない「まなざし」と「声」を導入した。狼男の症例では、（フロイト自身は定式化していないが）まなざしの次元の全面展開が特徴となっている。

四年半に渡る分析治療によって、フロイトは狼男の幼少期を再構成しただけではなく[*13]、狼男の根本的幻想の構築を実現した。構築とは、精神分析家が、分析主体にとって想起不可能な過去の核心部を、幻想の論理に従って再構成することである。解釈がシニフィアンに特化して焦点を合わせるとすれば、構築は複数のシニフィアンの解釈の結果を組織化して、より深い洞察を与えるための精神分析的行為である。

　フロイトによる症例記述に戻れば、狼男の眼が開かれると、狼たちのまなざしが狼男に注がれていた。前記の引用文では、「見るとでもなく見る」といったニュアンスの「sehen」が用いられているが、このあとフロイトは「瞠視《どうし》する」、「注視する」、「じっと見詰める」を意味する「schauen」を対置してくる。後者の方が欲動のエネルギーを帯びたものになっており、夢見る主体としての狼男はそうした瞠視の欲動の対象の場所に位置づけられる。ちなみに、解剖学的な「眼（Augen）」と欲動的な「まなざし（Schauen）」は分離可能である。眼があってもまなざしがないこともあり（虚なまなざしをしているひとを思い起こそう）、まなざしがあっても眼がないこともある（誰もいないのにつねにカメラを意

＊11　GW.XII, 55/三六八頁。
＊12　人間の「欲動（Trieb）」は動物の「本能（Instinkt）」とは異なる。本能とは種の再生産と個体の自己保存をつかさどる刺激－反応図式の行動メカニズムである。人間は言語活動によって話す存在となっているため、本能が変容しており、その性的活動全体は意味や幻想によって枠組みを与えられている。身体的源泉を持つ欲動には――幼少期の誘惑や侵襲による勃起不全や冷感症のように――精神的要素が深く関係している。また、幼少期の多形倒錯や成人のすべての倒錯、さらには性依存も性的活動が本能に還元されないことを示している。拒食症と過食症（摂食障害）は口唇欲動のみならず視欲動にも結びつけて考慮されなければならない現象である。
＊13　一歳六ヶ月にマラリアに罹って両親の性交を目撃する。二歳六ヶ月になる直前、セルゲイは子守の臀部を強調した姿勢に魅了される。三歳三ヶ月には、姉による性的誘惑が始まり、その後まもなくグルーシャから去勢威嚇を受ける。三歳六ヶ月には、英国婦人の家庭教師が雇われ、セルゲイの性格変化が始まり、四歳で狼の夢を見て、恐怖症が発症した。四歳六ヶ月で聖書物語の影響が出て、キリスト教関連の強迫症状が出現する。五歳になる直前には、親指が皮一枚で辛うじて繋がっている幻覚を見る。最初の屋敷から移転したあと、六歳になったときに病める父を見舞う。八歳で強迫神経症の発症が確認される。

識する映画俳優をイメージしよう)。

しかし、フロイトはさらに大きな一歩を踏み出す。ラカンは「ただたんなる表象的飛翔」(S.XI, 90/上二二〇頁)ではない仕方で、夢の舞台における主体の位置を自由に動かして、「狼の瞠視と不動性」の裏側に考察の重点を移行させるのである。

> 夢の中で狼たちが行っていたという、注意を集中した瞠視は、むしろ(目が醒めて何ものかを見なければならなかった、すなわち何ものかを瞠視せねばならなかった)彼自身に移されなければならない。その時、ある決定的な一点で(瞠視主体の)逆転が起こっている。*14

瞠視する主体(狼たち)と瞠視される対象(狼男)の図式は残したまま、そこに入る項を代置するのである。つまり、狼男は瞠視する側に、狼たちは瞠視される側に転置される(欲動の運動は能動/受動の文法的変換によって翻訳可能である)。オセロゲームのなかで要所を抑えると、石が白から黒に次々と反転していくことがあるが、狼男の夢も同様である。夢見る主体の場所を反転させることで、開示される夢の意味が回転扉のように変わってくる。ここからこの夢は『夢判断』第七章で扱われた《正反対の形への歪曲》によってシステマティックに置き換えられながら解読される。つまり、見る/見られる、瞠視する/瞠視される、運動/静止、叫び/沈黙といった対立もしくは変換がなされるのである。

> 彼は、突然目を醒まし、すさまじい運動に満ちた光景を眼前に視て、その光景を緊張しきって注

意を集中して瞠視したのであろう。ある場合には、その歪曲は、主体と客体との、能動と受動との交換によって、瞠視する代わりに瞠視されることによって行われ、他の場合には、ちょうどその逆に変わって、運動の代わりに静止を置くことになったのであろう。[*15]

この記述を具体的に言い換えるならば、狼男は両親の性交という激しい運動を眼前に見て、その光景を緊張しきって——不安とともに性的関心をもって——瞠視したということである。しかも、その場面の中心には、去勢という真理の開示があるゆえ、狼男は夢を見続けることはできず、覚醒してしまうのである。「実はそうした（去勢に関する幼児的な）思考過程と結びついた恐怖（去勢に対する不安・恐怖）こそ、ついにはこの夢を引き起こし、夢を終わらせた原動力であった。」[*16] フロイトの夢解釈の核は、去勢の点を巡って主体と客体の関係性を手袋のように反転させたことにある。

母親の体位から導出される去勢不安と対象選択

狼男の去勢不安の原因は、エディプス的欲望にたいする、父親からの去勢の威嚇ではない。エディプス・コンプレックスは、母親を性と愛の対象とし父親を競争相手とみなす事態だが、分析実践の現場ではそれそのものよりも、そのヴァリアントの把握が重要である。実際、狼男は母親のポジション

＊14　GW.XII, 61/三七三頁。
＊15　GW.XII, 61/三七三頁。
＊16　GW.XII, 71/三八二頁。

に身を置いて、父親に性的に愛されたいという逆エディプス的欲望を持っていた。しかし、父親の性と愛の対象となった、母親の身体に去勢を認めて、去勢不安に襲われるのである。自分の男性性を守る選択は、エディプス的欲望をもつ男性主体と変わりはなく、同性を愛の対象として選択することはない*17。

性的対象選択についての連鎖は、平民出身のテレーズと身分差のある結婚したことからもわかるとおり、「対象の貶《おとし》め（Erniedrigung）」が認められる。また、後背位において母親が享楽する姿が、子守のグルーシャの姿と重なる。「少女が這いつくばって、床の水洗いに取り掛かり、ひざまずきながら臀部を突き出し、背を水平にしているのを見たとき、彼は彼女に、性交場面で母が取っていた姿勢を再び見いだしたのであった。少女は母となり、あのイメージの活性化の結果、性的興奮が彼を虜にし、彼は少女に対して男として、父のような挙動に出た〔小便をした＝射精をした〕。」*18さらには、大学入学後の初体験直後に関係を持った農民の女性の姿にも重なってくる。一八歳の時、農村の娘が池のほとりにひざまずき洗濯をしているのを見て、発作的に彼女を欲望して、性的な交わりをもったため、淋病をうつされ、それが精神疾患を突発させた。母親やグルーシャと同じ姿勢であることから、特定の体位をとった女性のイメージが狼男の恋愛の対象の選択の際の決定因になったことがわかる。

もちろん、狼男がグルーシャや農村の娘を熱狂的に欲望したとき、彼は母親の代理の対象を欲望していると意識していたわけではない。狼男は自分でもよくわからない魅惑を農村の娘に強く感じたというのが実際のところだろう。しかし、その魅きつける力は、抑圧されて無意識に沈んでいた母親（永遠に失われた対象）に由来すると精神分析では考えるのである。フロイトの意図を汲んでさらに説明すれば、母親は「原抑圧（Urverdrängung）」の対象、グルーシャを端緒とする女性たちは、「抑圧の回帰（Rückkehr des Verdrängten）」した欲望の対象として解釈できる。このあたりのフロイトの記述はとても冴えており、フロイトの臨床眼の鋭さを感じさせる。

ラカンはフロイトの議論をさらに洗練させて、シニフィアンとしてのファルスという概念を導入した。（母親の）「享楽のシニフィアン」が「父の名のシニフィアン」によって「原抑圧」を被って、「抑圧（Verdrängung）」という機制《メカニスム》が神経症の主体を支配し、その無意識の欲望と法を生成すると考える。これは性的対象選択や同一化の機制のみならず、主体の実存――想像界・象徴界・現実界――を構造化するのである（このフロイト理論の洗練化の射程については後述する）[*19]。

フロイトの急き立て：狼男の分析治療の発展と終結

狼男の症状の解明はゆっくりと深められていったのではない。フロイトが分析治療が進まないこと

*17　しかし、享楽の様式としては、受動的な（時代錯誤でしかないが《女性的》ともフロイトは呼ぶ）ポジションに固着した。フロイトによれば、こうした《女性的構え》の起源は、子守であったグルーシャと姉によって性的に誘惑され、それを受動的な仕方で狼男が享楽したことにあるとされる。

*18　GW.XII, 126/四二七－四二八頁。

*19　神経症、倒錯、精神病は、母親の身体にファルスが欠如している去勢という真理にたいする主体的構造の三つの実存の仕方であり、わたしたちはこのどこかに必ず位置づけられる。各構造にあわせて、対象選択と同一化のあり方が決まり、家族や職業にたいする選択も変わってくるばかりか、同じ構造内でも、各主体によって、家族や労働のあり方は異なるため、精神分析家は「普通は……」「常識的には……」といった話し方をすることはない。また、精神病の概念は、主体の欠損もしくは障害を判断するものではない。それはフロイトが倒錯を〈退廃〉として道徳的に判断しなかったのとまったく同じである。人口比率的に相対的多数を占める神経症についても、それを理由に神経症が「規範」となるわけではない。

に苛立ち、治療終結の時期を提示して、分析治療の限界《リミット》が決定的になった時点から治療が進展したとされる。狼男の原光景を立証するために、フロイトは時間軸上の出来事の連鎖の再構築に異様なまでの「正確性（exactitude）」を追い求めたのも、それはフロイトの側からの時間的な急き立てのもとに遂行されたことと無関係ではない。

その結果、「彼〔狼男〕は、両親の部屋の子供ベッドで眠っており、熱が上がる午後、それももしかしたら後に抑うつ状態が起こるようになった午後五時に目を醒ましたのであろう。それは、暑い夏の日だったであろうし、そのため両親は半裸で夏の午睡のためにその部屋に引きこもったのであろう。この子供は、目を醒ましたとき、一度に三回繰り返された「後背位性交（coitus a tergo）」を目撃し、母の性器と父のペニスを見ることができた。そしてその出来事とその意味を理解した」*20という見解が得られた。

この構築の作業の支えとなったのは、イメージによる推論である。狼男のパロールでは、尻尾を立てて、耳をピンと立てた白い狼のイメージが強調されていた。これらは去勢によって穿《うが》たれた孔――母親の身体における男性性器の欠如――を否定するため、その反対のイメージによる補填が過剰になされているのである。尻尾であろうとピンと立てられた耳であろうと垂直方向に勃てられていることは明瞭だろう。それはV字型に大きく開かれた母親の両脚のかたちや両親の性交が起きた五時を指す置き時計のローマ数字Vの認識を反転させたものでもあるからだ。ここでのフロイトの読解戦略はイメージに依拠したものになっている。

子どもは解剖学的な知識の欠如ゆえに性交を目撃してもその場では意味がわからず、父親は暴力を振るい、母親は父親から折檻を受けていると想像する。また、解剖学的知識の欠如ゆえに、子どもはお尻からうまれてくると空想することもある。なにより、性交を目撃した一歳六ヶ月ではその意味がわからず、しばらく潜在期間のなかで忘却され、思春期などに性的な刺激を受けて、事後的に過去の出来事の性的意味が理解可能になり、そこではじめて外傷《トロウマティスム》となることもしばしばである。これが時間的差延、「事後性（Nachträglichkeit）」の概念である（ちなみに、健忘を超えて解釈を重ねることでしか構築は達成されない）。

フロイトは子どもの性理論を参照しながら肛門欲動の議論を導入してくる*21。これも原光景の影響であるが、肛門欲動における糞便の象徴主義は重要である。とくに治療に関わる事柄としては、狼男は自らの精神分析の費用として一〇万クローネンという高額をフロイトに支払っているという自負があり、治療のなかで安らぐ傾向があった。また、キリストは糞便をしたのかという幼少期の問いから続いていた宗教への懐疑心は、青年期にかけての冒瀆行為を通して、聖なるものを穢《けが》す肛門欲動の観点から解き明かされた。

*20 GW.XII, 64/三七五頁。
*21 新生児が親に与える最初の贈物は糞便であり、そこから金銭や子どもを象徴的に意味するようになるとされる。また、性格形成についても肛門欲動は働きかけ、清潔さ、几帳面さ、潔癖さなどは汚いもの（糞便）を取り除く行為とみなされる。欲動論一般については、フロイト「性理論のための三篇」『フロイト全集6』岩波書店、二〇〇九年を参照のこと。肛門欲動における金銭と享楽の結びつきについては鼠男でも看取された。フロイトは視欲動と肛門欲動を理論的に結びつけることができないが、ラカンはセミネール一〇巻『不安』において両者を欲動の矢印の図式を用いて結びつけている。成人でも複数の欲動が並立して機能することはありうるのである（S.X, 341/下二一六頁）。

狼男の精神病発症

あらかじめ決められていた約束の期日からは遅れて、一九一四年七月に分析治療終了となる。狼男自身はうまく治療が終了できるかわからなかったらしいが、オーストリア・ハンガリー帝国崩壊と第一次世界大戦の発端となるサラエボ事件についてフロイトと話し合ってセッションを終了した。

フロイトとの治療終結後、パンケイエフはオデッサに戻ったが、一九一七年にロシア革命が勃発すると、妻と一緒にウィーンに戻ってくる。転移を再操作するためという口実で、フロイトから精神分析治療を打診され、狼男は一九一九年一一月から一九二〇年二月まで無料治療を受けた。この短い分析中、狼男は財産保全のためロシアへの帰国を希望したが、フロイトがそれを精神分析への抵抗であると解釈してウィーンに引き留めた。そのため自分は財産を没収されることになったと狼男は感じるようになる[*22]。前述のとおり、狼男はロシア革命までは高額の支払いをしていた自負があり、治療者であるフロイトから金銭を受け取っても問題がないと感じていた[*23]。フロイトが口蓋部に癌を罹患すると、狼男が歯茎潰瘍を起こしたため、フロイトは狼男の治療を自分の弟子のルース・マック・ブランスウィックに託した。

そのあと狼男は鼻に出来物ができて、その電気分解法手術を受けるも、鼻に孔が開いたとして、医学関係者全般にたいして迫害妄想を持つようになり、フロイトの代理としての歯科医のXに転移して不満をぶつけた。四歳半時の狼の夢は狼男がフロイトとの治療中に見たものではないかという疑念がフロイトの弟子のオットー・ランクから出てきたため、一九二六年にフロイト自身が書簡で狼男にあらためて幼少期の夢であったかを確認してきたため、それにたいして狼男は肯定的に返信するが、その返信後に狼男は激しい抑うつ状態に陥る。しかも、それはフロイトやその弟子たちから金銭的支援を受けて生活したあとのことであった。

こうした経緯もあり、狼男は自分がフロイトから懇意にされていると述べたり、フロイトの寵児であると豪語したり、悪しき神である父に迫害されたキリストと自分を比較したりした。ブランスウィックは困難な治療を強いられたが、フロイトと教育分析とスーパーヴァイズを続けながら、狼男の誇大妄想と迫害妄想を取り扱った。

そのあと、ナチスのウィーン侵攻にともない妻のテレーズの自殺、一九五〇年代の母親の死去といった出来事には抑うつ性のエピソードはあったが、そのたびごとに精神分析家を頼り、実存的危機を脱して、保険業に勤務して生涯を過ごした。

ラカンによるフロイト批判

① 神経症から精神病へのパラダイムチェンジ
ラカンはフロイトの才能を肯定しながら、その過誤については正面から遠慮なく批判した。ラカン自身が狼男症例から多くを引き出し、自らの理論形成に役立てたとすれば、それは狼男症例こそ、フロイトの真理への愛《パトス》が全面展開した事例だからである。

＊22 ルース・マック・ブランスウィック「フロイトの「ある幼児期神経症の病歴より」への補遺」、『狼男による狼男』、ミュリエル・ガーディナー編著、馬場謙一訳、みすず書房、二〇九頁。
＊23 同上、二二四頁。

フロイトがほとんど不安に駆られてと言っていいほどの仕方で探求していたのは、幻想の背後に確認される究極の出会い、つまり現実界とは何かということでした。この全体を通して、この現実的なものこそが主体とともにフロイトを引きずり、強制しており、また探究を方向付けています。ですから、結局、フロイトのこの熱意、この現前、この欲望こそがこの患者の後の精神病の発症を条件づけているのではないか、と今日では考えられているほどです。(S.XI, 54/上一二一頁)

フロイトが真理への愛《パトス》に急き立てられ、分析主体である狼男も巻き込み、真理の解明に両者ともに取り憑かれた。こうした逸脱を生む知の欲動は制限を課される必要があり、そのための第一歩は神経症と精神病の構造的差異の強調である。それによって治療の方針（解釈の深さとタイミング）が大きく異なってくる。これがフロイトの狼男治療のラカンによる総括であろう。ラカン自身は狼男症例の読解の重心を神経症から精神病に移行すると明示的に語っているわけではないが、ここではその意図を組むかたちで狼男の症例提示を再構成していこう。

右記のラカンの引用文における狼男の精神病発症とは、ブランスウィックとの精神分析治療時の鼻への外科手術とその手術後の痕跡についてのヒポコンドリー（心気症）である。しかし、ここで問題になっている「現実的なもの」の輪郭をより際立たせるために、狼男が五歳のときに襲われた指喪失の幻覚を振り返っておきたい。幻覚とは、主体が見る（知覚する）というよりも、外部から襲われるものであるが、その幻覚の襲来時、狼男は「驚愕（Schreck）」して、その身体は崩れ落ち、まったく言葉が口から出てこなくなった。文字通り、現実界における切断の闖入《ちんにゅう》があり、身体イメージに関する想像界、さらには言語活動に関する象徴界に機能不全を引き起こし、一時的にではあれ狼男に《主体の死》をもたらしている*24。

こうした侵襲的な身体的出来事は抑圧の機制によってしっかり構造化されている神経症の主体では生じることはないが、狼男はその限界を超えて自らの存在の核に孔を穿たれた経験をしている。それゆえ、ラカンはここでの幻想の概念を「現実的なもの」へ防壁として把握し、容易に触れてはならないものと規定しているのである。

この文脈でフロイトが用いたドイツ語「Verwerfung」は、ラカンによって「排除(forclusion)」とフランス語に翻訳され、神経症の抑圧の構造とは一線を画した、精神病の構造の機制として提示された。そこでは「父の名のシニフィアン」が排除され、去勢が幻想という象徴的枠組みを外れて、もしくは夢というヴェールを切り裂いて、現実のなかで剥き出しの仕方で遂行されている。より詳しくは、父の名の排除の孔を埋め合わせるために幻覚や妄想が生成すると考える。

*24「私は五歳のとき、庭で子守のそばで遊んでいました。そして、自分の小刀で、私の夢の中でも一役演じていた、例の胡桃の木の樹皮を傷つけました。突然私は、自分の小指(右手だったか、左手だったか?)がばっさり切られて、やっと皮だけがつながってぶら下がっているのを見て、言いようのない驚きに打たれました。痛みは全然感じませんでしたが、大きな不安に捉えられました。私はわずか二、三歩離れたところにいる子守女にさえ何も話しかけることができませんでした。手近なベンチに崩れおちて、もう一度その指に視線を向けてみることもできずじっと座っていました。やっと落ち着いてきたので、私は指に目をとめて見ますと、どうでしょう、指は何も傷ついていなかったのです。」(GW.XII, 117-118/四二一頁)。

幻覚もしくは妄想と聞くと、きわめて想像的な現象と考えられるかもしれないが、その想像的側面の裏側には欲動もしくは享楽のエネルギーが控えており、そのため他者には共有できない、知覚できない、私秘的な幻覚や妄想を確信して、その妄想的思念を訂正することができない。

②対象aと主体の消遁

セミネール九巻『同一化』において、ラカンは狼男の胡桃の木の狼の夢を再読しながら、そこで狼男は原光景の場面のすべてを見ているわけではないと主張する（このセミネールで対象aが本格的に導入され、狼男の症例読解はその概念の例証のひとつとなっている）。

> その場面は、蝶の翅のように開かれた彼の母親の両脚のV、さらには決定的邂逅《かいこう》（両親の交接場面の目撃）がなされた猛暑の五時を指す置き時計のローマ数字Vによって、おそらく覆われています。しかし、重要なのは、この幻想において主体が見るのは、彼自身、つまり対象aの切断であるものとして、斜線を引かれた主体であることです。ここでの対象aは狼たちです。*25

母親の去勢の真理がVというエクリチュールによって「おそらく覆われた」という表現は、フロイトのテクストにはなく、ラカン自身の解釈として外挿されているものである（ラカンの解釈は往々にして些細な表現に混ぜられて提示される）。この解釈は現象学的記述もしくは実証主義的観察によるものではない。存在論的命題ではなおさらない。フロイトの過剰な真理への愛《パトス》と同じ轍《てつ》を踏まないための倫理的な限界設定、もしくは精神分析の倫理の公準による楔と考えるべきだろう。

　フロイトの胡桃の木の狼の夢の読解では、一歳六ヶ月の狼男が「見る（sehen）」主体として表象されていることは疑われていない。しかし、ラカンはこの夢のなかに認識主体の表象を認めない。この夢では、ひとつのまとまりをもつ狼男の身体イメージが失われて、複数の狼に寸断されている。去勢の真理を知覚しようにも、認識主体自身がもはや存在していないと考えるのである。

それゆえ、主体が「対象aの切断である」(＝対象aという切断に対峙した)という主張も理解可能になるだろう。原光景に対峙した際、狼男は認識主体としては文字通り消え去り、一瞬の空白が開かれ、「瞠視する五匹の狼となる(Il se fait cinq loups regardant)」ことを意味する。言い換えれば、狼男が「斜線をひかれた主体(le sujet barré)」となり、狼五匹の瞠視する「まなざし」としてしか「現存在する(exister)」ことができない。つまり、自らにたいしてまなざしとして「外－在する(ex-sister)」ことしかできないということだ*26。この状況は、狼男の指喪失の幻覚ほどではないが、主体の存在の核を揺さぶるものである。

狼男症例に限らず、こうしたラディカルな脱中心化の経験をした分析主体は、普段の時空的座標を一時的に喪失して、帰宅時に道に迷ったり、方角の違う列車に乗ったりすることもあり、慎重な対応が必要になる。解釈の言葉の選択、そのタイミングの見定めは重要である。狼男症例であれば、そもそも解釈しない(精神分析家の沈黙)という選択もひとつの精神分析的行為としてありうるだろう。

解剖学的ペニスをシニフィアンとしてのファルスと昇華させるのも、この流れからいけば論理的に導出されるべき事柄であることがわかるだろう。ファルスを超越論的シニフィアンとして捉える批判も存在するが、(それは臨床の文脈以外では当てはまるのかもしれないが)、ラカンにおいては、フロイトの真理への愛《パトス》の限界の設定が最優先され、その批判の射程は臨床の現実によって強く支えられていると考えるべきだろう。

＊25　Jacques Lacan, Le Séminaire *Identification*, inédit, séance du 20 juin 1962. 強調は引用者による。

＊26　ibid.

③ 対象aと絵《タブロー》

セミネール一一巻『精神分析の四基本概念』において、ラカンは絵《タブロー》という概念を提示している。この部分は哲学的もしくは美学的議論に戯れているように読めるのだが、実は臨床的解決策を探っていることが狼男の事例を参照すると明らかになる。とくに、いかにして視認欲動を制御するかという観点から、対象aと主体の関係性の転覆を再考するのに役立つ。

ラカンが**図1**（S.XI, 85／上二〇〇頁）を提示した文脈を確認しよう。ルネサンス期の画家たちは透視図法によって対象の輪郭と奥行きの正確な把握を実現したが、そうした試みは、実測点を頂点、像を中間点、対象を到達点とする三角形に位置づけられる。『屈折光学』を記したデカルトも同じ三角形の表象圏に配置されるだろう。

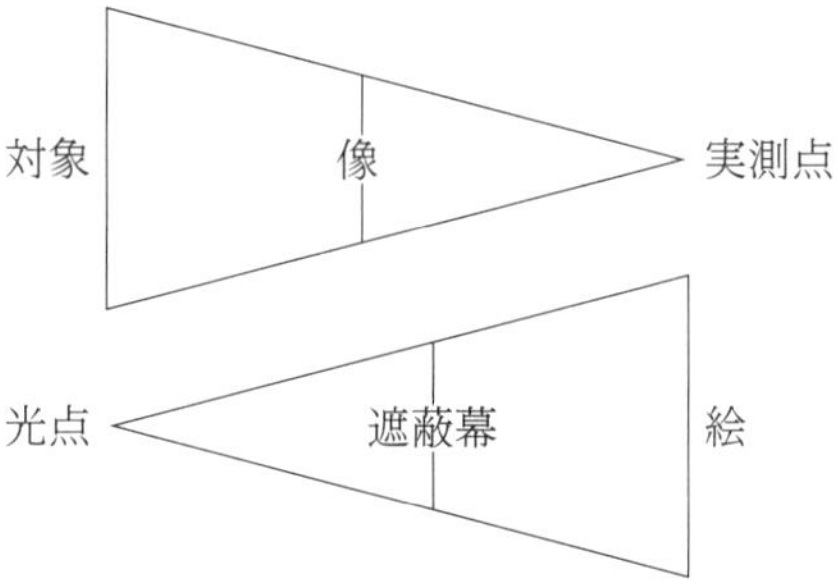

図1

近代哲学の最も洗練された形態である現象学において、ひとつの事物はさまざまなアングルから一面的に知覚されること、つまり対象は射影（現れ）を通じてそのたびごとに与えられることが強調された。**図1**の構図に当てはめるならば、光点を頂点、遮断幕を中間点、絵《タブロー》を到達点とする逆三角形からも、知覚が把握されたといえる。

メルロ＝ポンティは、画家が自然によってまなざされ、その導きのもとに絵筆が動き、画布の表面に像が立ち現れるまでを巧みに記述した*27。さらに「画家の視覚は、もはや〈外なるもの〉へ向けられたまなざし、つまり世界との単なる「物理的・光学的」関係ではない。世界は、もはや画家の前に表象されてあるのではない。言わば〈見えるもの〉が焦点を得、自己に到来することによって、むしろ画家の方が物の間から生まれてくるのだ」*28と述べていた。こうした知覚の現象学的記述の達成について、ラカンは「私は「外部に」見る、知覚は私の中にあるのではない、知覚は知覚がつかんでいる諸対象の側にある、ということはまったく明らかである。「私は私を見ている私を見る（je me vois me voir）」の内在性に基づくように思われる知覚において世界を把握している」（S.XI, 76/上一七七頁）と褒め称えていた。

『見えるものと見えないもの』の研究ノートにおいて、メルロ＝ポンティはさらに前進して、フロイトとの治療で狼男が報告した自由連想を取りあげている。女中のグルーシャ、蝶、梨と移りゆく連想は、「黄色い縞（raies jaunes）」の色彩領野で表現された性的な姿態、そこでの「時間と世界の輻《や》（rayon）」の通い合いによって記述可能であると主張した*29。また、狼男がスズメバチ（Wespe）の綴りの過ちを自らの名前のイニシャル（Espe＝S.P.）と自己解釈したエピソードも紹介され、「言語学

---

*27　アンドレ・マルシャンの「森のなかで、私は幾度も私が森を見ているのではないと感じた。樹が私を見つめ、私に語りかけているように感じた日もある……」という言葉が引用されている。メルロ＝ポンティ『眼と精神』、滝浦静雄・木田元訳、みすず書房、一九七六年、二六六頁。

*28　同上、二八八頁。このメルロ＝ポンティの言葉は、「視認の領野においては、あらゆる事柄が二律背反的に作用するふたつの項によって分節化されています。事物の側にまなざしがある。つまり事物の方がわたしをまなざしている。それでもわたしはそれらを見ている」（S.XI, 54/上一二三四頁）というラカンの言葉と正確に対応している。

*29　メルロ＝ポンティ『見えるものと見えないもの』、滝浦静雄・木田元訳、みすず書房、一九八九年、三五〇頁。この箇所については、メルロ＝ポンティがラカンの解釈（『精神分析における話と言語活動の機能と領野』（*É*, 31））を参考にしたと思われる。

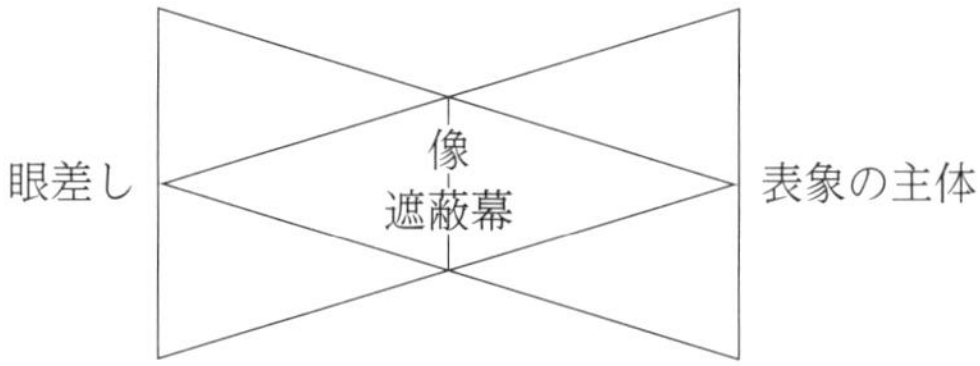

図2

的去勢」の問題（Wの文字の切り落とし）も自らの現象学の言説で置き換えられるとした*30。

　ラカンによれば、「まなざしは奇妙な偶然という形でしか、〔……〕すなわち去勢不安という構成的欠如としてしか、わたしたちには現れてこない」（S.XI, 69-70/上一六一頁）ため、対象aとしてのまなざしの把握は極めて困難である。しかし、『見えるものと見えないもの』の考察は、去勢の本質的な点に迫るものだった。こうした冒険はメルロ＝ポンティの突然の死によって中断されたが、その意志を引き継ぐかたちで、ラカンは図2（S.XI, 97/上二二八頁）を提示したように思われる。

　ラカンはメルロ＝ポンティの「交差配列《キアスム》」の概念、より詳しくは、手袋の先端に位置する裏返可能な無（「手袋の指の先は無である（le bout du doigt du gant est néant）」*31）を再解釈する。手袋のように反転可能である無は、去勢の暗点化のポイントを重ねられるのである。

　さらに、ラカンは手袋を「裏地に毛皮（fourrure）のついた手袋」と読み替え、表象の領野の裏地を示すために、「voyure」（S.XI, 77/上一七九頁）という新作造語を提示する。岩波文庫訳では「物見」と訳されているが、この「voyure」は、「見る（voir）」、「窃視者（voyeur）」、「肌理（texture）」、「縞（raies）」、「縞模様（rayure）」、世界もしくは自然の「眼（yeux）」、「ヴェール（voile）」を含んでおり、「視覚の裏にある無の肌理」とでも訳せるだろう。メルロ＝ポンティの狼男読解を前提に、それをさらに展開させようとするラカンの意思を感じさせる。

次のラカンの文章は、表象の領野を手袋のように反転させて、表象の裏側にある欲動が生じる瞬間を記述したものである。反転は具体的にイメージしづらいだろうが、ラカン自身の体験談（夢現《ゆめうつつ》にある状況でドアを叩かれて、そのノック音を夢の主題にそった表象として取り込みながら、まさにその音によって覚醒した）のように、睡眠と覚醒（幻想と現実）が瞬間的に相互に侵触する状況をイメージすればよいだろう。

> 絵《タブロー》はたしかにわたしの眼のなかにあります。しかし、わたしはその絵《タブロー》のなかにいます。光であるものが私を視ています。そしてこの光のおかげで私の眼の底には何かが描かれます。この何かは、ただ単に構成された関係といったもの、哲学者が云々する対象――印象――といったものではありません。わたしにとって、それとの距離があらかじめ規定されていない、ある表面の流出（ruissellement d'une surface）なのです。光はこの省略されたものを幾何学的関係のなかに入射させます。この省略点は〔……〕わたしを捉え、わたしを各瞬間ごとに惹きつけ、風景を遠近法とは異なるものに変えてしまう、わたしが主張する絵《タブロー》にしてしまうのです。（S.XI, 89／上二〇八－二〇九頁、強調は引用者による）*32

*30 同上、三五一頁。
*31 同上、三八九頁。
*32 該当箇所はスイユ版のセミネールでは文意が通らない。国際ラカン協会（L'association lacanienne internationale）版を参照して変更を加えた。

この文章は狼男の原光景を解釈するために提示されたと主張できる。両親の性交をまなざす狼男の視座（原光景）は、セルゲイをまなざす狼たちの視座（胡桃の木の夢）によって反転・転写される。それにより、「絵《タブロー》のなかにいる私」と「私の眼のなかに絵《タブロー》がある」、二つの遠近法の重ね合わせの構図（この文脈での「私は私を見ている私を見る（je me vois me voir）」）が浮かびあがる。こうして、二つの視座の交差配列《キアスム》が生じるが、表象の裏側にある去勢と原光景は暗点化されたままの状態に留まる*33。

しかし、この無から光が放たれる。つまり、「光であるものがわたしを視る」のである。この「光」は、シニフィアンによっては分節化されない光点自体、正視できない眩い光として捉えられたファルスである。これは視覚の起源にあり、かつ「視覚の裏にある無の肌理（voyure）」の輝きと解釈してよいだろう。

だが、この引用文でもっとも重要なのは、「ある表面の流出（ruissellement d'une surface）」という言葉である。光の輝きは遮断幕表面に「染み（tache）」を残す。対象aとしてのまなざしとは、眩い光に照らされて、眼の底に生じた人工物《アーティファクト》の文様＝文字（視野のなかに残存するぼやけたゴミやクズのようなもの）である。

狼男の原光景において、こうした文様＝文字に対応するのは、蝶が翅を拡げるようにグルーシャもしくは母親が脚を広げた際に残された、ローマ数字のＶであろう。より詳しくは、象徴的なものというよりも、現実的なものに近いところで解釈された文字としてのＶである。光＝ファルスを遮蔽する幕となっているだけではなく、「染み」として絵《タブロー》に出現する歪んだ像《イメージ》となっている（これが図２で像《イメージ》と遮蔽幕が同じ場を占める理由である）。

しかも、この「表面の流出（ruissellement d'une surface）」には、飛翔に近い、激しい動きを内に秘めた用語である（狼男事例における両親の性交における運動性）。こうした表面上の飛翔は、ホルバインの『大使たち』におけるアナモルフォーズによって描かれた、対象aとしてのまなざしを「この飛翔している、傾いた対象（cet objet ici volant, ici incliné)」（S.XI, 82/上一九二頁）とラカンが形容したのと同じ地位《ステータス》にあり、どんなにうまく焦点を合わせようにも不明瞭にしか把握できない非鏡像的な特性をもつ。

ラカンがメルロ＝ポンティへのオマージュの最後に言及するのは、マチスの絵筆の動きのスローモーション映像のコメントである*34。画家は自らの描線に導かれて新たな描線を描き出し、絵画というマテリアルな対象を生み出す過程を強調する*35。

*33　表象の反転はクラインの壺における表象の反転を指すと思われる。この数学的対象は、円筒の一方の末端を自身の内部に挿入して他方の末端に連結した、内部と外部の区別がつかない壺であり、三次元空間では実現しない。

*34　ラカンは、視認欲動の享楽の中和の原点を、鳥の毛繕い、蛇の鱗の脱落、樹木の葉落といった自然現象のうちに見ている。「ここで蓄積されるものは［まなざし］であり、毛繕いはまなざしの放棄の最初の行為です。おそらく、それは至高の行為と言えるでしょう。というのも、これによってまなざしは物質化したものに移行する、つまり、このまなざしの前に現れるすべてのものがこの至高性によって無となり、排され、威力をなくしたものに移行するからです」（S.XI, 89/上二四六頁）と述べている（国際ラカン協会版を参照して変更を加えた）。

*35　メルロ＝ポンティ「間接的言語と沈黙の声」『シーニュI』粟津則雄訳、みすず書房、一九六九年、六八―六九頁。「もし誰かが、画家を、ごく間近から、その絵筆に鼻をくっつけるようにして観察してみたところで、その人間は、画家の仕事の裏側しか見ることはできないだろう。裏側とは、例えばプッサンの絵筆やペンの弱々しい動きであり、表側とは、その動きによって解きはなたれ、あふれ出る陽の光である」（同上、六八頁。強調は引用者による）という言葉も参照のこと。

雨が降るように画家の筆から小さなタッチが迸り出て、奇跡のように一枚の絵画となります。この個々のタッチは選択とは異なった何か別のものです。画家のタッチとはそこでひとつの動きが終結するようななにものかであることを忘れてはいけません。つまり、〔まなざしにたいする〕応答という意味での運動の要素〔＝タッチ〕が遡及的にそれ自身の刺激〔まなざし〕を生み出すのです(S.XI, 89/上二四五頁)。*[36]

こうした画家の筆致はラカンによって「筆の雨(pluie de pinceau)」と名づけられ、この色彩の降り注ぎが過剰なまなざしの享楽を鎮火するとされる。というのも、画家自身は線に導かれて、リズムよく小休止《スカンシヨン》を導き入れ、まなざしに視覚化可能なヴェールを纏わせ(色彩のタッチで塗り隠し)、それを別様に構造化することができるからである。このようにして画家は「まなざしの馴化(dompte regard)」(S.XI, 89/上二三九頁)を実現するのである。つまり、観賞者の視認欲動を「諦念へと導く」のである(「視覚の裏にある無の肌理(voyure)」と画家の絵筆のあいだにある力の流れ、それを利用した画家の絵筆を動かす「振る舞い(geste)」の力線には密接な繋がりがあるのだろう)。

まなざしの享楽の周囲に、エクリチュールによる防壁を分析現場でも築くことができれば、たとえば、フロイトの真理への愛《パトス》――それは視認欲動に駆られた症状であり、それ以外のなにものでもない――に限界を与えることができたのかもしれない*[37]。

絵《タブロー》から絵画《パンチュール》へ

このような文脈に置かれると、ラカンがブランスウィックの仕事を肯定的に評価したことも理解できる。彼女はすこしばかり乱暴にパラノイアの診断を下したが、それは狼男に望ましくない効果を与えることなく、また非常に率直な仕方で金銭について語って狼男を驚かした。なにより、彼女は狼男のフロイトへの陰性転移を徹底操作することに成功した。それは最終的には、狼男のイエス・キリストの受難への同一化についても距離を取る方向で治療が進んだ。この精神分析家と分析主体の適切な距離感は、なにより彼女の症例報告の冷静な筆致に如実に現れているように思われる。

「ローマ講演」において、ラカンはブランスウィックの報告を高く評価している。狼男が胡桃の木のうえの夢と同じ構造をもつ夢を持ち寄ったという事実からだけでも、狼男が彼女への強い転移状況のうちにあるのを感じ取ることができるだろう。「広い道路に、閉じた扉のついた壁がある。〔……〕

---

*36　国際ラカン協会版を参照して変更を加えた。

*37　ラカンは、フロイトの真理への愛《パトス》のまなざしから逃れた例外として、『夢解釈』第7章冒頭に記された夢をあげている。「ねえ、お父さん、見えないの、僕が燃えているのが」と父親に訴える子どもの夢である（Freud, *Die Traumdeutung*, *Gesammelte Werke*, Band, Frankfurt am Mein, Fischer Verlag, 1999 (1946), pp. 513-514, 538-539, 555. フロイト『夢解釈』（一九〇〇）『フロイト全集5巻』岩波書店、二〇一一年、二九〇－二九二、三二一、三四一－三四二頁）。精神分析を創設した『夢解釈』において――すべての夢が解釈されている書物において――フロイトが正面から解釈しない唯一の夢であるとラカンは考える。「フロイトはいわば、この夢を探求するのではなく、ただじっと見つめ、その重みを計り、味わっている」だけで、「この最も魅惑的な点からわたしたちの目を逸らせ」てしまう（S.XI, 36/上七九頁）のである。

しかも、ここでは「それ自体が火の粉である」ような言葉が、精神分析の父親であるフロイトに向けられている。より詳しくは、燃える子どものまなざしのもと、「この言葉だけで、それが落ちたところには火が燃え移ります。そして何が燃えているのかはわかりません」（S.XI, 58/上一三二頁。強調は引用者による）とラカンは解釈している。この解釈は、フロイト自身の症状（父への愛とその救済）のリアルに触れるものであり、精神分析の根幹に関わる父の罪の主題にも通底している。

壁の一方の端近くに、大柄で陰気な女性が立っていて、どうやら壁の後ろに回り込もうとしているらしい。しかし、壁の後ろには、多数の灰色の狼がいて、扉の方に押し寄せ、あちこちに突進している。狼どもは目をギラギラさせて、明らかに患者ともう一人の女性に跳びかかろうと狙っている。」*38 この夢にたいして、フロイトのように「瞠視する（schauen）」危険はあるわけだが、彼女は「見る（sehen）」ことができたのではないか。たとえどんなに重要な事柄が語られようと、彼女はそれに魅惑されることなく、淡々と見て取るだけにとどめることができたのに違いない。また、フロイト、ブランスウィック、ガーディナーと狼男を扱った臨床報告において、この夢ほど精神分析家の「現前（présence）」を強く感じさせるものはないだろう。

ブランスウィックは真理への愛《パトス》という意味でのフロイト的な「愛（l'amour）」（多分に家父長的な色彩のもの）ではなく、セミネール二〇巻『アンコール』においてラカンによって提示された「壁（l'a-mur）」を体現したと主張してみたくなる*39。こうした「壁（l'a-mur）」は羨望のまなざしなど強烈な対象aを壁に埋め込む、もしくは石棺化することができる。幼少期に創設され、原光景を詮索するなかで強化された、狼男の享楽のあり方、つまり、他者のまなざしの享楽の対象となる主体的位置を修正しようとしたのではないか。ブランスウィックは〈他者〉の享楽の対象に自らを仕立てる狼男自身の享楽を慎重にかつ決然と解除しようとしたのだろう。

ラカンは触れていないが、分析終結近くに報告された、聖画破壊についての夢も重要である。「患者と母親が一緒に部屋の中におり、一方の壁が聖画で覆われている。母親がそれらの聖画を取りはずして、床の上に投げつける。聖画は壊れて、粉々になる。患者は、敬虔な母親のそんな行為を見て、驚く。」*40 これはイメージに捕われていたフロイトへの無意識の返答であり、イメージの魅惑を破壊することのできるブランスウィックへの転移の夢である。そして左記が彼女と狼男の分析終了となった夢である。

患者は立って、窓から牧場を見ており、牧場の向こうには森がある。木々を通して、陽の光が差しこみ、草原にまだらを作っている。牧場のあちこちの石は、奇妙なふじ色の影になっている。患者はある一本の木の枝を、ことさらに見つめて、木の枝がからみ合っている様子に見とれる。これまで、どうしてこの風景を描かなかったのか、彼は理解できない。*41

静謐な風景画のような記述である。太陽の光は自然の事物にゆっくり溶け込んでいく。光の記述はメルロ＝ポンティの糸杉に水の反射光が網の目をなして戯れている記述を思い起こさせる*42。狼が座していた胡桃の樹木の幹は、絡み合いながらも陽の光はもれてくるのであろう。複数のまなざしは

＊38　ブランスウィック「フロイトの「ある幼児期神経症の病歴より」への補遺」、前掲、二一七頁。
＊39　Jacques Lacan, Le séminaire *Savoir du psychanalyste*, inédit, séance du 3 février 1972.
＊40　ブランスウィック、前掲、二二〇頁。
＊41　同上、二二一頁。
＊42　「糸杉に水の反射光が網の目をなして戯れているのを見上げるとき、私はそこにも水が訪れていることを、少なくともそこに水がその活動的な生きた本質を送り届けているのを、否定するわけにはいかない。〈見えるもの〉のこの内的躍動、この放射こそ、画家が奥行・空間・色彩という名のもとに求めているものなのだ。」メルロ＝ポンティ『眼と精神』、前掲、二八九頁。

消えて平穏な空気に満ちている。ブランスウィックは絡み合う枝を抱きしめ合う男女に見立てた狼男のパロールを報告しているが、描線の刺々しさも消えて、まなざしの侵襲性も消失していることの方が重要であろう。欲動の源泉としてのまなざしであった五匹の狼は、まなざしとしての対象aの強度を喪失し、残滓《ざんし》として失墜して、遠近法の消失点としての光源に近いところまで還元されているからである。

こうした光景は絵画《パンチュール》と呼ぶべきなのであろう。ラカンは幻想としての絵《タブロー》と見掛けとしての絵画《パンチュール》とを明確に論じ分けていないが、概して、夢のように儚《はかな》く消える絵《タブロー》とは異なり、絵画《パンチュール》は昇華の対象として作品という地位を保持し、マテリアルな事物として交換可能な対象として把握している。それゆえ、ラカンは画家が「対象aをあるひとつのaに縮小し、創造者としての画家がそれと対話をする――これは最終的には真理ですが――ということが問題となる」(S.XI, 103/上二四二頁)と語ることができたのである。狼男はすでに飼い慣らされた自らの対象aを「見せ与えること(donner à voir)」(S.XI, 105/上二四八頁、訳語は変更した)ができたことにも通じるだろう。

> 対象aとしてのまなざしが、去勢の現象において現れる中心的欠如を象徴化することになり、その本性上次第に消えていく点状の機能に還元されるものであるというかぎりで、まなざしは、主体が見かけの向こうに何があるのか知らないままにしておくことになります。(S.XI, 73/上一七〇頁、強調は引用者による)

この言葉は、幻想だけではなく、前記の牧場の夢にこそ当てはまる。失墜した対象aは遠近法の消失点と重ね合わされて消えてしまう。きちんと源泉が確定されていない孔は、ルース・マック・ブランスウィックの技量によって隠蔽されたままにとどまる。

そのなかで狼男は再び見出された意識の盲目性の構造のなかに安らぐことができる。メルロ＝ポンティの知覚の主体の批判は有効だが、ラカンはこの表象の主体の無知の構造を精神分析の観点から再利用するのである。ラカンは次のような定式で認識論の裏側を行くのである。「意識は「自分を見ている自分を見る（*se voir se voir*）」という意識の錯覚の形で、まなざしの裏返された構造の中にその基礎を持っている」（S.XI, 78/上一八〇－一八一頁）と語ることからもわかるように、ラカンは想像界を象徴界で批判することを中断して、想像界の罠もしくは囮《おとり》を「見掛け（semblant）」として現実界の闖入によって生み出された構造の孔を補填するのに利用するようになる（それは最終的にはジョイス症例の「サントーム（sinthome）」[*43]の概念にも到達する）。

＊43　サントーム：フロイトの精神分析では、「症状（symptôme）」は、解釈によって抑圧された欲望の意味が明らかにされると、消失すると考えられている。しかし、この見解には暗黙の前提がある。想像界・象徴界・現実界の三領域が互いに緊密に結びついた構造をなすことである。ジェイムズ・ジョイスのように、この三領域の結びつきが脆弱で、従来の精神分析では解釈不可能な無意識の主体も存在している。また、彼の代表作『フィネガンズ・ウェイク』では、一語一句すべて新作造語をなす文章が連なり、エディプス図式によって意味を明らかにする解釈方法は不可能である。ラカンは「サントーム（sinthome）」という新たな症状概念を提示して（この単語はフランス語における「症状」の古語にあたる）、どうして精神病的構造にあるジョイスが病理を発症せずに自らの症状と共存できたのかを示そうとした。ラカンによれば、ジョイスが自己を維持できたのは、自らの執筆活動で得られる特殊な享楽、さらには妻のノラ・ジョイスの身体によっても支えられていた（彼女の身体はジョイスの存在と裏返可能な手袋のような関係にあったとラカンは捉えている）。ジョイスの唯一無二のエクリチュールの享楽と彼の妻（＝〈他者〉）の身体の特殊なあり方が「サントーム」として提示されている。

絵《タブロー》は主体と〈他者〉の間に失墜することのできる対象となっている。ラカンは哲学的もしくは構造言語学的なアプローチを採用することで衒学《げんがく》的なパフォーマンスをしたかったのではなく、どこまでも精神分析治療のリアルに忠実たろうとしたことが伝わったとしたら、この第1章の役割は果たせたということになるだろう。また、三島由紀夫は日本語のエクリチュール体系の特殊性もあり、ラカンよりも鋭敏にこうした問題系を深掘りしてくることも示していきたい。

第2章

『音楽』精神分析家の欲望への問いかけ

三島由紀夫の『音楽』はどこか心の隅で気になる著作だった。最初はヒステリーとはなにかを手軽に知ってもらうためにゼミで講読図書として選んだ。しばらくして再読すると、『音楽』というタイトルの作品のなかには、音楽、「音楽」、『音楽』と表記に揺れがあり、しかも最後には「オンガク」と片仮名でも表記されること、その書記的曖昧性とともに、この作品には女性の享楽の問題が扱われており、後期ラカンの問題意識を孕んだものになっているように見えてきた。こうした視座のもと、さらに再読を行ってみると、この作品が出版された一九六〇年代中頃の日本の精神分析受容、さらには著者の精神分析臨床の知識の限界は気にならなくなり、むしろそうしたわかりやすい「欠陥」に焦点を合わせると見えなくなってしまう、この作品の斬新さと繊細さに目を奪われるようになった。本章の狙いは、三島の意図を超えたところで、三島のエクリチュールをシニフィアンとして読むことである。

この作品は、本文を読む前から、厄介な構造を孕んだものであることがわかる。まずは『音楽』というタイトルである。それは三島の作品名であり、主人公汐見の論文名でもある。医学雑誌論文のタイトルにしては小説的に過ぎ、小説にしては医学的で堅苦しい。医学論文であるかのように題名・著者名が入った表紙が挿入され、巻末には「参考文献」がつけられ、フロイトをはじめとした精神分析家の名前が並んでいるが、女性向けの月刊紙に掲載され、娯楽探偵小説のように読み進めることができてしまう。著者についても不明瞭さが残る。というのも、「刊行者　序」が冒頭につけられていて、「汐見和順氏の『音楽』と題する（……）」と記されているからだ。この「序」を書いているのは誰か。なにより、「汐見和順　著」ではなく「汐見和順　述」とあるので、口述された内容を筆記した人物が存在することになるが、それは誰なのだろう。こうした一連の問いを保持しながら、登場人物の紹介からはじめてみたい。

精神分析家とヒステリー患者の交差配列《キアスム》

汐見和順というアメリカで教育を受けた精神分析家が主人公である。見晴らしの良い日比谷のビルの四階で開業して、看護士で愛人の山内明美、助手として児玉青年を分析室に置いている。顧客として、有閑マダム、サラリーマン、バアのホステス、テレビプロデューサー、野球選手、人気が下降線を辿っている美貌の映画スターなど、「現代の尖端的なあらゆる職業を網羅」している。患者から一定の料金を手渡しでとりあげると意気揚々である。

その患者として登場するのが、冷感症に苦しむ二〇代の美しき弓川麗子である。甲府の素封家に生まれ、許婚者もいるが、実家からの援助を受けながら都内で勤務し、そこで出会った江上隆一と結婚を前提とした交際をしている。汐見の分析室に入ったときに顔面痙攣《けいれん》があり、それについて見て見ぬふりをした汐見に気づいて狼狽する敏感な精神の持ち主である。本人の訴えでは食欲不振と嘔吐《おうと》があるが、妊娠の兆候ではなく、音楽がきこえないという言い方で冷感症を訴えている。また、実際テレビ・ドラマを見ていても台詞は聞こえるが背景の伴奏音楽だけが耳元から消えてしまうため、文字通り言葉《パロール》以外の音が聴こえないという症状もある。これについては「音楽という観念が音楽自体を消すのである」[*1]と汐見はうまくまとめている。

汐見は反フロイトの分析家という逆説的な存在として登場する。患者をやり込むことによって享楽する倒錯的傾向の持ち主であり、とくに麗子のような精神分析を知っている分析主体はその格好の標的となる（「私は自分の患者がこうして打ちのめされている姿を見るのが、好きだという感情をどうしても否めない」[*2]）。また、麗子の自由連想を過剰に警戒して、彼女の言葉を嘘もしくは真理を隠蔽する罠としてしか捉えないことが多い。汐見は気の利いた科白を放って患者とやりとりするが、しばらく嘘をつかせておくという選択肢はないようだ。汐見の傾聴は、患者の症状と自分の症状を交差させて、自分の内面を掘り出し、その変遷を語る傾向もある[*3]。場合によっては、患者以上に患者の心境や状況を

---

*1　三島由紀夫『音楽』（一九六五）『決定版 三島由紀夫全集11巻』、新潮社、二〇〇一年、一八頁。
*2　同上、五七頁。
*3　どのような症状の主体であれ、治療の道程は単純ではない。しかし症状形成の論理はかなり早期に見通せることも稀ではない。フロイトのドラ症例は正しい解釈でも時期を逸すると侵襲的行為にしかならないことを示していたが、精神分析は治療の遅々としたリズムと症状形成の論理の読解の素早さのあいだの乖離にある。そのあいだに転移の力学が働いてくるのであり、精神分析と教育分析訓練の最大の賜物である忍耐力が重要となってくる。

語ってしまう。そのため、精神分析の基礎にある「平等に漂う注意」はここでは存在しない。汐見の臨床を特徴づけているのは、忍耐強さの欠如*4と徹底した問題行動（＝行為化）である。

症状と経過：手紙による治療の構造化

麗子の症状の論理は比較的把握しやすい*5。兄と伯母の同衾《どうきん》光景を目の当たりにして性的な興奮を覚えた麗子は、大学在学中に兄から強姦される経験があり、それにより彼女は兄へのエディプス的欲望と「兄の子供が得られるかもしれない」という期待を再燃させた。そのため、麗子は無意識的な自己処罰として恋人との性交渉において不感症となった（この見立てがどこまで正しいかはのちほど判明する）。

治療開始直後から、麗子はボーダーライン（神経症と精神病の境界にある病態）に近い異常行動をとる。時系列順に整理すると、⑴彼女の恋人の江上隆一が彼女の日記を読むように日記を配置して、彼を嫉妬させて汐見の分析室に闖入させる。⑵汐見に一言も残さず地元に戻り、過去に強姦された許婚者を看病中に浄福な享楽を経験したと報告してくる。⑶許婚者の死後、喪の作業のために訪れたホテルで、麗子は性的不能に悩む青年花井と出会う。彼らのあいだには性交渉なき交際が続くが、不感症ではなくなった麗子に裏切られたと感じた花井は汐見に手紙を送りつけ、最終的には日比谷のオフィスに押しかけてくる。⑷しばらくして、麗子はヒステリー球（解剖学的異常はないが呼吸困難や喉に迫り上がってくる異物感を覚えるヒステリー身体症状のひとつ）に苦しみ、江上に連れられて汐見の分析室に急遽現われる。⑸兄の住む山谷に乗り込む際、江上のみならず、汐見と明美にも付き添ってもらい、兄への近親相姦の欲望が瓦解する経験をしてひとまず治療終結となる。

この事例は広義の文字=手紙に関わっていることが特徴である。それというのも、麗子は分析室に足を運ばず手紙を送りつけるのを好み、汐見がそれを拒むことがなかったからである。自らの身体的不在を埋めるためであるかのように、麗子は手紙を執拗に送りつけてくる。その分量も制限がなく、汐見が要約することもしばしばである。ふたりの手紙のみならず、他の主体の手紙による容喙《ようかい》もあって複雑な手紙の連鎖ができあがる。分析室を越えたところでなされる文字の循環によって転移が展開していくという意味で、「文字的転移（transfert littéraire）」が成立していると言えそうだが、汐見自身はどうして麗子から執拗に手紙が届くかについて何も知ろうとしない。ひょっとしたら自分が麗子に手紙を書かせているかもしれない――自分が知らないうちに手紙を書かせる原因=対象として機能し

＊4　「その日一日をわたしは正直暗澹たる気持ですごしたが、そのために私は分析医に一等大切な「忍耐」を忘れかけていた。暗い土の底の種子が割れ、すこしずつ芽生え、解決の花を咲かすまで、ただ忍耐づよく待ちながら、水と肥料を施すのが、分析医の役割であるが、私にはもう待ちきれない気がしていた。」前掲、六九―七〇頁。

＊5　いかにしてこの構造が麗子の現実のなかで上演反復されているのだろうか。汐見はあらゆる人間関係を超越した観察者=治療者のように振る舞っているので、麗子の転移の圏内に取り込まれた登場人物の中軸としてこの舞台のなかに位置づけるべきである。

①許婚者による強姦と兄による強姦が反復関係になっていることはすぐに見て取れる。患者にたいするサディスティックな享楽を自らに隠さない汐見は、精神分析的解釈による侵襲を試みる存在として兄と許婚者の暴漢者のセリーに属する。

②許婚者の癌による死は、兄の社会的失墜による象徴的死と反復関係をなしているとみなしてよい。

③兄と伯母と麗子という三角図式は、兄と娼婦の愛人と麗子、さらには汐見と明美と麗子と差異を孕みながらも反復している。江上と麗子のカップルは結婚に踏み切れないという点において、汐見と明美の結婚しないカップルを喚起するが、性交渉がないという点で花井と麗子のカップルへと回付される。

ているかもしれない——と自問することは汐見にはなく、ただひたすら〈他者〉から送られてくる文字によって操り動かされるままである。

麗子の手紙を巡る三角形

汐見に宛てられた手紙は汐見だけが読んでいたのではない。彼の分析室の看護婦であり愛人でもある明美は、麗子の手紙の内容を汐見より読み聞かされていた。常識的で性的問題も抱えていない彼女は、麗子が美貌によってのみならず、自らの冷感症によっても男性を寄せつけないところを羨んでいる（「この人（麗子）は精神ばかりではなく、体もあらゆるものから自由」）。しかし麗子の嘘を早くから見抜いてもいて、そのアクティング・アウト（精神分析家の的外れな解釈にたいして、患者が治療の枠組みの外部で行動化を起こして、精神分析家に無言のシグナルを送ること）の連続を冷静に見据えていた。

その鋭いまなざしは汐見にも向けられていることを彼自身よく知っている。「彼女はふだんあまり有能な看護婦とは云えないが、私に対してだけは一流中の一流の分析医なのである」*6と汐見自身が紹介しているように、明美は汐見の思考をいち早く見通してしまう存在である。とくに汐見が麗子に惹かれ、自分でもコントロールできなくなっていることを知っている。また、汐見にとっての理想の女性とは、彼の自由を摘み取らないこと、その女性自身も決して摘み取られない花であることであり、これが汐見の幻想にとって決定的な要素であることを明美は知っている。なにより、明美は「〈女〉は存在しない」ことをどこかしら勘づいているのである。

汐見が家庭に拘束されず性的に解放された女性を望んでいるので、明美は汐見と同棲せずに長い連れ合いとして振る舞っている。しかし、人の目が気にならない空間においては夫の世話をこまめに焼く女房の姿に変身する。汐見は明美の夫婦ごっこに付き合わざるを得ないかのような語り口をするがどうだろう。彼女は結婚という象徴的去勢を避けるための防御壁の役割を果たしており、恐らく父になることにたいする防衛手段にもなっている。「私の独身生活を理解して支えてくれるこの女に、私は内心どんなに感謝していたかしれないのである」[*7]と述べているが、この言葉は去勢の回避の意味で理解するべきだろう。明美は汐見のプライヴェートのすべてを見ていて、「音楽」という医学論文を口述する汐見の言葉をタイプできる立場にいるほとんど唯一の存在と言える。彼女は汐見の行くところに必ず付き添い、汐見にとってはなくてはならない存在として、いわば「サントーム」(汐見の不安定な存在にまとまりを与える身体的支え)としての機能を果たしているのである。

明美が麗子を意識する程度には、麗子も明美を意識しているとみて間違いない。麗子の手紙は二重の宛先を持ち、汐見とその彼岸に控える存在にたいして宛てられていると考えるべきだろう。こうした三角関係は、治療開始とともに、汐見と明美の身体において微細な異変を起こすのである。時系列の順序を無視して、この身体的現象に着目しよう。

汐見の身体的出来事(1):レコードの擦り音

その身体的現象とは、作品の序盤に記されている、汐見自身の「冷感症」として表現されるものである。汐見は性的に不能ではないため、存在論的な「冷感症」が問題である。初回の分析治療終了

---

*6 前掲、八二頁。
*7 同上、八四頁。

後、看護婦の明美が麗子に嫉妬したあと、汐見はホテルで明美と性交に入るが、そこで享楽を感じる麗子の表情が明美の顔に二重映しにされる。そのあとで音楽に関する特異な幻聴が起こるのである。この時点ですでに麗子、明美、汐見の奇妙な身体的結び目が成立していることは強調しておきたい。

行為〔明美との性行為〕のあいだの或る瞬間に、私は、レコードの音楽が尽きて、針が盤面の音のない溝を軽くこすっていつまでも廻っている、そのかすれた音をきいたような気がした。その溝は無限軌道をえがいていて、かすれたひびきはいつまでも尽きず、私の耳がこれをとらえたときには、ずっとずっと以前から、そのかすれた音だけがつづいていたのだと感じられた。してみると、そのディスクの音楽が終わったのは、私の記憶が遡ることもできないほど遠い昔であるように思われる。音楽はずっと昔に死んでしまっているのだ。そう瞬間に感じた私は、あわてて頭を振って妄想からのがれ、再び目前の行為に熱中した。*8

いわば、性的な意味での音楽が流れているところに、異音《ノイズ》が入り込んできたという状況である。この異音《ノイズ》はまさにメロディーやリズムの残滓でしかない。レコードは終わっているにもかかわらず消えることのない摩擦音が汐見の身体を貫くのである。汐見はこれを逆転移の効果として、主体と分析主体の無意識の交感として考えているようだが*9、後期ラカン理論の「身体的出来事（événement du corps）」――シニフィアン連鎖によっては把握できない享楽の次元が主体の身体を襲うこと――をむしろ示唆していないだろうか。汐見自身の身体に起きた出来事という意味である。

麗子との出会い以前から、汐見は自らの存在の奥底に孔を穿たれて生気を喪失しており、精神分析家として延々とかすれた音を吐き出すレコードのような解釈しか提示できていなかった状態を示唆していないだろうか。汐見の職業上の成功が見せかけでしかなく、音楽が聞こえていないという真理が浮上しないように、汐見自身が必死に努力しているのではないかとさえ考えてみたくなる。明美との性交において汐見が音楽の不在に気づいてしまったとしたら、それは汐見にとっての存在の危機だったのかもしれない。

こうした補助線を引くと、麗子と汐見の関係性に別の地平が開かれてくる。たとえば、麗子の治療が山場を迎えようとするときに、汐見が現存在分析の文献を読み漁り、「愛の全体性」の理論を持ち出してくることの理由が見えてくる。こうした汐見の参照点の変更は瑣事《さじ》にすぎないと思われるかもしれない。現存在分析では、倒錯であっても性的合一による生の十全性を求めるものと解釈され、麗子の症状もそうした生への渇きの充足として解釈されるのであれば良いではないか。「生身の人間を機械的に精神分析用語の諸概念で篩いわけるフロイト的方法を脱却して、より具体的な実存的な病者の人間像をとらえようとする」という見解にも賛同であり、むしろ現存在分析を警戒する姿勢こそ批判すべきだと考えるむきもあるかもしれない。

しかし、こうした理想の臨床の旗印は、治療者の側の症状の隠蓑《かくれみの》となることが少なくない。なに

＊8　同上、三七頁。
＊9　「客観的判断を全て犠牲にしてはじめて真理を得ること、いわば虎穴に入って虎児を得ることは、非常に危険な作業であって、われわれの主体はほとんど患者の主体と重なり合ってしまうのだ。麗子のケースの研究中、私は男でありながら、しばしば強度の冷感症の心理を自ら味わったような気がしている。」（同上、二〇九―二一〇頁）。

より、現存在分析への移行は、汐見の身体的出来事を考慮に入れると、彼の存在論的空虚を埋めようとする症状に由来すると考えるべきだろう。つまり、麗子の生の十全性の回復を通して、間接的に自らの存在の孔を埋め合わせようとしているのである。実際、麗子が分析面接を無断欠席して故郷に戻り、瀕死の許婚者の看病時に音楽を経験したと手紙で汐見に報告してくると、おそらく自らの空虚を強く意識させられた汐見は、その生命力に充ちた経験により潤っている麗子の身体を思い描く。

私が相手にしているのは患者の精神の筈なのであるが、遠隔地から届いたこの手紙ほど、麗子の肉体を身近に感じさせたものはなかった。不感を訴えているあいだの彼女は、いかに美人だろうと、こんぐらがった精神の毛糸玉に過ぎないけれど、今、瀕死の病人の黄いろく萎えた手を握って、雨後の若木のように、喜びの水に潤うてかがやいている麗子は、痛切な肉体的印象を私に与えた。目にも見えず、手にも触れられぬものばかりを扱うこの分析医という職業にも、はっきりした、この目で見た確証をつかみたい気持は潜在している。*10

浄福な状態に身を置いた麗子の音楽経験の言葉遣いは、汐見の言葉に比べると瑞々しい身体性を帯びている。「「許婚者の衰え果てた手をしっかり握ってやりました。手は私の掌のなかでかすかに慄えていました。そのときです、先生、どうしたことでしょう。突然、私は『音楽』をきいたのです。私の体の中に、あれほど憧れていた音楽を。音楽はすぐには絶えず、泉のように溢れて、私の乾き果てた内面を潤しました。耳ではありません。私の体で……、先生、こんな信じられないことがあるのでしょうか、……私の体で、私はえもいわれぬ幸福感を以って、あの『音楽』を聞いたのです。」」*11この報告は麗子の冷感症治療は自分が治療できるという汐見の傲りにたいする批判になっている。それだけではない。これは性的享楽――ラカンの主張する「ファルス的享楽（jouissance phallique）」である――に拘泥する汐見の主体的ポジションの批判にもなっている。

麗子の手紙でもうひとつ忘れてはならないのは、彼女の音楽という用語の使用である。麗子は音楽もしくは『音楽』と書いているが、汐見は「音楽」と書いている。麗子の表記の揺れは、ファルス的享楽にたいする余剰、〈他なるもの（Autre chose）〉を暗示するものとしても読めるだろう。これにたいして汐見は次のように麗子の言葉を聞き取るのである。「何としても私をイライラさせたのは、彼女があれほどあこがれていた「音楽」を、何ら私と関係のない、私の予想もしなかった状況において、勝手に聴いてしまったことである。」[*12] 汐見が麗子と同じ音楽を念頭に置いているのかはわからない。

汐見が「音楽」と括弧を使うのは、麗子の言葉の引用と解釈できるかもしれないが、麗子自身は音楽と『音楽』を区別して使っているわけであり、それを汐見も踏襲すべきだろう。それをしていないということは、両者が根本的に違う「音」を念頭に置いている可能性を否定できない。これは語られているときには前景化してこない差異であり、エクリチュールによってしか顕在化しない差異である。(冒頭でも触れた) 口述筆記する謎の人物は麗子と汐見の間の微細な差異に気がついているだろうが、

＊10　同上、八一－八二頁。
＊11　同上、八〇頁。
＊12　同上、八〇頁。

汐見はおそらく気がついていない（汐見は『音楽』という医学論文の口述者であることを忘れないでおこう）。

こうした麗子の身体とその音楽経験を実際に目にして、結果的にそれを汐見に伝達する役割を果たしたのが花井青年である。花井は登場人物として不必要だと澁澤龍彥は批評したが[*13]、麗子は喪の作業中に滞在していたホテルで、花井にたいして擬似精神分析を実施し、麗子の介入によって花井の不能症が寛解したと手紙で知らせようとした。その手紙は郵送されず、最終的には、花井の不能症が寛解したことは嘘だったと告白することにもなるが、分析がまた別の分析の結び目を作っていく状況は重要である。さらに、この登場人物がいるおかげで、不能症の花井と冷感症の麗子の問題系が、文字の配置転換を通じて、肉体的不能の花井と精神的不能の汐見に転位して、汐見に新たな身体的出来事を引き起こしていく。汐見と麗子と花井の症状の結び目を生み出す、新たな三角図式が生じるのである。それを具体的に確認しよう。

花井の手紙と花井という手紙

汐見と花井の関係も手紙によって始まる。しかも奇怪な匿名の手紙の著者として登場するのである。花井はその匿名の手紙で「日本の伝統的文化を破壊する」精神分析を断罪してくる。「欲求不満などという陰性な仮定は、素朴なよき日本人の精神生活を冒瀆するもの」と決めつけ、「人の心に立入りすぎることを、日本文化のつつましさは忌避して来た」と人種的偏見を振りかざす。最終的にはフロイトを冒瀆せんとして、「すべての人の行動に性的原因を探し出して、それによって抑圧を解放してやるなどという不潔で下品な教理は、西洋の最も堕落した下賤な頭から生まれた思想である」[*14]とする。反ユダヤ主義の叫び声によって精神分析の父祖を失墜させようとする意思が表明されている。しかも、それが手紙＝文字として残っていることは軽視すべきではないだろう。こうした野蛮が第二次世界大戦中に大惨事を引き起こしたことをよく知っての冒瀆である。ここでは父性への攻撃性がとりわけ強いものになっていることに注意しておこう。

右翼からの脅迫状と怖れる明美とは異なり、汐見は脅迫の危険を否認するばかりか、脅迫状をどこかで望んでいる。それどころか汐見の内面の声をどこかで反映しているのだろう。「心の中では、これが右翼の脅迫状だったらいい、と思う気持もないではなかった。もしそうだったら、第一に、私の仕事が政治的イデオロギーによって初めて批判されたという微妙な虚栄心のくすぐりを与えてくれたことになり、第二に、日本ファシズムのアメリカ的成長を予見させる面白い資料になるからである。」*15これによって汐見の政治も臨床も刺激を求めていく姿勢が浮かび上がる。この手紙の著者は汐見の精神構造とそれほど遠くない存在なのだということが予想される。それゆえ、手紙のやりとりを続けて、最終的には面接を引き受けるところまでいくのだろう。この汐見の倒錯的もしくは転覆的側面に花井は魅かれていたのかもしれない。

実際に汐見との面接に現れてからも、花井は父性の批判を続けていく。精神分析の政治的かつ宗教

---

*13　澁澤龍彥は花井の存在は不必要であると考えている。「この小説の欠点をあえて一つだけ挙げるならば、小説の中程で出てくる不能の青年花井が、麗子に散々利用されっぱなしで、第三六章以後、全く姿を消してしまう点であろうと思う。〔……〕賢明なる三島氏は、この花井に精神分析の批判者としての役割を振り当てることによって、作中における彼の存在を辛くも救っている」澁澤龍彥、「解説」、『音楽』新潮文庫、一九六五年、二六〇頁。

*14　前掲、一一五－一一六頁。

*15　同上、一一六頁。

的背景について注目する視座は、アメリカ文化に適応した精神分析にも向けられる。実はここが一番強調されるべき批判なのかもしれない。ラカンの自我心理学批判にも類似した、適応の心理学に堕した精神分析にたいする強烈な揶揄《やゆ》となっている*16。アメリカで教育を受けてきた汐見への皮肉も込められているのだろうが、戦後の民主主義体制の警察として、ある種の父性を象徴するアメリカが標的になっていると思われる。またアメリカ式生活スタイルにどっぷりと浸かった家庭的な父親にたいする嫌悪も示されている。家父長制の基礎としての家族制度にたいする花井の批判は根深い（これもまた汐見の主体的ポジションと共鳴するものだろう）。

こうした父性への嫌悪、父になることの不安は、花井の不能症の核心部に潜んでいると思われるが、汐見はそこには触れず、花井に麗子との経緯を聞き出すだけで帰してしまう。二度目の音楽を聞いた麗子の様子が気になって仕方がなかったのと、その場面をまたもや逃したことによる屈辱ゆえである。遅ればせながら、汐見は花井に激しいスポーツでも勧めようと思い立つものの、激しい抵抗のあと花井は席を立ってしまう。そもそも麗子の状態を聞き出すことに夢中で、花井の症状などは面接中に一顧だにしなかったのだから当然である。こうした過誤は必ず現実に回帰して治療者にしっぺ返しを与えることになる。

花井と麗子における〈花〉のシニフィアン

次の患者の面接時間まで空き時間があったので、汐見は分析室から窓外の光景を眺めていると、ちょうど会談を終えた花井が目に入る。花井は花屋で購入した花束をそばを通りかかったトラックの車輪に投げ入れる。何気ないシーンであるが興味深い。

この窓は作品中に幾度か言及されるもので、汐見の心象を映し出す鏡となっている。花井が登場する少し前の場面に戻ってみよう。治療の中断を挟んで分析が再開されるセッションの日、麗子が来室するところを待ち構えて、汐見は手を振ったが、彼女が分析室の方を向かなかったことがある。そのとき汐見は次のように語っていた。「このひろい東京の中で、この一つの窓こそ、彼女の秘密の苗床みたいなものであった。彼女はその秘密が春の日ざしの中に、窓ガラスをとおして（彼女がいない間にも）、あたかも温室の中の花のように、思いもかけぬ大輪の花になって育っているのを想像するのが怖かったのであろう。」*17 麗子という花が分析家の言葉によって大きく開花すべき舞台として分析室が描かれている。精神分析文献における多くの臨床例が示すとおり、窓は主体の幻想が上演される舞台となっており、それは分析家である汐見の場合も例外ではない。

戸外から分析室の窓への眺めから反転して、分析室の窓から戸外への眺めに目を凝らしてみよう。汐見の分析室から花井の行為を眺める場面に戻るのである。その窓枠から見える映画の看板には「何か殺人の恐怖にあえぐ女の顔と、斜めに描かれた摩天楼と、畳三帖敷ほどもある大きな赤い薔薇の花

---

*16　花井によれば、精神分析は「多様で豊富な人間性を限局して、迷える羊を一匹一匹連れ戻して、劃一主義の檻の中へ入れてやるための、俗人の欲求におもねった流行なんですね。精神分析のおかげで『治った』人間は、日曜ごとに教会に行くようになるでしょうし、向う三軒両隣りの退屈なカクテル・パーティーへ大人しく顔を出すようになり、女房のお使いにスーパー・マーケットへ喜んで行くようになるでしょう。そして通りかかる知人に肩を叩かれて、明るい微笑で、『よかったね、治って。今は君はわれわれの本当の仲間だ』と言われるようになるんですね。僕はひょっとすると、アメリカの精神分析学者は、政府から金をもらってるんじゃないかと思うことがあります。」（同上、一二二―一二三頁）。

*17　同上、八九頁。

とで飾られていた」*[18]とある。性的色合いの強いイメージが配置されていることはわかりやすい。同時にあまりにエッジの強い絵画を見ているようで、日比谷といえども牧歌的な六〇年代の日本の風景には似合わない広告となっており、どこか花井の最初の反ユダヤ主義的叫びや人種差別的信念（精神分析は日本人の精神構造には相応しくない治療法）を思わせる。

しかし注意すべきは、分析室の窓を飾る花＝麗子が、映画の看板広告にも「女の顔」と「大きな赤い薔薇」として全面的に登場していることである。これが麗子の性的側面を代表するとすれば、「映画館の角に小さな花屋があり、そこばかりは季節のみずみずしい花々の色に潤っていた」（同上、強調点は著者による）という記述から、生のみずみずしさを象徴する麗子の側面を表現しているのだろう。性的享楽とそれだけに還元されない〈他なるもの（Autre chose）〉（もしくは〈他の享楽〉）の断絶が上演される舞台に花井青年は立っているのである。

花井が花束を投げ捨てる直前の記述を引用してみよう。「花井は小さな出来合いの百円だかの花束を買うと、そこから二、三歩歩き出して、花束に鼻を寄せた」*[19]と/hana/音が四回連続して使われている。これはまず花と花井の隠喩的同一性を示唆するためだろう。このシーンでは、花をトラックの車輪に投げ入れることのうちに、花井自身がトラックに身投げするのと同じ意味合いが込められていると思われる。しかも、「花井」という固有名が「花」と「井」のシニフィアンに分割され、「井戸」（つまり「水」を汲み上げる場所）から切り離されている。「花」の命運が際立つ切断線が引かれることで、花井の象徴的自殺を示唆していると思われる*[20]。

しかし、同時にこの/hana/音の連鎖は、麗子の〈花〉を浮き彫りにするためにも用いられているのだろう。花井が投げ捨てた花の痕跡が、いつの間にか「美しい女」の残した判読不明な痕跡として、エクリチュールをなしていく。ここに至ると、「花井」という名は偶然現れたものではないと気がつくのではないか。花井青年からはその名前からして麗子の影、もしくはラカンの主張する「女性の香り（l'odor di femina）」（É. 35）が漂っている。麗子の享楽する姿にも、麗子という文字にも取り憑かれて、花井は女性化された存在として立ち振る舞っている。

汐見の身体的出来事（2）：切り裂かれた花の幻視

花束、花井、麗子の花の結び目は、汐見に非現実的な感覚を与える、第二の身体的出来事を引き起こしている。

＊18 同上、一三四頁。
＊19 同上、一三四頁。
＊20 最初に紹介された脅迫状では反ユダヤ主義的叫びによって攻撃性の強度が窺われたが、それが再度表面化している。この花と花井についての文字の連鎖の方が、セッション初回時の麗子の自由連想（大きな蔵→俊ちゃん→ハサミで切る→牛→男性性器→下半身鉄の女→男を絞め殺す→洋裁学校の教官室、三四－三五頁参照）よりも、自由連想として形になっている。
概して、汐見の解釈はどれもフロイト的解釈から遠い奇妙なものとなっている。「音楽とは、あなたの無意識の中では、オルガスムスの象徴ではなくて、『隆一くんのために冷感症を治したい』という良心の声だったのです。それを治したくないという頑固な欲求が打ち消して、音楽をあなたの事から逃げようとするのを、あのような表現で語ったわけなのです」（同上、六七頁）。次のファルスについての解釈は、もはや精神分析的なものと呼ぶことはできず、「感情移入」という精神分析とは無関係の概念を用いる時点でたんに意味不明である。「男根とは、つまり、隆一君の男根の焦燥感に感情移入をして、あなた自身の良心を借りに男性化してみせた姿であって、その男根とはあなた自身の良心の姿なのです。鋏はそれに対する否定と敵意、あなたの心にひそむ頑固な反対者であって、説明を要しません。」（同上、六七頁）。

街路にはふしぎな形の汚点ができていた。それは何だか、美しい女の嘔吐の跡のようで、私がその濁った野蛮な色調に気をとられているあいだに、花井青年の姿は消え失せていた。〔……〕私は悪夢を見たような、あるいは自分の見たものが錯覚であるような、混迷した印象を与えられた。その不愉快な印象はいつまでもあとを引いた。〔……〕今の小事件には、不能の人間の、世界に対する悪意がはっきりと彩られ、それはいわばその悪意が、都心の公道に一瞬のうちに描いた不気味な抽象画を思わせた。*21

この絵《タブロー》はロールシャッハ・テストを想起する人もいるかもしれないが、ラカンの臨床的センスの繊細さを知っている者にとっては、セミネール一一巻でラカンが語った彼自身の逸話を思い起こさせる。若きラカンはブルターニュの沖合漁業の船に乗り込み、海の人に混ざって荒波の危険を経験して得意になっていた。そのとき、船内の漁師プティ・ジャンから「お前はあのサーディン缶が見えるか。お前は見えないかもしれないが、あの缶からは見えている」と指摘され、ラカンは卒然として我に返り、自分が漁師たちがなしている絵《タブロー》から浮き出た「染み（tache）」のように感じられたという（S.XI, 88-89/上二〇六－二〇八頁）。汐見の場合も若きラカンと類似した仕方で、一度は自分が思い描いた絵《タブロー》の登場人物のひとりとして、享楽の花を咲かせる美しい女を育てる才能ある分析家を演じていたのかもしれないが、この女性の嘔吐の染みから見られることで、汐見は自分自身が理想化された精神分析の絵《タブロー》を台なしにする「染み」になってしまっているのではないか。

また、汐見は「美しい女」麗子に投与した自分の分析的解釈がすべて吐き出されたとも、その愛の十全性の幻想も無意味な残滓として吐き捨てられたとも感じたのではないか。「男の敵手として、最も怖れる必要のないその相手から、敗北の一撃を喰わされたような気がした。自分の医師としての自信も喪われ、麗子に喜びを与えたものが、そんなに男の力から遠い或るものの影響だと考えると、自分まで男としての平凡な自信を根こそぎにされたように思われた。」*22花井にせよ汐見にせよファルス的享楽にあまりに比重を置きすぎており、それ以外の評価基準がないため、麗子の振る舞いはすぐに「男の力」を削ぐような去勢的な性質を帯びたものとして映るのだろう。

汐見による現実への介入

こうした経緯があったとしても、しばらく汐見は「愛の全体性」の概念を保持する。麗子の治療再開後には、この概念によって兄と麗子の近親相姦関係を正当化する理論とする。禁止とその侵犯の組み合わせのうちに（またそれによる聖と俗の反転のうちに）生の源泉を求めていたのかもしれない。しかし、兄妹による近親相姦禁止を侵犯する欲望を肯定する裏には、精神分析家と女性患者による性交禁止を侵犯する欲望が潜り込んでいることも無視できないだろう。

われわれは誰がなんと言おうと、愛が人間の心にひらめかす稲妻と、瞥見させる夜の青空とを、知っており、見ているのである。そう思ってみると、なるほど麗子の兄の獣的な行為は決して世間普通の愛の行為とは言えないけれども、麗子はこの怖ろしい恥ずかしい状況において、「自我

＊21　前掲、一三五頁。
＊22　同上、一三五頁。

と世界関係との統一」の幻を垣間見なかったわけではない。それがみじめな、ふざけたやり方であったればこそ、それだけに、麗子は意識的にも、又、無意識的にも、兄への久しいあいだの夢と愛の実現は、このときを措いてはないことを感じていたのかもしれない。*23

治療の現場は複雑である。誤った理論に基づいた解釈でも、それが主体の真理に触れることがあれば、主体に大きな影響を及ぼす。汐見は麗子から兄による強姦を聞き出すことに成功して自分でも内心驚愕しながら、「よろしい。すべては解決の緒につきました。今日すぐにとはいえないが、必ず私はあなたの耳に、この世の明るい音楽をきかせてあげます。私をどうか信頼してください」*24と宣言する。なにが「この世の明るい音楽」であるのかは説明しない。実際、「そう言いながら私は、どうして何の具体的方策も持たず、確信も持たないで、そんなに断言できるのか、われながらふしぎに思った」*25と汐見は述べているが、もし彼にスーパーヴァイザーがいたとしたら、「まさにそういうときには口を噤むべし」と釘を刺したことだろう。

そのあと麗子は江上と同じ会社を辞めて、別の会社に勤務して同居しはじめる。彼女の症状は寛解して、しばらく治療が中断すると、汐見は「愛の全体性」の理論に物足りなさを覚えていく*26。汐見は「麗子のケースの経過をつくづくふりかえってみると、私には分析の極点に、何か一つ「現実」の契機が助けに来てくれることが必要だ、という感に搏たれる。〔……〕それは一種の触媒のように働いて、一旦分析によってバラバラにされたものを一挙に綜合して、生ける存在とするために協力するであろう」*27とまで述べる。

たしかに精神分析の枠内で患者のすべての悩みが解決するわけではない。現実的なものが介入して大きな前進がなされることもしばしばである。とはいえ、現実的なものは制御できず、精神分析家は患者と現実的なものとの邂逅《かいこう》を操作や計算することはできない（汐見自身にとっての身体的出来事が不意打ちとして経験されたように）。しかし患者と精神分析家は、セッションのなかで幾度も現実的なものの出会い損ねを繰り返すことで、その断片の輪郭を縁どることはできる。残念ながら、汐見は麗子とともにそうした地道な作業を続けることなく、現実的なものとの邂逅をすぐに望むのである。

ちょうどそのとき、麗子が行方不明になっていた兄をテレビで見かけたと報告してくる。汐見は明美とともに、山谷に向かう麗子と江上の同伴をする。汐見は「私の診療室にあらわれる患者は、全くこういう動物的な社会とは縁のない連中ばかりなのに、ただ麗子が現われて、自然に私をここへ導いて来たのだとすると、麗子はどこかから私の盲点を指摘するために遣わされた使者のような気がした」[*28]と述べて、ブルジョワの麗子が決然とプロレタリアートの住む世界に入り込む姿を好ましく感

＊23　同上、一七一頁。
＊24　同上、一八〇頁。
＊25　同上、一八〇頁。
＊26　「私は又、自分の学問の上でも、自分に新しい転機の近づきつつあることを感じていた。例の現存在分析の方法は、確かに人間の実存を洞察しており、人間学的方法と科学的方法との見事な総合を達成しているように見えるが、一方、実際上の治療の決め手としては、多少弱いところがある。すなわち、ひとたび実存主義的見地に立てば、「正常な」人間の実存も、異常な人間の実存も、「愛の全体性への到達」の欲求においては等価であるから、フロイトのように、一方に正常の基準を置き、一方に要治療の退行現象をおくような、アコギな真似はできない筈である。」（同上、一八七頁）。
＊27　同上、一八七頁。
＊28　同上、一九四頁。

じているようだ。麗子が聖女のような高貴さと強さと生命力を備えているように見えるからだろう。汐見は山谷の現実に圧倒されてばかりいて、兄の子どもを前にした麗子の言い間違いにすぐに気づかず、そのあと慌てて自分の迂闊《うかつ》さを訂正しながら、麗子の兄の子どもを産みたいという欲望が言葉にされる瞬間を押さえる。麗子の言い間違いを敵の首を討ち取ったかのように喜び、次のように述べている。「「兄の子」はすでにそこにおり、それは彼女が知らないひとりの街娼によって生まれた子だったのである。この上麗子の入る余地は少しもなかった。兄の人生は完結していた。彼は昔の若々しさを失って人生の無気力の底に沈潜し、妻を街娼として働かせ、その間に子供を儲け、子供をおとりにして妻を引き止めていた。麗子はそこに、彼女の夢の種子《たね》となるような何ものをも見ることができなかった。」[*29]この記述は汐見の独白であり、麗子はこの子どもについて何も語っていないことに注意しよう。

汐見の報告によれば、こうした山谷での出来事のあと、麗子は江上と「琴瑟相和」となって結婚したとされる。これが汐見のいうところの「現実」への介入の結果である。これで麗子の症状が消えるのであれば、フロイト以後の精神分析実践の歴史と蓄積が存在しなかったと主張するに等しい[*30]。麗子もそもそも精神分析のような負担のかかる精神療法は必要なかったことになる。それにもかかわらず、汐見は麗子の子どもを持ちたいという欲望をきっかけにして、自分でも自覚することなしに精神分析理論に回帰している。急に精神分析家としての顔を取り繕っている姿は滑稽ですらある。巻末の参考文献表においてフロイトのファーストネームの略字をS・Freud とするべきところ、G・Freud と書き間違えたりするのもむべなるかなである[*31]。

こうした文脈において最後の手紙が届くことになる。

麗子からの電報におけるシンコペーション

「『オンガ　クオコル』オンガ　クタユルコトナシ　リユウイチ』」[*32]。麗子は手紙を送らず、夫である江上が彼女の代わりにこの電報を送り、享楽が生じたことを報告している（空白、括弧、二重括弧は原文のママ）。これは麗子が花井を媒介して自らのメッセージを送ったのと同じ図式の反復となっているので警戒が必要だが、ここでは手紙は手紙でも、最も信号に近い電報という形式が採られていることは重要である。つまり、漢字の「音楽」でもなく、ひらがなの「おんがく」でもなく、カタカナの「オンガク」でメッセージが記されている。思わせぶりな言い回しや冗長な言葉遣いなども完全に削除されており、これまでの麗子からの手紙とは様子が異なっている[*33]。

音楽と『音楽』とわかりやすく区別していた頃の麗子は、汐見のなにも響かない鼓膜を打つためにシグナルを送っていたようなものだ。しかし、一見わかりやすそうな真理を語っていながら、根本的

＊29　同上、二〇七頁。

＊30　兄と妹との近親相姦のテーマは、澁澤龍彦も述べているように、三島自身の生涯のテーマであったのであろうが、これがあったがゆえに三島の精神分析譚はフロイト理論の核からブレずに、その周囲を惑星のように回ることができたのであろう。この舫綱を外したときには糸の切れた凧のように飛び去ってしまう。

＊31　新潮文庫版『音楽』、旧版『三島由紀夫全集』の『音楽』ではG・Freudと記載されているが、『決定版　三島由紀夫全集』ではS・Freudと記されている。

＊32　前掲、二一〇頁。

＊33　汐見は人間主義的なアプローチを取ろうとして現存在分析の方向に逸脱するが、フロイト精神分析の科学主義が問題なのではなく、まだまだメカニックになりきれておらず、電報という形式の手紙を読みそびれた分析家である汐見の方が問題なのである。

には他者の語りには耳を閉じる汐見の態度は変わらなかった。それは次の音楽についての解釈を読めば実感できるだろう。「そうです。あなたは地獄の音楽をきいてしまったのですね。その地獄の音楽から離れようとするたびに、あなたの耳は、音楽をきこうとしなくなったのですね。そして時折あなたの耳によみがえる音楽は、極端なみじめさか極端な怖ろしい神聖さ、つまり地獄に関係のある状況に直面したときだけだったのですね。悪臭を放つ瀕死の病人の床に侍っているときか、哀れな不能の男を傍に置いているときか、……そういう地獄の状況だけがあなた自身を神聖化し、あのときの記憶と結びつけて、再び音楽を耳にひびかせたというわけですね。」[*34]

音楽と『音楽』（汐見の「音楽」も含めて）が同胞に向けた「意味」を志向しているとすれば、「オンガ　ク」はもはや同胞に向けられていない「非意味」に失墜している。しかも、「オンガク」ではない。もしそうであれば、漢字の「音楽」と対応可能で意味を付与することもできるが、ここでは「オンガ　ク」と奇妙に脱臼させられているのである。しかもそれは二度にわたって反復されているので、麗子は意図的に「オンガ」と「ク」のあいだに切断線を入れている。カタカナは、漢字とひらがなによって肉付けされない純粋な音、意味とかたちの飾りが剥がれて骨だけになったエクリチュール、またそうした文字によってのみ表現されうる精神と身体を前面に出すことに繋がる。「針が盤面の音のない溝を軽くこすっていつまでも廻っている、そのかすれた音」と同期しているかもしれない。この「オンガ　ク」は別のシニフィアンに主体を代理表象するシニフィアンであるというよりも、その連鎖を生み出させない、シニフィアンそのものに刻み込まれた消去線（もしくは孔）であり、それを細く白い線刻《トレ》によって物質化させたものではないか。

これは麗子が自らを鋏《はさみ》として捉え、自らを「ハサミ美」と命名したことと無関係ではないだろう（「明美」とも「汐見」とも音的に近いが、そこからも離脱する音の残滓だと考えるべきだろう）。「ハサ美」は麗子の主体の享楽の形象化としてかなりうまく摘出された名であろう。これは兄による強姦の際のエピソードにも直結している。「鋏は私の指の中でカチカチと慄え、私は枕ごしに、私の良心を裏切った鋏の、そのひそかな、可愛らしい鳴音を聞きました。私はその鋏を憎みました。ああ、この鋏のせいだ。鋏が働かなかったので、こんなことになってしまった、と私はすべてを鋏の科にしました。それに指を保っているのが辛くなって、とうとう私は、鋏をそっとベッドと壁の間へ滑らせました。鋏は音もなくその暗い縁へと落ちて行きました。」*35

しかし、麗子は汐見との多分に倒錯的な〈精神分析〉を通じて、〈文字を切り取る道具〉と化した自らの名、もしくは新たなシニフィアンを案出したのではないか。「花鋏」と自嘲気味に自己形容したこともあったが、そのときにはまだ漢字二文字を並べて名前らしいかたちをなしていた。ここでは、ハサミという一般名詞を踏み台にして、カタカナと漢字を混ぜ合わせ、麗子自身に貼られがちなレッテルである「美」を加えて捏ね上げた名である。「ハサ美」はもはや麗子が幼少期の頃に聞いていた去勢の道具（鋏）ではない。意味を分節化する道具（言語）のメタファーでもない。ファルス的享楽ではない〈他なる享楽〉の器を縁どる道具である。

治療開始直後とは異なり、麗子は汐見を去勢しようとはしていない。彼女は、倒錯的な幻想に溺れ、精神分析の父祖の理論を曲解する存在——後期ラカンによる「父–錯（père-version）」（S.XXIII,

*34　前掲、一八〇頁。
*35　同上、一七七–一七八頁。

85, 150, 154）と形容するのに十分な存在――への転移を断ち切るのである。精神分析家は無知な存在として打ち捨てられるのである。

精神分析では、患者が語り、精神分析家がそれを傾聴する。場合によっては、精神分析家が重要なキーワードをノートにとることもあるが、徹底して「パロール（語ること、語られた言葉）」が精神分析の営みの核である。しかも自由連想法によるパロールである。「エクリチュール（書くこと、書かれた言葉）」は自由連想法の営為の結果として、治療の終結近くで主体の身体に現れるパロールの堆積物の文様であり、主体の症状の真理の署名である。ラカンはジョイスの有名な言葉遊びの文字（letter）と残滓（litter）の近接性（E.25, AÉ.11）について強調していたが、それは差異の原理によって機能するシニフィアンでは動かせない、エクリチュールの同一性を際立たせるためであった。それは「ハサ美」の新作造語や「オンガ　ク」と空白の一文字に、欠落した享楽として凝縮しているのではないか。

＊

この作品は手紙（letter）が残滓（litter）であることを徹底的に証明するラカン的な作品になっていると思われる。『音楽』は、「リチュラテール」においてラカンがジョイスの作品を形容して使った表現を借りれば、三島由紀夫が「精神分析を受けずに精神分析の終焉まで到達した」（AÉ.17）ことを示す作品として読めるだろう。三島はフロイトの精神分析について書きながら、「それはすべてではない」という声を響き渡らせ、精神分析家の解釈する音楽とは異なる音《ノイズ》を身体で聴き取る主体である＊36。

ラカンによってセミネール二〇巻『アンコール』で提示された、「ファルス的享楽（jouissance phallique）」に上乗せされる「女性的享楽」（S.XX, 71/一三六頁）もしくは「〈他者〉の享楽」（S.XX, 77/

一四六頁）とは、生理解剖学的な女性の身体による享楽といったかたちで実体化されうるものではなく、「オンガ　ク」という文字を切り裂く空白の線刻《トレ》によって辛うじて隔てられるような、「聴かれるべき享楽」である。

「耳に、体内に確かにきく」、それは「書かれたものを目で読む」とは大きく異なる経験である。証拠、痕跡を求めない。その蓄積を求めないことである。エクリチュールはことごとく嘘を真理に変転させることなく、嘘として凝固させてしまう難点がある。パロールの軽さを汐見は重視しなかった。音楽というどこまでもパロールに近い題材を前にしていたのみならず、それを把握しそこねた。パロールは消え去り、価値として残らないことにこそ最高の強みがあるのだが、既存の価値観では、その消えやすさ、確実性のなさ、信頼の置けないところを評価できる人間は少ない。パロールの高みへと上昇する前のエクリチュールしか傾聴しないところには精神分析は存在しない。

＊36　花井がスタンダールの『アルマンス』について汐見に質問するくだりからは、『仮面の告白』の主人公の『アルマンス』への言及をすぐに思い起こさせ、三島がここで暗に自らの処女作を示唆しているように思われる。そうすることで、単なる精神分析家の仮面を被った三島の独白のみならず、『仮面の告白』の主人公による二度目の自己分析の試みのように『音楽』をとらえることができるだろう。

第3章

筋肉のメランコリー

本章では、三島由紀夫の家族構成、幼少期、青年期を確認したあと、一九五一年一二月末から翌年五月までの世界一周旅行、その際に訪れた南国の太陽によって可能になった自己変貌、それに続くボディビルディングによる身体改造に注目していく。三島の過剰な筋肉鍛錬と自己改造についての考察は多いが、その試みが戦中の近親者の喪失とメランコリックな心情への反応として論じられることは少ない。また、筋肉鍛錬によって得られた新たな身体イメージによって、三島が意気喪失状態から回復したかというと、期待されたほどの効果はえられなかったこともあまり強調されない。精神分析の観点から気になるのは、三島のボディビルディングへの没頭は、ナルシシズム的な満足とも、倒錯的な満足を得るための条件とも異なるということである。本章では、ラカンの「鏡像段階」と「父の名の排除」の概念を参照しながら、三島にとっての身体とはなにか、筋肉とはなにかについて、三島自身の言葉による説明を確認していきたい。

三島由紀夫の一九二五年から一九七〇年までの人生のなかで、どこを起点として論述を始めるかを考えたとき、『終末感からの出発』（一九五五）の三島の回想から起筆することはあまりないだろう。この時期の三島由紀夫は、世界一周旅行を終え、ボディビルディングを開始して、『金閣寺』や『近代能楽集』といった傑作を上梓する直前にあり、心身ともに充実していたはずである。その三島から次のような言葉が洩れてくることに注意を払っておきたいのである。

〔第二次大戦後〕種々の事情からして、私は私の人生に見切りをつけた。そのごの数年の、私の生活の荒涼たる空白感は、今思い出しても、ゾッとせずにはいられない。年齢的に最も溌剌としている筈の、昭和二十一年から二・三年の間というもの、私は最も死の近くにいた。未来の希望もなく、過去の喚起はすべて醜かった。*1

ここに記述されている終戦直後の三島は、東京大学法学部を卒業して、大蔵省（現在の経済産業省）に入り、官僚生活と文筆生活を並行させながら煩悶していた。闇市などがまだ出ていた敗戦の色濃い時代である。川端康成に師事しながら、二二歳で『岬にての物語』（一九四七）を上梓していたが、無名の作家として埋もれていた時代の自己を回想した文章である。いわば、平岡公威から三島由紀夫に変身する直前の主体の言葉である。

『終末感からの出発』では、「私は何とかして、自分、及び、自分の人生を、まるごと肯定してしまわなければならぬと思った。しかし敗戦後の否定と破壊の風潮の中で、こんな自己肯定は、一見、時代に逆行するものとしか思われなかった」*2と述べられており、三島が虚無と破壊のなかに停滞することなく、自らの生の回復を希求していることがわかる。そして、ここには記されていないが、三島は筋肉鍛錬こそが破壊のなかから自らを再創造する行為の基礎となるという考えがあった。その試みがどこまで成功したのかを見定めるのが本章の狙いであるが、このエセーに記されている「私は最も死の近くにいた」の意味に立ち止まってみてもよいだろう。

というのも、『終末感からの出発』には、三島にとって敗戦の衝撃は甚大なものであったが、終戦時に重なった近親者の喪失による打撃のほうがより重大であり、「日本の敗戦は、私にとって、あんまり痛恨事ではなかった。それよりも数ヶ月後、妹が急死した事件のほうが、よほど痛恨事である」[*3]と綴られているからだ。後年、昭和天皇の人間宣言に衝撃を受けたと語る三島とは異なることに驚かされる読者も少なくないだろう。しかし、戦争後しばらくして執筆した短編のなかでも、妹を筆頭として近親者の死は三島にとって生々しく、それが大きく彼の人生に影を落としているのは事実である。直接の戦火によるものではなく、一九三九年には母方祖母、一九四四年には父方と母方の祖父、一九四五年には妹を亡くしている（母方祖母もこの時期に亡くなっている可能性が高い）。

近親者の喪失の大きさを見定めるためにも、三島の家族について瞥見しておこう。

＊1　三島由紀夫『終末感からの出発　昭和二〇年の自画像』（一九五五）『決定版　三島由紀夫全集23巻』新潮社、二〇〇三年、五一七頁。
＊2　同上、五一七頁。
＊3　同上、五一六頁。

書かれた幼少期／隠された幼少期

精神分析を実施する前提として、主体の家族の歴史の聴き取りがある。それも時系列順に詳しく確認する必要がある。アンケートのように形式張ったやり方ではなく、あくまで普通の会話をしながら、主訴とは関係ないところにも目を配って、家族についての逸話を聞き取るのである。来室した主体と精神分析を開始できるかを決定するための面接ということで、「予備面接」と呼ばれることもあるが、この段階での傾聴によって、分析主体の主訴とは異なる、存在的核に触れることも稀ではない。作品と作者を扱う際にもまったく同じ作業を遂行する必要がある。それなしには解釈の基盤なしに解釈を遂行したフロイトのように、真理の愛《パトス》の悪循環に陥ってしまうだろう。

三島由紀夫（本名平岡公威）は、一九二五年に農林省官僚の父・平岡梓と漢学者の娘・橋倭文重のあいだに生まれた。これまでの三島研究では、猪瀬直樹の『ペルソナ　三島由紀夫伝』[*4]とヘンリー・スコット＝ストークスの『三島由紀夫　生と死』[*5]を参照して、父方の祖母である平岡夏子（一八七六－一九三九）を中心に三島の幼少期が語られることが多かったが、ここにきて母方の祖父母の研究も開始され、それに伴って考慮すべきポイントも変わってきた。新しい情報である母方の家系から検討してみよう。

①母方：官僚エリート養成校と精神医学的言説

母方祖父の橋健三（一八六一－一九四四）は、加賀藩士の漢学者であり、同藩の研究機関（壮猶館）の漢学教授、橋健堂の婿養子となり、のちに開成中学校第五代校長として活躍し、同校の基礎を築いた人物である[*6]。ちなみに開成中学校の初代校長は第二〇代総理大臣の高橋是清であり、健三の庇護者でもあった。第四代校長は英学者で漢詩人の田辺新之助であり、その息子は哲学者の田辺元である。第九代校長はのちの日大学長となる東季彦であり、その息子が三島の学習院時代の友人、東文彦である。健三の教え子とされる研究者や大学教員は数多く、幼少期もしくは青年期に入ってからも、三島に用意されていた母方の文化資本は並外れたものがあったといえるだろう。

また、三島の母方祖母である橋トミ（一八七四－没年不明）は、金沢きっての素封家であった大村家出身であり、生家で漢学や国学の手ほどきを受けた。一九三八年に学習院中等部の三島をはじめての能鑑賞に連れて行ったのは彼女である。東京四谷に健三とトミが住んだのは、非常にモダンな洋館であり、漢学者というイメージからは遠く、三島が馬込に構えた洋館の淵源にはこうした原風景があるのかもしれない。

また、母親の兄である橋健行（一八八四－一九三六）は、開成中学を卒業したあと、第一高等学校を卒業、東京帝国大学医科に進んだ秀才であり、開成中学時代から斎藤茂吉と親しみ、「校友会雑誌」を主催して、文筆活動にも励んでいた。帝大卒業後は東京の巣鴨病院（現在の松沢病院）に勤務したあと、千葉大学医学部で教鞭を取った。巣鴨病院では斉藤茂吉とともに、日本の精神医学の基礎を築いた呉秀三（一八六五－一九三二）の指導を受けたが、その後輩医師には、内村鑑三の子息でクレッチマーやヤスパースなどドイツ精神医学を日本に紹介した内村祐之（一八九七－一九八〇）がいた。日本には

＊4　猪瀬直樹『ペルソナ 三島由紀夫伝』文藝春秋、一九九九年。
＊5　ヘンリー・スコット＝ストークス『三島由紀夫 生と死』徳岡孝夫訳、清流出版、一九九八年。
＊6　岡山典弘「三島由紀夫と橋家」『三島由紀夫研究11』鼎書房、二〇一一年、一一三頁。

ピネルやエスキロールのフランス精神医学は入らなかったので、日本の近代精神医学の本流に橋健三は位置していたことになる。さらに、三島が学習院時代の友達に送った書簡には、母の兄の友達に、「精神分析研究会」を主宰して一九二〇年代からフロイトを翻訳者をした大槻憲二（一八九一―一九七七）がいたと記載があるため、伯父が精神分析に無関心ではなかったことを三島は知っていた。

母方の親類の知人・同僚には、精神分析や精神医学の言説世界に日常的に触れていた人間がいたわけであり、文学のみならず精神医学の言説は、他者の言説として、三島の誕生以前から用意されていたことがわかる。こうした精神疾患や性的事象への学問的関心は旧制高校時代の早熟な若者には広く共有されたものではあっただろうが、三島の関心はとりわけ際立っていたのではないか。三島は『仮面の告白』の原稿の扉絵をドイツ語タイトルで飾り立てたが、その源泉にはドイツ精神医学があるのかもしれない。また、『仮面の告白』の内容について、三島は精神分析を研究していた式場隆三郎（一八九八―一九六五）に書簡を送っていたが、こうした関心は三島だけに生まれてきたものではないかもしれない。母方の家系の三島の文才への貢献は、母親倭文重の文学への愛だけでは語ることはできないだろう。

②父方：身分違いの婚礼と父性の失墜

父方の祖父は平岡定太郎（一八六三―一九四二）である。定太郎は東京帝国大学を出たあと、官僚のコースを進んで樺太庁長官にまで登りつめたエリートである。定太郎が活躍したのは日本近代化の時代にあたり、しかも近代官僚制樹立のために原敬（一八五六―一九二一）が尽力していた時期にあたる。当時の原首相は身分に関係なく能力重視で官吏を登用することで、定太郎のような忠実かつ有能な平民出身者に出世の大きなチャンスを与えた。原の期待に応えて、定太郎は満州鉄道総裁就任目前のところまで出世街道を邁進する。明治人特有の豪胆で烈しい性格から多くのひとに好まれたが、一九一四年に樺太疑惑事件に巻き込まれ、結局無罪を勝ち取るものの総裁職は逃してしまう。

その後、これを巻き返そうとするが、一九一九年中国で阿片密輸に関与したとの疑いで逮捕される(裁判では無罪)。さらに、一九二一年に原敬が暗殺されると、定太郎は後ろ盾を失って転落する。在野にくだってからは苦労が続き、一九三四年には明治天皇直筆の言葉がしたためられた手拭を販売したかどで詐欺容疑で逮捕されている。これも不起訴に終わり実刑を免れているが、樺太庁長官時の栄華からは程遠い生活を送らざるを得なくなる。後述のように、定太郎が夏子の気紛れをとめられなかったのは理由のないことではない。三島の祖父母の結婚は身分の差の大きなものであり、夏子は若い頃垣間見た宮廷文化の理想を知っていて、結婚当初から定太郎をそれほど尊敬していなかったが、この度重なる失墜がなければ、夫にそこまで絶望はしなかったかもしれない。プライドの高い夏子にとっては、橋家への手前もあり、夫への不満が増したことが予想される。

三島の幼少期には、一方では無力な祖父がおり、他方では強大な祖母が居座っていたが、小学校に上がり両親と暮らすようになると、父親・梓が夏子の教育から息子を叩きなおそうとして非常に厳しく——ときにサディスティックなまでに——躾《しつけ》をやりなおした。しかも、長男である公威を自分の母校でもある開成中学校には通わせず、学習院に入学させるのは、ひとつの大きな選択である。

平岡梓は父親同様豪胆な気質だったが、失墜した定太郎と絶対的な暴君である夏子によって完全に押しつぶされていたようだ。父親の象徴的負債を背負うことなく、母親の文化的理想を実現しようともせず、農水省で冴えない官吏人生を送っていた。そのなかで梓は自分の鬱憤を幼い息子に向けることもしばしばであったらしい。夫婦の仲が冷え切っていたこともあり、三島少年と母親の関係は非常に濃密なものになっていく。母親倭文重は儒家の家庭に生まれた文学少女であったこともあり、息子の文学的才能を育てるのに懸命になる。原稿を書いていると梓は激高して、それを破り捨てることもあったが、原稿を拾ってきて書き直すよう支えたのは倭文重であった。作家として成功してからも三島はつねに初稿を母親に見せており、その距離の近さは生涯変わることがなかった。

ここまでくると、父方祖母の平岡夏子（一八七六－一九三九）の企図もかなり見通しやすくなる。彼女は徳川幕府の旗本永井尚志を祖父にもつ家柄の生まれである。恐らくは口減らしのため、一二歳から一七歳で結婚するまで有栖川宮家に預けられ、京都の伝統的な雅の世界を経験している。武家出身でありながら、宮廷文化にも触れたことは彼女の生涯の誇りであった。自らの希望と知識を孫に託すべく、夏子は三島を独占していた。そのため三島が母親に返されるのは授乳時だけであり、それも授乳は四時間ごとと決められており、母子を前にして懐中時計で時間を測り、決まった時間にまた孫をもぎとるようにして連れ去ったという。しかも、彼女は坐骨神経痛を理由にエゴイスティックな言動で当り散らす暴君として振る舞ったが、その機嫌を直し、薬を投与するのは幼い三島の役割であった。病弱な孫に男らしい遊びはさせず、つねに数人の女の子と遊ばせるようにしたのは夏子である。歌舞伎や泉鏡花の文学、さらには宮廷文化への嗜好を孫に伝えたのも彼女である。天皇家は唯一の可能な親しい心情の対象であったに違いない。

＊

三島は日本の古典文化の知の伝達は父方の祖母から、エクリチュールの実践は母親から伝えられており、父親からはほとんどなにも伝達されていないと公言していた。しかし、母方祖父やその伯父については言及自体を控えていたようにみえる。それが意図した沈黙なのか、それとも、無意識の排除なのかは家族構成だけを眺めていても判断を下せないだろう。もっとも、一九八〇年代までのラカン派の議論であれば、この幼少期だけからでも父性隠喩の欠如を仮定して議論が進められてもおかしくない[*7]。それは決して誤りではないが、仮説を検証せずに放置されることが多いため、ここではむしろ精神病構造が詳細に読み取れるエピソードを見つけだすこと、とくに幼少期の症状と青年期の筋肉鍛錬が交差する出来事を掘り出すことを試みたい。それが難しいのであれば、作品のなかにその痕跡を見出す必要があるだろう（精神病の概念は主体の欠損もしくは障害を判断するものではない。それは倒錯を退廃として道徳的に判断しなかったのとまったく同じであることは強調しておきたい）。

そうした観点からすると、世界一周旅行直前に執筆された『偉大な姉妹』や『朝顔』といった短編で、父方の祖母と妹の喪失によって開いた虚無を隠しきれない状況が確認できる。

終りなき喪の作業からの離脱

『偉大な姉妹』（一九五二）は二日半のあいだ完全に不眠不休で書き上げられた家族ロマンである。青年期の三島は一七歳の唐沢興造として登場しているとみて構わないだろう。父方祖母夏子は巨軀の双子の浅子と槙子として描かれ、ともに孫を好意的に眺めており、三島が今は亡き祖母のまなざしを二重化させて、喪失した祖母の現前を倍加しようとしているかのようである。興造がどんなに悪さを

＊7　Paul Lemoine, «L'alternative de Mishima, ou le paranoïaque face à son clivage» in *Actes de l'ECF*, février 1982.

しても孫の大胆さを褒めて庇う祖母の浅子が、一方で小さくまとまっている自分の息子を莫迦にしては、孫を猫可愛がりするあたりには、三島の実際の家庭をユーモラスに記述した節も伺える。

しかしこの短編には死が満ちあふれているのもたしかで、たとえば最初の場面には唐沢家の法要が描かれている。法事に集まってきた一族の男たちは、「老いた宦官の行列を黙視しえない」と浅子に馬鹿にされる＊8。明治大帝に眷恋《けんれん》の情を抱いたこともある浅子と槙子が求めるのは「偉大さ」であり、彼女たち自身がその生きた象徴であった。ただし、「一族の視線はややもすれば、この老いてなお巨大な双児の姉妹にむかう。事実また唐沢一族の偉大な名残は、この二人の巨軀だけに在って、よそにはなかった」＊9、もしくは「いつも偉大を夢みている浅子は自分の偉大な体躯を忘れていた」＊10とあるように、「偉大さ」というシニフィアンは、いまや失われたもののすべての総称であり、浅子たちがそれを体現していたとしても理想の生きた残滓でしかなかった。

興造にとっては、保守的で「偉大さ」とかけ離れた父親よりも、浅子に対してより親近感を抱いていた。高校生活の瑣事に飽きあきして、「肉欲に大人しく従って行動」することもできず、若い女性の輪姦だけが唯一の夢想の対象で、仲間内からは「リンカーン」という渾名をつけられていた。実際に祖母から朱鞘の匕首《あいくち》を借り受け準備は万端だったが、あるとき興造は友人の輪姦未遂事件に巻き込まれ、高校から追放される。偉大な姉妹は高校の校長と直談判しにいくが、結局交渉は完全に決裂してしまう。

ここから家族ロマンは急展開する。槙子は急に心悸亢進を起こしたのをきっかけに投身自殺を試み、「巨軀はほぼ十米突の線路上に顛落」＊11する。また、浅子も自分の分身のような存在を失ったあと、微笑を残しながら忽然と姿を消してしまう。槙子は自ら選択して偉大な理想の幕引きを演じたと言えるだろう。一方、浅子は時間の化身と紹介されており[*12]、時間の象徴が視界から消えたということを意味しているように思われる。三島にとって、祖母の死は偉大さの消滅と時間の消失により二重化されるべきであり、象徴的には時間の死、もしくは歴史の死を意味していたのであろう。

しかし、より重要なのは（あまりにも自明ですぐには気がつかないかも知れないが）、「偉大さ」の理想の喪失を経験している主体は、祖母であって興造ではないということだ。偉大な理想の「喪失」は、祖母の死以前にもうすでに起きており――祖母はその「偉大な名残」でしかなかった――、興造自身はその理想が本当のところなにであるかを恐らく知らないかたちで、祖母という対象の喪失、さらには祖母の身体が体現していた理想の喪失を経験せざるを得なかったということである。これは『喪とメランコリー』でのフロイトの定義――メランコリーの主体は「自分が誰を失ったかということは知っていても、その人物における何を失ったかということは知らない」[*13]――と一致するといえそうだ。

＊8　三島由紀夫『偉大なる姉妹』（一九五一）『決定版 三島由紀夫全集18巻』新潮社、二〇〇二年、二六七頁。法事で老人たちは間断なく咳払いをするが、それすらも「愚痴っぽい咳である。並居る老人たちの咽喉にからまっている痰が、がさつな声で呼び合っているかのよう」であり、「これは一人一人の咽喉に巣食った老年という鳥の不機嫌な鳴声だ」（二六五頁）とからかっている。

＊9　同上、二六三頁。

＊10　同上、二七〇頁。

＊11　同上、三一〇頁。

＊12　「午後のあいだ、年寄は自分が存在しないことを知っている。時間に化けてしまっているのだ。彼女は正確に生きている。つまり時間を追い越したり、時間を追いかけたりせずに、完全に時間と雁行している。」（同上、二七二頁）。

＊13　Freud, Trauer und Melancholie, *Gesammelte Werke*, Band X, Frankfurt am Mein, Fischer Verlag, 1999 (1946), p. 431. フロイト「喪とメランコリー」（一九一七）『フロイト全集14巻』岩波書店、二〇一〇年、二七六頁。

フロイトは対象喪失という共通の基盤から、喪の作業とメランコリーとを比較するが、ラカンの排除の概念は、両者の構造的差異を強調することができ、より三島の事例に適合しているといえそうだ。なぜかといえば、ある対象もしくは理念が失われるためには、それがまず存在していたことを前提とする。ところが排除の概念では、対象もしくは理念が失われる以前に、それらがそもそも存在しない事態が想定可能だからである。この観点から見れば、なにを失ったか知らないというのは、そもそも失うべきものがなかったと解釈され、失うべきものがない状況は父性隠喩の欠如ゆえに生じるとされる。三島の父方祖母にとっての明治天皇のような父性的な「偉大さ」の〈喪失〉とは、三島における父性原理の原初的な不在を照らし出す契機として読まれうる。『偉大な姉妹』では、父性隠喩の「不在」の構造が近親者の「喪失」の出来事を通して描写されている可能性はある。

興造の場合、メランコリー特有の厳しい自己非難が見られず、主体自身が精神的に荒廃するまで空虚になることもない[*14]。それはこの作品で三島が父親に代表される男たちに対して挑発を繰り返し、軽妙な口調で嘲笑していくことで、この事態を隠蔽しようとしているからである。ただしこの挑発は父親の秩序を存立させるためのものではなく、その「見掛け（semblant）」もしくは不在を浮き彫りにするだけである。

しかし、妹の死を扱った『朝顔』のように、嘲笑するべき標的がないところでは、不安が噴出して主体の世界を揺るがす。

『朝顔』（一九五一）では、三島の終わりなき喪の作業の苦しさが吐露されており、三島がどのようにして妹の死後の喪の作業から強引に身を引き剥がしたかがよくわかる。このわずか一〇頁ほどの短編では、三島自身の夢がなにも加工されずに語られており興味深い。そこでは敗戦直後に腸チフスで急逝した妹が快復した姿で現れる。三島は妹の美津子をとても愛していたので、その死は随分こたえたと記している[*15]。前述の『終末感からの出発』では、三島はさらに直裁的に妹への愛を告白しており、「私は妹を愛していた。ふしぎなくらい愛していた。〔……〕死の数時間前、意識が全くないのに、「お兄ちゃま、どうもありがとう」とはっきり言ったのをきいて、私は号泣した」[*16]と綴っている。その死があまりに急であったこともあり、妹の喪失はすぐに受け入れられたわけではない。三島は「妹の死後、私はたびたび妹の夢を見た。時がたつにつれて死者の記憶は薄れてゆくものであるのに、夢はひとつの習慣になって、今日まで規則正しく続いている」[*17]と述懐している。そして「霊魂というものに、やはり生の形を与えないことには、私たちの想像力の翼は羽搏かないのかもしれない」[*18]と自問したあと自分の夢を述べていく。

理由はとくに明らかにされていないが、夢のなかで三島は「永い旅」に出て帰宅し、またそこから

＊14　同上、二八六頁。
＊15　美津子について三島は次のように述べている。「妹にはどこか可哀想なところがあった。私が寄せていたのは愛憐の情ともいうべきものであった。妹は自分のなかに徐々に萌え出してくるものの不安と戦ってたえず焦燥しているように思われた。私はそれを思春期の焦燥だと考えていたが、妹の中に芽ぶき頭をもたげて来たのは、生の樹ではなくて死の樹であったのかもしれない。」『朝顔』（一九五一）『決定版 三島由紀夫全集18巻』新潮社、二〇〇二年、四六〇頁。
＊16　『終末感からの出発』前掲、五一六－五一七頁。
＊17　『朝顔』前掲、四六〇頁。
＊18　同上、四六一頁。

旅に出て行く必要があるらしい。「何かそれは大事な早急の用事である。荷物があるので駅から家まで来た自動車を、そのために門前に待たせてある。」[*19]家には妹しかおらず、彼女に茶を出してもらう。妹は五歳くらいのときに着ていた浴衣（大きな朝顔柄が鮮明に描かれている）を身につけている[*20]。幾度も見てきた夢ゆえ、生きている妹の存在に一瞬疑念がよぎるが、とにかく夢の中で三島は彼女に病気は治ったのかと訊ね、「どうしてそんなに忙しいんだ」と訊く。そのあと「今日はおそくなるかもしれない。皆がかえったらそう言っておいてね」「うん」「じゃあ行ってくるからね」「いってらっしゃいまし」という単純極まる会話をして別れるのである。

愛憐の情を感じていた美津子と会うことができて——夢は現実において実現できない願望充足の手段であるというフロイトの定式に従えば——、三島の欲望は充足されたはずである。しかしながら、夢における欲望充足だけが問題になっているのではない。というのも、三島は車中でふと自分が話をしたのは幽霊だと気づくからである。それを運転手に伝えようとするも、まったく声が出ず、運転手の背に手をかけてゆすぶると、三島の心のなかを見通していたかのように、「そうだ幽霊だ」と顔なき顔が答えてくる。そして「忽ち手がのびて私の腕をつかんだ。私の腕をつかんだものは、実は手ではない。爪が私の腕に刺さって、そのほうへ私の体を引き寄せていたのである」[*21]という言葉で短編の幕が降りる。

『朝顔』のなかで語られた夢の前半部分でとりわけ目を引くのは、やはりタイトルにもなっている朝顔柄の浴衣を着た美津子であり、妹の姿を飾る朝顔の花である。しかし後半部分で出現する不気味なものとの出会いによって、妹の顔は顔なき顔によって消されてしまっている。朝顔の着物の鮮明な映像は、現実的なものを想像的に包み込む保護膜としては十分機能せず、その裏に隠れた空虚が迫り出してきて、夢の構造を壊してしまう。三島はこの悪夢の枠組みから逃げようとしているが、いつも同じ内容の夢を見て、その枠組みから脱しきれない。過去に囚われてもがく三島の姿が浮かび上がってくる。

この作品が執筆されたのは、感受性を捨ててさらなる想像力の展開を図るため、まさに世界一周旅行（「永い旅」）に出ようとしていた時期にあたる。それゆえ夢のなかでも、「想像力を羽搏たかせる」ために「外出する必要」が反復される。自分の感受性の基盤となっている過去の記憶を捨てるために旅行に出るわけだが過去が捨てきれず、執拗に反復回帰してくる虚無に『朝顔』という作品を捧げることによって終止符を打とうとしたのではないか（もちろん最後の場面では、清算されずに回帰してくる過去という亡霊が、終りなき喪の作業を放棄しようとする三島を爪で引留めようとするのだが）。ここでも三島は最愛の妹という対象の喪失によってなにを失ったか突き止められず、自分の感受性との決別という強引なやりかたで、対象喪失の経験を消し去ろうとしている。端的に言えば、作品という象徴的形式をとった過去の切断を試みているのであろう。それはさらにラディカルに世界一周旅行というかたちを取ってもおかしくはない。

＊19　同上、四六一－四六二頁。
＊20　同上、四六二頁。
＊21　同上、四六五頁。

ボディビルディングの開始のひとつの契機

これまで確認した家族の物語と同時並行的に始まった身体改造の直接のきっかけは、『私の遍歴時代』（一九六三）のなかに日記として書き留められている。ここでは持病の胃炎（子どものときに罹患した「自家中毒」と診断されている慢性的胃炎）について語られて、それが慢性的な躁鬱病気質と結びついていることが明かされている。[*22]

一九五〇年（昭和二五年）、二五歳の私は、あいかわらず、幸福感の山頂と憂鬱の深い谷間との間を、せっせと往復していた。これから一九五一年の暮に外国旅行へ出発するまで、私の生活感情は、一等はげしいデコボコを持っていたように思われる。そしていつも孤独におびやかされていた。私は世間の平凡な青春を嫉み、「へんな、ニヤニヤした二五歳の老人だ」と思っていた。しょっちゅう胃痛に苦しめられた。私は捕鯨船に乗り組んで南氷洋へ行こうと思い、新聞社のひとにもそのことをたのんだが、実現の可能性は薄かった。そのころから、作品と実生活にエネルギーをきっちり両分し、その中間地帯——日本のいわゆる付合というもの——に心を煩わされないようにしなければならぬ、という考えが生まれたが、この考えを私がはっきり実行に移すことができたのは、後年、運動が私の生活の一部になってからのことである。ここに面白い逆説がひそむので、人間には中間地帯というものがどうしても必要なのだ。そしてそこから、生活と作品の双方の養分を汲み取って生きてゆくのだ。あとでわかったことだが、この中間地帯として理想的なものは、実に、「無目的に体を動かすこと」、すなわち運動なのである。[*23]

三島の随筆は前後の文脈が完全に分断されていることが多い。文の勢いで読ませてしまうが、省略の度合いがかなり激しく、必ずしも文意は明快ではない。整理するため立ち止まろう。幼少期の三島は、五歳のときに「自家中毒」にかかり危篤に陥っている。母の兄である橋健行が診療して、もう手のつけようがないと判断し、家族が葬式の準備までしたというのだから本当に生命の危険があったことがわかる。これ以降少なくとも月一回ずつ「自家中毒」を起こし、そのたびに入院生活を繰り返していた。

この原因不明の症状は小学校入学頃には全治したとされるが、『決定版 三島由紀夫全集38巻』の行動年譜を見るかぎり、学習院高等部に入学後も時折同じ症状で苦しんでいる。しかし重要なのは、高校入学以降、好きな歌舞伎を頻繁に鑑賞し、さらには詩作に没頭して先輩に見せたりするなど、病弱な幼少時からは想像できないほど活動的になったこと、さらに自分の感受性を詩というかたちで表現しながら発展させ、身体的不調から抜け出し戦争を生き延びたことである。作家という象徴的理想——母と祖母の理想である——を目指し、さらに彼女らの愛好していた擬古文調の文体を駆使して執筆することで、三島の精神と身体が支えられていた側面は無視できない。

しかしその執筆活動ゆえ、若手作家の三島は孤独を強いられもした。それゆえ「世間の平凡な青春を嫉み」、自分を老人のように見做し、「作品と実生活のあいだ」で「心を煩わされないように」して

＊22 三島の躁鬱病気質については徳永孝夫が『五衰の人』（文春文庫、一九九九年）のなかで明記している。徳永は『サンデー毎日』の記者として三島に近しい存在だった。

＊23 三島由紀夫『私の遍歴時代』（一九六三）『決定版 三島由紀夫全集32巻』新潮社、二〇〇三年、三一二－三一三頁。

いた。しかも、「付合」に対する最適な処方は「運動」なのであるが、一九五〇年当時はまだそのことが理解できておらず、作品と実生活にきっちりエネルギーが分配されず、躁鬱の乱高下が激しい不安定な状態に陥っていた。この背景には、まず『仮面の告白』のヒロインとなった女性との別離があるⓇ[24]。前述した『終末感からの出発』にも「戦争中交際していた一女性と、許嫁の間柄になるべきところを、私の逡巡から、彼女は間もなく他家の妻になった。妹の死と、この女性の結婚と、二つの事件が、私の以後の文学的情熱を推進する力になったように思われる」[25]と記している。また、当時の三島は一九五一年一月から執筆開始となる新作『禁色』の準備に入っていたと思われ[26]、三島自身の同性愛的人間関係とこれを主題に扱った長編小説との距離がまだ整理されていなかったとも推察できる。このように苦しんでいた三島に次の出来事が起こる。

一九五〇年の初秋のころであったと思うが、私は或る大きな書店へ本を買いにゆき、本屋の前の喫茶店のテラスでアイスクリームを食べていた。本屋の入口に掲示板があり、そこに人が群がっているので、何かニュースの速報かと思ってよく見ると、中尊寺のミイラの写真であった。すると、本屋へ出たり入ったり、その写真の前に立止まったりしている人たちの顔が、急にみんなミイラに見えてきた。私はこの醜悪さに腹を立てた。知識人の顔というのは何と醜いのだろう！知的な人間というのは、何と見た目に醜悪だろう！　私のギリシアへのあこがれは、元々からにはちがいないが、多分こんな瞬間の、たまらない嫌悪から発している。これはもちろん自己嫌悪の一種であって、私の中には、不調和や誇張への嫌悪と、調和へのやみがたい欲求が生まれていたが、それはもちろん、自分の中の危機から生まれたものであった。あとで考えると、私は多分誤解していた。私の知的なものへの嫌悪は、実は、私の中の化物のような巨大な感受性への嫌悪だったのである。そうでなければ、私が徐々に古典主義者になって行った経路がつかめない。＊27

これは幻覚ではないが、また別の意味において三島の主体的構造を照らし出す記述となっている。他者の顔がミイラ化するのは鏡像関係の壊乱である。この三島の身体と他者の鏡像の乱れは、ふたつの時間により織りなされていることがわかる。(1)三島は自分だけはミイラではないと感じて周囲の群衆に嫌悪感を覚えたこと、(2)群衆と自分の内部にひそむ「化物」との結びつきを三島自身が事後的に認めていることだ。現場にいたときには、ミイラの写真の周囲にいる群衆がミイラのように見えてきているが、彼自身はミイラとして捉えられていない。彼はこの集団内部の例外者の位置に立っている。ところが、なんらかの視点の転換もしくは眼差しの反転があり、この出来事から時間が経過し

＊24　村松剛によれば、『仮面の告白』のヒロインである園子は実在の人物であり、かつ三島は現実に自分の小説と同じ物語を生きており、さらにこの女性への恋着ゆえ、三島はあくまで異性愛者であるとされる。また、この園子のモデルとなった人物は、三島の作品に数度となく登場しており、それは最後期の作品『春の雪』の聡子としても現れているとしている。村松剛『三島由紀夫の世界』新潮文庫、一九九六年。

＊25『終末感からの出発』前掲、五一七頁。

＊26　三島は高校時代に同級生への性的衝動を覚えたと『仮面の告白』のなかで語っている。それは力強い男性的身体の持ち主に対する羨望の混じった欲望であった。また『仮面の告白』の出版直後あたりからすでに同性愛者専門の酒場に足繁く通っており、そこで愛人を幾人も作っている。しかし三島の性的対象選択（異性愛か同性愛か）や性的享楽の有無といったことはここでは問題ではない。

＊27『私の遍歴時代』、前掲、三一三－三一四頁。強調は引用者による。

た『小説家の休暇』執筆時点では、自分のうちに化物がいたのだとはっきり認めている。

本屋に群がる人びとの好奇のまなざしの対象がミイラであることを知って、見物人を眺める三島のまなざしは見物人のまなざしは消え去ってしまう。三島のミイラへの同一化があるからこそ、三島の「ニヤニヤした」まなざしは見物人のまなざしと重なり、ラカンがよく使う表現で言えば手袋のように裏返る（第1章参照）。こうして他者とのまなざしのやりとりから、自分のメッセージを裏返したかたちで受け取るのである。立腹は自分自身が思わぬ仕方で外在化したことの効果であろう。主体と「現実的なもの」との出会いは必ずこうした現実と非現実のはざまで起こるが、そこでは主体の内部と外部が転置可能な位相空間が開かれる。

ギリシアへの憧憬が海外旅行の動機とされていたが、それはどちらかといえば表面的な理由であり、むしろ慢性的な躁鬱状態（その原因は妹の死よりなおさらに過去に遡るべきものである）、そしてそのなかで経験された隣人のミイラ化現象が三島を世界一周旅行へと急きたてたのではないか。自らのうちで永続する終わりなき喪、死によって巣食われた身体から逃げ出すようにして、太陽を求めて旅に出たのだとしたら、その帰結はいかなるものであったのか。

世界一周旅行とボディビルディングの効果

世界一周旅行は表面的には良い効果をうんだように思われる。三島は自らの「想像力を羽搏たかせて」、彼の「感受性」を感じさせない秀作を生み出した。『花ざかりの森』や『仮面の告白』といった初期の作品に見られる、幾重にも形容詞を重ねた擬古文調を排して、森鷗外のように明確で、いわば骨格のしっかりした文体に「改造」したのである*28。具体的に作品名をあげれば『潮騒』がそれにあたる。これは大ベストセラー作品となり、名実ともに一流作家の地位を確立する。さらに『永すぎた春』、『美徳のよろめき』の出版と、それらの映画化による宣伝効果もあり、文壇のみならず、その名は人口に膾炙するところとなった。ボディビルディングにいたっては、週刊誌にその写真が掲載されたりするくらい有名になる。こうして、文学的成功は「作品と実生活のあいだ」の関係を解決し、三島に精神的安定をもたらした。この時期は作家の想像力の豊饒さを示しこそすれ、精神病理学的現象などは一見するところほとんど見当たらない。

しかし、ここで冒頭の引用文の執筆年であった一九五五年という結節点に戻ってくるのだが、三島は『小説家の休暇』のなかで最近の自分の安定ぶりに関して不安をこぼしている。この洒脱極まる日記形式のエッセイでは、文学的主題が自由自在に論じられているが、そのなかに一種の染みのように自分自身の肉体についての観察が挿入されている。その文章は精神医学の専門書を参照しながら書かれていること、さらに、この文章を書いた一ヶ月後に、三島はボディビルディングを開始していることに注目しておきたい。

＊28　三島は自分の文体改造を『太陽と鉄』のなかで次のように振り返っている。「すでに私は私の文体を私の筋肉にふさわしいものにしていたが、それによって文体は撓やかに自在になり、脂肪に類する装飾は剥ぎ取られ、筋肉的な装飾、すなわち現代文明の裡では無用であっても、威信と美観のためには依然として必要な、そういう装飾は丹念に維持されていた。〔……〕私の文体は対句に富み、古風な堂々たる重みを備え、気品にも欠けていなかったが、どこまで行っても式典風な荘重な歩行を保ち、他人の寝室をもその同じ歩調で歩き抜けた。私の文体はつねに軍人のように胸を張っていた。そして、背をかがめたり、身を斜めにしたり、膝を曲げたり、甚だしいのは腰を振ったりしている他人の文体を軽蔑した。」三島由紀夫『太陽と鉄』（一九六八）『決定版　三島由紀夫全集33巻』新潮社、二〇〇三年、五三七頁。

〔一九五五年〕七月五日（火）

一日雨。南風がはげしく吹きまくる。終日ホテルにいる。

このごろ外界が私を脅かさないことは、おどろくべきほどである。外界は冷え、徐々に凝固してゆく。そうかと云って、私の内面生活が決して豊かだというのではない。内面の悲劇などというものは、あんまり私とは縁がなくなった。まるで私が外界を手なずけてしまったかのようだ。そんな筈はない。決してそんな筈はなし、又そんなことができる筈もない。クレッチメルはこう書いている。「分裂性変質は段階を追って進み、遂に鈍麻した冷たい方の極に達するのである。その過程において氷のように硬いもの（或は皮革のようにごわごわしたもの）は次第に身のまわりを包んできて、過敏なぐらいに感じの強いものが次第に減退してゆく。

皮革のようにごわごわしたもの、とは言い得て妙である。大体において、私は少年時代に夢みたことをみんなやってしまった。少年時代の空想を、何ものかの恵みと劫罰とによって、全部成就してしまった。唯一つ、英雄たらんと夢みたことを除いて。

ほかに人生にやることが何かあるか。やがて私も結婚するだろう。青臭い言い方だが、私が本心から「独創性」という化け物に食傷するときに。*29


青年となった三島は世界一周旅行の実現を皮切りに、非常に短期間のうちに「少年時代に夢みたことを全部やってしまった」のであろう。しかし、それによって三島は自分の精神・身体的安定が得られたとは考えていない。エルンスト・クレッチマーの主著『体格と性格』*30を参照して、「分裂病質的変質」という自己診断をくだす。それよりもさらに重要なのは、自分のうちに執拗に留まる異物感を、クレッチマーの記述「皮革のようなごわごわしたもの（stumpf wie Leder）」*31によって同定している点である。この表現から、三島の身体内部の感覚がいかなるものであったかにわかに想像しがたいが、三島にとってはこれこそが自分の身体のうちに感じていた異物感をぴたりと言い当てた表現なのであろう。

若い頃からの敏感な感受性が薄れたのは、文学的成功によって人びとに認知されたからだけではない。それはなんらかの気質の変化によって、こころがミイラの身体のように干涸びてごわごわになったのであり、病理的な意味で無感覚になったのかも知れぬと危惧していると判断して間違いない。最後に、彼のなかの「感受性」という化物――ここでは「独創性」という言葉が使われているが――を完全に駆逐したあと、結婚へと踏み出したいと三島は考えているようである。自分のうちの怪物の息の根を完全に止めたとき、結婚という象徴的行為によって自分の過去と完全に手を切り、新

---

*29 『小説家の休暇』（一九五五）『決定版 三島由紀夫全集23巻』新潮社、二〇〇三年、五七四－五七五頁。

*30 クレッチマーは性格もしくは心理的なものだけを扱うわけではなく――貧弱な身体に悩んでいた三島にとって無視できない――「体格」を比較分析の主軸に置いてくる。クレッチマーを参照しながら、三島は色白で脆弱な身体を捨て去るために、日焼けして隆々とした筋肉に包まれた肉体に「改造」することを思いついたのかも知れない。

*31 原文は以下のようになっている。«Von diesem mimosenhaften Pol ziehen sich nun, wie gesagt, die schizoiden Temperamente in einer fortlaufenden Staffelung bis zum stumpfen und kalten Pol, indem das „hart wie Eis“ (oder stumpf wie Leder) immer mehr um sich greift und das „gefühlvoll bis zur Empfindsamkeit“ immer mehr abnimmt.» Ernst Kretschmer, *Körperbau und Charakter: Untersuchungen zum Konstitutions-Problem und zur Lehre von den Temperamenten*, 23. & 24. wesentlich verbesserte und vermehrte Aufl., Berlin, J. Springer, 1961, p.193. なお、三島が参照したのは一九四四年に肇書房から出版された齋藤良象訳であろう。

たな仕方で未来に結びつけたいという願望が表明されている。三島の生育期の複雑さからするに、自らの家庭を築き、父親になるという決定は生易しいものではなかったことは推測できる。しかし一九五八年六月一日に、三島は実際に結婚している。同年三島の母親が癌と診断され（それはのちに誤診と判明したのであるが）、それを期に急遽見合いの手続きを開始して結婚式を挙げたのだ。三島は周囲の目を惹くような西洋邸宅を建て、小さな庭園にはイタリアから運ばせたアポロ像を置き、他の建物ときわめて異なる住まいに居を構える。そこに両親のための別宅も用意して、家族生活を営むようになる。結婚式からほぼ一年後の一九五九年六月二日に長女紀子が誕生している。

このような背景のなか出版された『鏡子の家』は、三島自身も文壇での認知を求めて意欲的に取り組んだ作品である（第一子の懐妊から出産までの期間は『鏡子の家』の構想から出版までの期間とほぼ重なっている）。三島由紀夫の私的生活と公的活動を振り返ってみるとき、『鏡子の家』は大きな転回点となっており、そこでは家庭と小説が二重に賭けられていたように思われる。そこでの三島の身体現象を追ってみよう。

『鏡子の家』：ボディビルディングの彼岸へ

『鏡子の家』は興味深い構造をもっており、中心人物の女性が鏡となり、そこに三島の理想と現実とが幾重にも映し出されていく。三島研究家の田中美代子も主張するように、この長編書き下ろしでは「作者は豊饒多彩な世界の広がりを描き、自ら行くべき道を探るのに、ただ一人の主人公では足りず、いわば自身を四つに解体し、各要素を検証しながら自己の可能性を探って」[*32]いるのである。

鏡子は過去のイメージに囚われて自分の記憶の外部で生きることのできない、現在という時間に存在することが不可能な若い女性である。彼女は杉本清一郎の妻だが、自己の内部の空虚を隠して「堅実無比な熱意に満ちた好青年」を演じる夫を追い出し、自宅に男の友人たちを迎える*33。鏡子の家には、細々と俳優業を続ける舟木収、ボクシングの道に励む深井峻吉、日本画家を目指す山形夏雄が出入りし、鏡子はかれらにとってのミューズを演じる*34。この小説の登場人物たちすべては各々の当初の目標から逸脱して行くが、そのなかでも本章での主題に関わるのは舟木収の命運である。

収は自らの貧弱な肉体を恥じていた。「その肉体は貧しくて優雅には程遠く、男性の優雅が或る程度の逞しさなしには成立たぬことを示していた。」*35ゆえに、週三回欠かさずにジムに通って鍛錬に励んだ。ジムで鍛えているあいだは、「ここには美しい筋肉だけがあって、その存在の保証は明白だった。なぜならそれはたしかに彼自身の作ったものであり、しかも「彼自身」だったからである。」*36その効果を収は次のような言葉で表現している。「自分は精神をすこしずつ掻い出して、それを筋肉に変質させてゆきつつあるように思われる。いずれは精神は全部掻い出されて筋肉になるだろう。彼は完全に外面だけで作られた、完全に外面に浸透された人間になるだろう。心を持たない筋肉

＊32 田中美代子「半教養小説」『決定版 三島由紀夫全集7巻』新潮社、二〇〇一年、月報五頁。
＊33 同上、五頁。
＊34 三島は一九五八年に始めたボクシングを才能の欠如ゆえ八ヶ月でやめざるを得なかった。これとは反対に、ボディビルディングを開始して四年程経過しており、『鏡子の家』出版時、その成果は誰の目にも明らかになっていた。
＊35 三島由紀夫『鏡子の家』（一九五九）『決定版 三島由紀夫全集7巻』新潮社、二〇〇一年、七八－七九頁。
＊36 同上、一七九頁。

だけの人間になるだろう。……収はいつものようにぼんやり椅子に坐って、そこにいずれは、闘牛士のような、敏捷な筋肉だけの男が坐ることになるのを夢みていた。『僕はそのときこそ完全に、ここに存在しているだろう。そうして今こんなことを考えている僕というあいまいな存在は、そのときもう、影も形もとどめていないんだろう』」[*37]と。心を持たない筋肉だけの人間というのは、過去の影がない純粋な肉体存在という観念に直結する。また、収の内部の空虚を「掻い出して」外に出したのが筋肉であるのであれば、筋肉は虚無の表面化されたものに過ぎない[*38]。

こうしてみると、収がはじめて筋肉の鎧をつけた人びとを見たときに浮んだ考えは興味深い。「悲しんでいる筋肉の悲しみを見るがいい。それは感情の悲しみよりもずっと悲壮だ。身悶えしている筋肉の嘆きを見るがいい。それは心の嘆きよりもずっと真率だ。ああ、感情は重要ではない。心理は重要ではない。目に見えない思想なんぞは重要ではない!」[*39]これはジムに通う人びとについて語った文章なのだが、むしろ収の心理状況、さらには三島自身の思考状態を如実に語るものとして文字通り受け取るべきである。せっかく鍛錬させて隆起させた筋肉も収の眼にはメランコリーが透けて見えてしまう。筋肉の鎧を纏っても、その姿を鏡で眺めているだけでは、収の存在の不確かさはまったく確固としたものとして経験されない。ここから、肉体美をそのものとして眺め愛でる他者の身体/眼差し/声が必要となってくるのである。しかし、収はボディビルディングのコンペティションに出場して、競争によって同胞から承認を勝ち取る方向にはむかわず、俳優崩れの無為な生活のなかに沈み、交際相手の愛撫によって承認を求めていく。

収が性交中に考えることは自分の存在の保証だけである。性的享楽――とくにラカンの主張するファルス的享楽――は収に充溢感をもたらさない。「女の言葉が鏡になって、彼の鍛えた筋肉の幻影を一つ一つ目先の闇の中に浮ばせるのであった。それは今や収の愛にとって必要不可欠な手続きであって、女がそういっているあいだ、彼の心にも共感が生まれた。〔……〕言葉は一つ一つの愛撫を観念にまで高め、収の筋肉に独自の値打を与え、言葉を媒介にして、収自身の目にありありと見える収の肉体を築き上げ、つまり彼の存在を保証したからである。」*40 パートナーの鞠子という相手の女性が目をつぶって自分の快楽に浸っていくときには、眼差しは目蓋によって覆われ、命名のための声が享楽のこもった呻き声になるゆえ、眼差しと愛撫による承認という保証が消え去ってしまう。

ここまでくれば、この言葉による愛撫をラカンの鏡像段階を参照しながら考察してみることもできよう（エディプス・コンプレックスと同じように、鏡像段階も生後六ヶ月の乳児の身体像の受容の説明図式から外れて、そのヴァリアントを把握する際に大きな力を発揮する概念である）。実際、収は性交を媒介に鏡像段階をやり直しているように見えるからである。鏡像段階で記述されるのは、寸断された身体が統一的自己像を獲得するプロセスである。なかでも、〈他者〉（往々にして母親がこの位置を占めることが多い）からの呼びかけの言葉が、現実的な「身体」と想像的な「自己像」の象徴的連関を保証するという点に重きが置かれる。収の場合はその反対の事態が起こっており、他者からの言葉はもはや象徴的機能を喪失して、収のナルシシズムの構造を支える言葉の幻影としてしか存在していない。鞠子には実現不可能な

*37 同上、九六頁。
*38 ちょうどクラインの壷の構造を類比的に用いればよいだろう。管の内部が一度外部に出ながら再び内部の口に戻ってくるような構図で記されているのは、内部の虚無が連続的に外部に表面化して、それがふたたび内部に回帰する図である。
*39 前掲、七七－七八頁。
*40 同上、二〇一頁。

作業、つまり収の鏡像と身体の連関を象徴的に成立させる義務が課せられ、彼女はその目標を達成するための道具に還元される。その場限りで鏡像を映し出す反射面の役割を果たすしかない鞠子にとって、収の筋肉をひとつひとつ命名していくのは、無を分割して、それに名前をつけるようなものだ。鞠子の言葉はつねに無を命名しようとして躓くため、収は命名的愛撫を捨て去る決意を固める。

こうしてみると、鞠子が彼に別れ話を持ち出したときのエピソードは示唆的である。彼女は収のナルシシズム[*41]と身体像の支えであったが、収は彼女を失っても悲嘆に暮れることはけっしてない。収の自己存在の感覚の欠如は、彼の存在を支えていた他者を喪失することに対する無感覚と直結している。別離の直前でも、「収の特殊性は、飽きてしまったという決断がなくて、女の陶酔を眺めながら、いつまででも日向ぼっこしているような空白の消閑のたのしみを持つことができ」[*42]たが、実際に別れてからも「収は何一つ失うものがないばかりか、失うと知って俄かに惜しくなるでもなく、泣いている鞠子の姿を、自分の手から路上に落ちたけばけばしい紙屑みたいに眺めていた」[*43]のである。

収によれば、この無感動には二つ理由がある。「このありきたりの情事のあいだに、もし収が本当に存在していなかったのだとすれば、鞠子が別れようとしている対象は影の影にすぎない。又、もし収がちゃんと存在していたのだとすれば、鞠子は形は男を捨てたように見えても、実は男に捨てられたにすぎない。彼の堅固な存在から、滑り落ちてしまったのにすぎない。しかし収にとって困るのは、この二つの仮定が、どちらもあやふやに思われることであった。」[*44]情事のあいだ収を言葉によって存在させていた女性は、そもそも収のなかに場所を占めていなかったということだ。喪失が可能となる条件が欠如しているゆえに、喪失という事態そのものが起こらない。収は喪失らしい喪失が起こらない無痛の身体のうちに漂っているように見える。

この無感動ゆえ、またこの無感動から脱出するため、収は高利貸しの夫人・秋田晴美と倒錯行為を開始して、果ては心中自殺をはかるのである。収が倒錯行為のなかで唯一スリリングに感じるのは、自分の生命を奪う、血液を失うという経験であり[*45]、そこで「ひりひりするような苛烈な関心」、「彼を浸食するような関心」[*46]を肌で感じることで、ようやく喪失の可能性と自らの身体を実感をもって感じ取ることができる。鞠子との関係では、収の身体と他者のまなざしの構図が前面に出されるが、清美との関係ではさらに《痛み》がそこに加わる。こうして苦痛を感じる身体を他者によって見られる経験へと横滑りするのである。ここではイメージと身体の一致を再認するまなざしではなく[*47]、

＊41 ナルシシズムという用語はもはやここでは不適切といえるだろう。自分のまなざしだけで十分満足していたナルシスの神話と比較すれば、鞠子との関係における収の不満足（自分だけではなく他者によって眺められ愛でられても不十分にしかナルシシズム的満足は得られなかった）が逆に透けて見えてくるであろうし、まして清美との関係において収はナルシシズムの圏域の彼方へと逸脱していくだろう。

＊42 前掲、三〇二頁。

＊43 同上、三〇二頁。

＊44 同上、三〇二頁。

＊45 ジャン＝クロード・マルヴァルは三島の対象aは傷口から流れ出る血であると私信において主張していたが、次の論稿では別の見解を提示している。Jean-Claude Maleval, «Fantasme nécrophile et structure psychotique (II)», in *Mental Revue Internationale de psychanalyse*, décembre 2009, n°23.

＊46 同上、三五一頁。

その解体もしくは破壊を望むまなざしが威力を持ちはじめる。さらに言えば、収自身の自己喪失の危険が高まるにつれ、この自己喪失をとらえる〈他者〉のまなざしも強烈さをますのである。

収の経験には倒錯的色調が強いが、ここに性的もしくは道徳的マゾヒズムを読み取るのは間違いであろう。倒錯の主体の快楽追究の方途とメランコリーの主体の存在確認の方途とは、マゾヒズム的現われをしていても構造的に次元の異なる事象である。ラカンによればマゾヒストは〈他者〉のまなざしの存在を無自覚的に前提しており、そのまなざしによって見られる舞台で「デリケートなユーモリスト」(S.XVII. 75-76) として快楽に浸るのである。そしてドゥルーズも解説しているとおり、その舞台では〈他者〉の暴力が快感原則を越えてマゾヒスト本人の生命を危険にさらすことがないように、契約書によって倒錯行為の枠組みが設定されている[48]。

ところが、メランコリーの主体にとって〈他者〉のまなざしの存在は自明なものではない。自己の苦痛を捧げることによってしか、そのまなざしを喚起できない。つまり、収はそもそも不在でしかないまなざしを現前させるために、自己を犠牲にする論理に従っているのである。

三島本人の作品のなかで、自己像の補完物としての筋肉鍛錬が遠ざけられ、もはや筋肉という遮断物によっては身体内部の空虚を隠蔽できなくなったところで、身体イメージから欲動の領域に議論をシフトさせてもよいかも知れない。精神分析では、人間を性的活動に向かわせる「欲動」を源泉、対象、目標、衝迫の四観点から説明している。さらにこうした欲動の四要素は、神経症の領域に留まるかぎり、ファルスのシニフィアンによって秩序づけられる。

しかし、収の場合、そのような統御の機能は働いておらず、欲動の源泉は無媒介に〈他者〉のまなざしとなり、そこからの衝迫は無制限に強度が高まる。欲動の対象は〈他者〉の身体から分離された部分対象でもなければ、（鞠子が提供しようとした）統一感のある身体像でもなくなり、渺漠とした虚無が広がっているといえよう。つまり、ここには対象はもはや存在していないのかもしれない[*49]。最後に、欲動の目標も欲動の回路を反復することで得られる性的享楽ではなく、この欲動の回路そのも

＊47　フロイトは「喪とメランコリー」においてメランコリーとナルシシズムの関係を明瞭に語れずに苦しんでいる。一方においてメランコリーには「ナルシシックな対象選択から根源的ナルシシズムへの退行」があるとされ、フロイトはそれを口唇愛の水準に位置づけるが、また同時に「メランコリーのコンプレックスは、開いた傷口のようにあらゆる方面から充当エネルギーを吸収し、自我をまったく貧困になるまで空っぽにする」傾向があり、このリビドーの貧困を肛門愛の水準に位置づけている。結局、フロイトは「極端な愛着と自殺という二つの正反対の状況において、自我はそれぞれまったく違った仕方ではあるが対象に圧倒されてしまう」と言い逃れるが、マリー＝クロード・ランボットはラカンの鏡像段階を参照しながら、メランコリーにおけるナルシシズムの裂け目を強調する。「メランコリーの主体にはナルシシックな備給を考えることはできない。なぜならナルシシズムは性愛化された鏡像の統合を前提とするからである。快楽の初源的経験で〈他者〉によって承認されなかったため、メランコリーの主体は快楽の経験を象徴的世界に書き込むことができず、欲望の弁証法も創設されなかった。」Marie-Claude Lambotte, *Le discours mélancolique: De la phénoménologie à la métapsychologie*, Paris, Economica, 2004, p. 441.

＊48　ジル・ドゥルーズ『マゾッホとサド』蓮實重彦訳、晶文社、一九七三年参照。

＊49　マリー＝クロード・ランボットはメランコリーにおけるまなざしの問題についても鏡像段階を参照しながら、なにも映し出さない〈他者〉のまなざしの空虚さに同一化する機制を説明している。「[〈他者〉の]の眼差しが、子どもを見ず、彼に身体の輪郭を付与せず、その身体を空間に登録しなくても、子どもを通り過ぎさえすれば、子どもは唯一、空虚な枠組に、死にものぐるいで視線を向けるだろう。これは絶望的に近づくことのできない唯一の自我理想に目を向けることでもある。メランコリー者の夢がそれを証明している。その夢は、夢見る人が、捉えようとしてもできない。「遠くに失われた眼差し」をもった諸人物を上映している。この眼差しの欠如は、世界の生命力喪失感と関係しないわけではないが、それによって、さらにかれらはものの背後、無力な現実の背後に、隠された真理の諸徴候を探すように促される。ところが、空虚な枠組みの背後、換言すれば鏡の背後には、何もない。」『フロイト＆ラカン事典』弘文堂、一九九七年、三五三－三五四頁。

のの破壊と考えるべきなのだろう。清美との行為のときに用いられる短刀は、ファルスのシニフィアンによって規定されていない享楽に物理的な制限（もしくは現実界における去勢）を設ける最後の手段となっているのではないか。ある意味において、収の死を記述することで、三島はボディビルディングによるメランコリーの処方の限界を露呈させ、さらには身体のなかを走る欲動の回路の破壊とそれを支える〈他者〉のまなざしという図式に気がついたのかも知れない。

『鏡子の家』はどのように受け入れられたのか？——大失敗であった。三島は批評家からの無視を強調するが、単にそれだけではないだろう。『鏡子の家』のなかで「戦後」という時代の空虚が描かれていると西川長夫は論じているが[*50]、この作品のなかで三島はあまりにリアルに自らの空虚を「戦後」の空虚と重ねて描き出したとも言えるだろう。『鏡子の家』が失敗したのは、その空虚という「現実的なもの」が、あまりに露骨に直示されたからではないか[*51]。空虚という「現実的なもの」が小説のなかに大きな影を落とし、三島を代理表象する男性人物像は次々とその影にのみ込まれる。読者もその影響を受けないわけにはいかない。

『鏡子の家』の失敗は三島にとって衝撃であり、その後の文学活動に影響を及ぼしていく。次第に文武両道を目指すようになり、最終的には武人として行動する側面を強調していくのである。同時に、自刃の思想に取り憑かれていき、それは『憂国』に結実するだろう。こうしてボディビルディングに用いられた鉄塊はここで大きな役割を終えることになる。この対象は三島の心の闇の物質化であり、これが重ければ重いほど、三島の身体には筋肉が付着していったのであるが、短刀がダンベルの場所にやってくる。さらに後年には日本刀が短刀に置き換えられることになる。それは自分の鍛え上げてきた肉体を破壊するために必要不可欠なものである（三島にとって鍛錬は肉体の破壊に至ってようやく完成するのだろう）。そして、この鉄塊から刀剣への移行は、身体の存在の確認のための「鉄」もしくは肉体の美を鍛えるための「鉄」を捨てて、その存在と美を破壊するための「鉄」への移行を意味している*52。この主題は三島の最晩年の諸行動を読み解くために非常に重要なものだが、ここではあ

*50　「たしかに『鏡子の家』は奇妙な小説である。五〇〇頁以上に渡ってイメージ、言葉、議論が尽くされているにもかかわらず、虚無の感覚を読者に残すからである。〔……〕この小説の本質は登場人物たちの性格もしくは葛藤の展開のうちにではなく、むしろ彼らが各々の心の奥底に抱く破滅のイメージのうちにある。それが「地獄」、要するに「戦後」なのである。」Nagao Nishikawa, *Le romain japonais depuis 1945*, Paris, PUF, 1988, p. 256.

*51　村松剛『三島由紀夫の世界』新潮文庫、一九九六年、三二三頁。村松剛は『鏡子の家』の失敗の理由として、当時の読者は三島が発しているとされる「何でも呑み込んでやる」という威勢の良さを嫌ったとしている。しかし事態はむしろそのまったく反対なのではないか？　つまり、読者は三島の深い闇のうちに「呑み込まれる」危惧を感じるがゆえに『鏡子の家』を避けるのではないか？　自分のうちなる病理的空虚をそのまま呈示するような愚行を犯せば、どんな才能のある小説家でも失敗は不可避である。

*52　ダンベルのステータスを規定するのは意外と難しい。これをフェティッシュと呼ぶことは難しい。それによって明確な性的享楽を得ているわけではないし、それが母親の失われたファルスの対象＝物質的代理というわけでもないからである。ダンベルはファリックな価値を帯びていないが、しかしだからといって単なる鉄の塊と看做するのも間違いだろう。『小説家の休暇』でも述べられていたように、筋肉鍛錬のための「運動」は三島の創作と日常生活を橋渡しする非常に重要な要素であった。鉄塊は「日本式の付合い」を避けるための道具、つまり小文字の他者のかわりに置かれた対象であり、これが創作と日常生活の両方を規則づけていたからである。またなにより、「こうして私の前に、暗く重い、冷たい、あたかも夜の精髄をさらに凝縮したかのような鉄の塊が置かれた」（『太陽と鉄』、前掲、五二一頁）とあるように、ダンベルは三島のメランコリーと密接な関係にある虚無を物質化している。このように鉄塊は三島にとって重要な位置を占めていたわけであり、『憂国』で〈他者〉のまなざしの問題系が前面に出てくるまでは、三島の主体的構造を秩序づける対象aの役割を果たしていたと思われる。

くまでボディビルディングの最後の命運を見極めるため、『太陽と鉄』という作品に着目したい。

『太陽と鉄』：肉体と言葉からの離脱もしくは死への二重の同一化

この著作は複雑な構造をしており一読しただけでは主題が浮かび上がってこないが、肉体讃美の書と受け取られても仕方がないところはある。冒頭から文学との決別があらわに感じられ、文人から武人への変貌がつよく印象づけられるからだろう。洗練された言葉の特異性に対して、鍛錬された筋肉の普遍性が擁護され、ボディビルディング、剣道、自衛隊訓練での純粋な身体感覚が強調され、極限的な身体感覚として特攻隊の突撃経験が語られる。極めつけに、三島自身による戦闘機の搭乗経験が記述されたあと、激しい訓練後の恍惚体験まで述懐される*53。

自衛隊に体験入隊するのは稀有な経験である。それは脆弱だった幼児期には想像もできない体験であったに違いない。しかし、『太陽と鉄』は肉体讃美の書物ではもはやありえないこともたしかである。世界旅行から帰国した直後の一九五〇年代前半であればまだしも、『鏡子の家』ですでに筋肉鍛錬の限界をよく把握していた三島が、筋肉美を誇る自己愛的な世界に浸ることは不可能であろうからだ。『鏡子の家』の収が最初に夢見たような、鍛錬された筋肉が自己の存在確認の手段になりえた段階にはもうないのである。ここではただひたすら非個性で普遍的な兵士の身体イメージを具現化することが強調されている。つまるところ、『太陽と鉄』のテーマは主体による自らの特異性の排除であり、個人的な過去を切り離していった三島の振る舞いの反復である。

この作品で提出された侵蝕される身体のイメージについて言及しておこう。「つらつら自分の幼時を思いめぐらすと、私にとっては、言葉の記憶は肉体の記憶よりもはるかに遠くまで遡る。世のつねの人にとっては、肉体が先に訪れ、それから言葉が訪れるのであろうに、私にとっては、まず言葉が訪れて、ずっとあとから、甚だ気の進まぬ様子で、そのときすでに観念的な姿をしていたところの肉体が訪れたが、その肉体はいうまでもなく、すでに言葉に蝕まれていた。〔……〕まず白木の柱があり、それから白蟻が来てこれを蝕む。しかるに私の場合は、まず白蟻がおり、やがて半ば蝕まれた白木の柱が徐々に姿を現わしたのであった。」[*54]『太陽と鉄』の「白蟻による侵蝕」は、『小説家の休暇』の「感受性」、『鏡子の家』の「筋肉の悲しみ」から横滑りしてきたものであろう。白蟻＝言葉、身体像＝蝕まれた白木の柱という比喩からして、ともにネガティヴな意味が賦与されていることは明白である。

もちろん、このような病んだ身体を侵蝕する言葉から解放するために、太陽の光を浴び筋肉トレーニングで肉体を鍛錬したのではある。しかし、筋肉はもはや希薄化していく一方であり、筋肉が気化していくような描写を三島は残している。「ある夏の日私は、鍛錬に熟した筋肉を、風通しのよい窓際へ行って冷ましていた。汗はたちまち退き、筋肉の表面を薄荷のような涼しさが通りすぎた。そのとき、私の中から筋肉の存在は一瞬のうちに拭い去られ、あたかも言葉がその抽象作用によって具体

＊53　「そこでは多くの私にとってフェティッシュな観念が、何ら言葉を介さずに、私の肉体と感覚にじかに結びついていたのである。軍隊、体育、夏、雲、夕日、夏草の緑、白い体操着、土埃、汗、筋肉、そしてごく微量の死の匂いまでが。そこに欠けているものは何一つなく、この嵌絵に欠けた木片は一つもなかった。私は全く他人を、従って言葉を必要としていなかった。この世界は、天使的な観念の純粋要素で組み立てられ、夾雑物は一時彼方へ追いやられ、夏のほてった肌が水浴の水に感じるような、世界と融け合った無辺際のよろこびに溢れていた。」（『太陽と鉄』、前掲、五四八頁）。

＊54　同上、五〇七頁。

的な世界を噛み砕いてしまうように、そして、それによって、一つの世界を確実に噛み砕き、噛み砕いたあとでは、あたかも筋肉が存在しなかったの如く感じられた。」[*55]この瞬間には「光のような純粋な力の只中」で恍惚を感じるのだが、「筋肉は鉄を離れたとき絶対の孤独に陥り、その隆々たる形態は、ただ鉄の歯車と噛み合うように作られた歯車の形にすぎぬと感じられた。涼風の一過、汗の蒸発、……それと共に消え去る筋肉の存在」[*56]とも言っており、筋肉の鎧に守られることはもはやなく、三島自身の存在感覚も脱落してしまう。蒸気とともに大気の中に消え去りそうな感じである。

それは単に爽快感をともなう限界状況の経験といったものではなく、身体感覚の脱落、存在そのものの「滑り落ち」というべき出来事に直結しているように思われる。「今朝の落下傘の操縦訓練は、入浴後も腕に軽い痛みを残し、それにつづく地上十一米の跳出し塔の訓練は、はじめて味わう、空中へ身を投げ出したあのきわめて希薄な感覚、オブラートのように破れやすく透明な感覚の残滓をなお体内に残していた。それにつづくサーキット・トレイニングや駆足の、深い迅速な息づかいは、甘い倦さになって全身にゆきわたっていった。」[*57]とくにパラシュート訓練時の空虚な空間に身を投げ出していく感覚は、Ｆ１０４戦闘機の搭乗後に書かれたイカロスという題名の詩にも反映されており[*58]、自分自身の身体が「落下」していく感覚を記述している。こうして、軍事訓練中に得られた「世界と一体化したことによる無限の喜び」は、主体の分散化、寸断されて消散していく身体の表現と解釈できることになる。身体感覚の零度を目指す傾向は強くなることこそあれ、決して弱まることはない。意味の空無化は身体感覚の虚無化と通底している。

なぜ失墜経験がここまで強調されるのか。それは特攻隊の若者達の死に結びついているからかもしれない。彼らが死の直前に残した言葉は不必要なレトリックをすべて排除した崇高なる言葉とされる。ここでは三島は若者たちの身体を問題にせず、むしろ彼らの強靭な意志を支えた言葉に注目していく。そこで取り出されてくるのはシニフィアンではない。「七生報国や必敵撃滅や死生一如の大義のように、言葉すくなに誌された簡潔な遺書は、明らかに幾多の既成概念のうちからもっとも壮大なもっとも高貴なものを選び取り、真理に類するものはすべて抹殺して、ひたすら自分をその壮麗な言葉に同一化させようとする矜りと決心をあらわしていた。」[*59]七生報国といった表現が、戦時中においては誰に対しても例外なく死を厳命した声として把握可能であれば、そのシニフィエは死または虚無でしかありえないだろう。その意味するところに曖昧さはまったく含まれていない。それは死の欲動が言語的にもっとも簡潔に表現された標語だといっても過言ではない。「それらの言葉は単なる美辞麗句ではなくて、超人間的な行為を不断に要求し、その言葉の高みへまで上って来るためには、死を賭した果断を要求している言葉であった。〔……〕個性の滅却を厳格に要求し、およそ個性的な営為によるモニュメントの建設を峻拒している言葉であった。」

失墜と身体感覚の虚無化は、三島による特攻隊の隊員への同一化（死者への同一化）をさらに危険な方向に加速させていくのだろうか。晩年の三島はもはやシニフィアンによって、もうひとつのシニ

＊55　同上、五二五－五二六頁。
＊56　同上、五二六頁。
＊57　同上、五四七頁。
＊58　『太陽と鉄』の冒頭において「自分は詩人ではなかった」と告白しているにもかかわらず、三島は巻末部分において詩をのせるのである。同上、五八一－五八四頁。
＊59　同上、五六三－五六四頁。

フィアンへと代理表象されることなく、死へと誘われるだけなのだろうか。根本的に差異の世界であるシニフィアンの世界において――シニフィアンがシニフィアンとして機能するためには差異の中に記入されなくてはならず、「シニフィアンの属性としてシニフィアンがそのシニフィアンそれ自体を意味することはできないので、なんらかの理論的欠陥なくしてはシニフィアンのそれ自身への関係などありえない」(S.XI. 225／下二八五頁)――、差異が廃棄された地点へと三島は落下していくがままに死を迎えるのか。この一連の問いについては本書の最終章にて返答することにしたい。ここでは、三島の精神と身体の支えとなった筋肉鍛錬が、最後の時点では、筋肉を脱ぎ捨て、制服へと横滑りしたことを強調して本章を閉じることにしよう。

制服の脱個性とその眩さ

三島は『太陽と鉄』において、筋肉から制服へと徐々に重心をずらしており、次のような興味深い記述を残している。

> 私が筋肉の上に見出したものは、このような一般的な栄光、「私は皆と同じだ」という栄光の萌芽である。鉄の過酷な圧力によって、筋肉は徐々に、その特殊性や個性(それはいずれも衰退から生じたものだ)を失ってゆき、発達すればするほど、一般性と普遍性の相貌を帯びはじめ、ついには同一の雛形に到達し、お互いの見分けのつかない相似形に達する筈なのである。その普遍性は、いかにも蝕まれてもいず、裏切られてもいない。これこそ私にとってもっとも喜ばしい特性と言えるものだった。[*60]

この家族でも同性愛共同体でも文壇でもない、特攻隊ですらない名なき集団に、自らの居場所を見出したということだろうか。もしかしたら、三島はここで「集団」の意義を見出したのかもしれない（『小説家の休暇』で述べられていた「人間関係」の問題に対する最終的解決である）。父性愛とも夫婦愛とも祖国愛とも異なる集団である。そこで身に纏うのは筋肉ではなく軍服（楯の会という三島が組織した集団の制服）であろう。筋肉鍛錬は、身体のうちに拡がる空虚への抵抗の手段であり、老いや衰えといった人間にとっての運命としての死＝時間の流れへの叛逆であったが、制服着用は、それとは逆であり、はっきりと死への意志を打ち出している。ここではもはや筋肉をつけているか否かは重要ではない。三島はなりふり構わず肉体なき地点へと飛び立つ「遠ざかりゆく者」*61となろうとする。

今にして私は夢みる。あたかも白蟻に蝕まれた白木の柱のように、言葉が先に現れて、次に言葉に蝕まれた肉体があらわれたような人生は、必ずしも私一人ではなかった筈だ。〔……〕私はあの同一性を疑う余地のない地点に（肉体なしでも！）立っていることができた筈であり、死んだ若者たちの中には、私と全く同じに、白蟻に蝕まれた若者もいたにちがいない。いや、特攻隊の中にすらいたにちがいない。しかし幸いにも死んだ人たちは、定着された同一性のうちに、疑いようのない同一性のうちに、すなわち悲劇のうちに包括されたのだった。*62

＊60　同上、五二五頁。強調は引用者による。
＊61　同上、五七八頁。
＊62　同上、五六五頁。強調は引用者による。

この疑いようのない同一性の内実についての疑問は頭の片隅に保持しておこう。筋肉鍛錬以前と以後の三島をともに知る友人たちが、肉体改造開始前の三島の姿を思い出せないと語るほど、身体イメージを激変させたことが知られているが、その劇的な変化の裏側を垣間見ることができたのではないか[*63]。三島の筋肉鍛錬の旅の果てに到着したことをもって本章を締めくくりたい。

＊63 「前の三島さんは、確かに実在していたに違いないのです。たとえば、最初に翻訳された『潮騒』や『仮面の告白』の英訳本のカバーに載っていた写真は、だいたい一九五五年ころに撮影されたものです。そのころの三島さん、つまり文士らしい三島さんが実際にいたことを、ぼくは一つの事実として知っています。ぼくは、その人と会話をしたのだし、その人と食事をしたこともあるのです。写真も、真実をうつすものである以上、その当時の三島さんの、ほんとうのおもかげを伝えていることは疑えません。それなのに、あとの三島さんのイメージが強すぎて、ともすれば昔のあの人の印象を消してしまうのです。後年の三島さんは、あまりにも個性が強すぎました。」ドナルド・キーン／徳岡孝夫、『悼友紀行』、中公文庫、一九八一年、一〇三－一〇四頁。福島次郎も同様の指摘をしている。「やせていた時代はあの人は演出家だけだった。現実をはっきり諦めているところがあった。『自分は終戦のとしに死んだんだ』が口ぐせだった。ところが肉体的自信がついたことによって、三島さんの中に現世がよみがえった。虚構だけでなく、自分にも現実的充実があるのだと、そして舞台の上にまでのぼってきた。ボディービルで、美は彼岸のものならず、此岸のものだという自信から自分の姿、自分の存在そのものを美に近づけようと、ばく進してきたのだ。」福島次郎『三島由紀夫　剣と寒紅』文藝春秋、一九九八年、一一一－一一二頁。

第4章

家族の見掛《サンブラン》けと対象aの弁証法

筋肉鍛錬による身体イメージの再構築の試みを扱った前章に続いて、本章では主として身体イメージを引き裂くまなざしとしての「対象ａ」を三島の作品を通じて考察したい。この作家におけるまなざしは「父となること」または「子をなすこと」という文脈において顕在化してくる。三島本人はふたりの子どもの面倒をよく見る父親として振る舞っていたことは知られているが、それ以外については妻と子どもたちについては口を紡んでおり、実際に彼がどういう家庭生活を送っていたのかわからない。この点について作品と生涯を探る道は断たれている。しかしながら、『禁色』、『憂国』、『豊饒の海』において記述された身体の引き裂かれは、前章の身体イメージの再構築の記述と同質のものであり、三島自身の日常と完全に断絶したものではなさそうである。ここでは前述の三作品を中心に論じながら、各作品の家族像の変遷を追い、三島自身の家族観の根本にあるものを垣間見ていきたい。

『禁色』：出産の想像的幻想と対象分離の根源的幻想

『禁色』第一部（一九五一）のプロットを簡便に要約するならば、醜い老作家檜俊輔が、女性を愛せない美男子である南悠一を使って、かつて俊輔を誑《たぶら》かした女性たちに「復讐」する物語となろう。この小説では、同性愛にまつわる諸情景が明からさまに語られており、あくまで同性愛が暗示的な仕方でしか語られなかった『仮面の告白』とは異なっている。作品冒頭で描かれるカフェ・ルドンの賑やかな雰囲気は出色であり、まるで店内にいるような感覚をおぼえる。そこでは陽気な言葉がいきかい、あっけらかんとした性的解放感が漂っており、社会の辺縁に開かれたオアシスの空気が伝わってくる。しかし、三島の対象選択の倒錯を確証するために『禁色』を読むことはできない。注意深く読めばカフェの場面以外での同性愛はネガティヴな口調で語られているからである。

同性愛者の出会いの場として有名な公園を描いた場面では、同類に対する悠一の複雑な憎しみがこもっている。男性性の欠如を埋め合わせようとするからこそ、必然的に生み出される男性性の過剰さに主人公は強い嫌悪感を抱く。この憎しみの源泉は主として同性愛者たちが被る男性らしさの仮面である。そのような仮面の集団のなかで、悠一は例外者として存在している。というのも、彼はつねに羨望される完璧な美の具現者として「まなざされる」立場に身を置いており、彼を欲する「同類たち」*1の独特なスノビズムを冷淡に眺めることができるからである。

それでも悠一が同類たちと床を共にするのは、彼らが鏡に化身して言葉で悠一の身体美を褒め称えるからである。悠一青年は性交時にもつねに退屈しており、このナルシスを退屈させないものは、この世に鏡しかなく、「鏡の牢獄にならこの美貌の囚人を終生閉じ込めておくことができる」*2とされている。悠一の享楽は純粋に視覚的なものであり、美しく年若い少年たちとしか快く交わろうとせず、「透明なはげしさ」を感じたと述べる以外、性的欲望の記述もほとんど皆無である。悠一という主人公はいわば性的身体なき同性愛者、もしくは完璧な美を備えながら、絶えず他者による自分の存在の確認を必要とするヴァンパイア的存在である。自己像なき身体であるがゆえに、自らの身体の賞讃を際限なく欲しがるところからしても、悠一は三島の言葉とは裏腹にナルシシズム的充足状態とは程遠い存在である。

自分の性的傾向とは別に、悠一はシニカルな態度で女性を誑かしていく。俊輔の命令を忠実に遂行する復讐の道具として活躍するのである。彼自身は決して享楽しない無感動かつシニックな人間のごとく振る舞い、男女両方の性愛の対象として身を落としつつも性欲をまったく志向しない。いわば、徹底したアパシーを体現する倒錯的主体であるように見える。

『禁色』第二部の路線変更

ところが、三島は一九五一年一一月から一〇ヶ月間かけて世界各地を廻った旅行のあと、『禁色』第二部の連載を再開するにあたり、物語のプロットを大きく修正するのである。一九五三年に出版されることになる第二部においては、まず第一部の最後を飾った鏑木夫人の自殺を取り消し、彼女を生

---

*1 三島由紀夫『禁色』（一九五一－五三）『決定版 三島由紀夫全集3巻』新潮社、二〇〇一年、八〇頁。
*2 同上、三八六頁。

き返らせる決定をしている。次に南悠一と檜俊輔の主従関係が逆転させられている。第一部開始時（『群像』一九五一年一月号）では、俊輔が（自分を老人と考えていた）三島にとっての分身的存在であったとすれば、第二部開始時（『群像』一九五二年八月号）には、三島は悠一を自らの分身にたてるのである。しかも、悠一は結婚して一児の父親となり、俊輔の復讐は無意味なものとして打ち捨てられ、老作家は最終的には自殺することで物語の幕が閉じられる。つまり『禁色』は檜俊輔の復讐劇から南悠一の変身譚へと変更されるのである*3。

その理由として考えられるのは、『十八歳と三十四歳の肖像画』のなかで「私は自分の気質を徹底的に物語化して、人生を物語のなかに埋めてしまおうという不逞な試みを抱いた」*4と語っていたように、三島自身が悠一の物語のなかに自分の人生を埋め込むことを意図したからだと考えられる。前章でも詳述したが、三島の世界一週旅行は彼自身の感受性の克服の試みと密接に結びついており、具体的には、戦前を思い起こさせる記憶——妹や母方の祖母の記憶——から自らを切り離し、擬古文調の文体を古典的な文体に鍛え上げ、ボディビルディングを開始して虚弱な肉体を改造しようとした。これらのプログラムと同じ論理に『禁色』第二部は貫かれている。同性愛の放棄と結婚生活の開始の虚構を生み出すことは、感受性の放棄のプログラムの一環なのだと考えられる。

悠一の変身のなかでも最も重要な出来事は妻の妊娠と娘の誕生である。そこで主人公の悠一の奇妙な転向が起こるからある。いわば特殊な仕方で鏡像的存在であった悠一の前に、鏡像では捉えきれない女性の身体的生々しさが現前してきて、それまでの悠一の非身体性とは対極なものとして迫ってくる。女性の身体性だけではない。悠一本人の身体内部に潜む不気味なものが立ち現われてくる。

胎児の奇怪な記述

第一部において、康子は檜俊輔の仕掛ける倒錯的術策にはまり、騙されているとも知らずに悠一の美しさに見惚れて結婚した。女性を愛せない夫に放置されながらもそれに耐え、第二部に入ってからは妊娠する。孕んだ腹が大きくなるにつれ、彼女は悠一よりも、自分の身体のなかで動き始める子どもに思いを馳せていく。ここでは妊婦独特のナルシシズムと一言では形容できない、特殊な身体感覚に康子は浸っている。

小さな光る踝、清潔な微細な皺に満ちた小さい光る蹠が、深い夜のなかからさし出されて闇を蹴っているさまを想像すると、彼女には自分の存在が、温かい、養分にみちた、血みどろの闇それ自体に他ならぬと思われた。蝕まれてゆくというこの感じ、内部を深く犯されてゆくというこの感じ、もっとも深い強姦の感じ、病気の感じ、死の感じ、……どんな不倫な欲望も感覚の放恣も、そこでは晴れがましく許されていた。康子は時々透明な笑い声を立て、時には声を立てずに、遠いところから来るような独りの微笑をうかべた。それはちょっと盲人の微笑のようで、自

＊3　悠一と俊輔の対話は三島の内部の対話として読むことができるだろう。「それは悠一に対する自分の同性愛に遅ればせながら気づいた俊輔の狼狽ぶりにもよく現れているように思われる。「君は変ったね」「そうですか」「たしかに変った。私は怖ろしい。何か私には予感がしていたのだ。君が君でなくなる日が、いつか来なければならぬ、という予感がしていた。なぜかといえば、君はラジウムだからだ。放射線性物質だからだ。思えば私は、永いことそれを怖れていた。……しかしまだとにかく、君は幾分か、前どおりの君なんだ。今のうちに別れたほうがいいかもしれない。」」（『禁色』、前掲、四四一－四四二頁）。

＊4　三島由紀夫『十八歳と三十四歳の肖像画』（一九五九）『決定版　三島由紀夫全集31巻』新潮社、二〇〇三年、二二一頁。

分にだけきこえる遠い響きに、耳を澄ましている人の浮かべるものである。*5

H・ドイッチュも述べているように、妊婦は自らの心理状況をあまり言葉にすることがなく、その闇は精神分析理論にとって思いのほか深いが、三島はその闇を自らの想像力によってさらに別の闇で照らし出している。康子が自分のうちなるものに微笑むと、元気に活動する胎児の踝《くるぶし》ではなく、無から生じた身体なき踝が反応しているように見える。

分娩室における悠一と康子のあいだには、様相の異なるふたつの享楽の様式がみてとれる。一方で愛してもいない他者から絶えず鏡像の投げ返しを要求する寸断された悠一の身体があり、他方で鏡像には映らない謎に充ちた体内の蠢きに震える康子の身体がある。このふたつの身体のあいだに感情的かつ肉体的つながりが生まれる余地はなかった。「〔出産に立ち会う〕悠一にできたのは、なすすべもなく、汗ばんだ妻の掌を握っていることだけである。この苦しんでいる肉体と、苦しまずに見つめている肉体との間には、どんな行為も繋ぐことのできない距離があった。」*6

しかし出産もいよいよ佳境を迎えると、三島はひたすら悠一の心理描写に焦点をあわせ、その心の移り変わりを詳細に語っていく。その直接の契機は出産時の女性性器との対峙である。「悠一はあれほど陶器のように無縁のものと思っていた妻の肉体が、こうして皮膚を剥がされてその内部をあらわにするのを見ては、もはやそれを物質のように見ることができない自分におどろいた。『見なければならぬ。とにかく、見なければならぬ』と彼は嘔吐を催しながら、心につぶやいた。」*7

出産場面の瞠視の命令と悠一の変容

出産にともなう流血の源泉を見るべしと厳命する声そのものがすでに特異な現象である。しかしさらに奇妙なのは、出産で苦しむ康子への共感とは異なる次元で、悠一が康子の身体のうちに自己の存在を認知することである[*8]。「妻の肉体の裏返しにされた怖ろしい部分は、事実、陶器以上のものだったのである。彼の人間的関心は、妻の苦痛に対して感じていた共感よりもさらに深く、無言の真紅の肉に向けられ、その濡れた断面を見ることは、まるでそこに彼自身を不断に見ることを強いられているかのようであった。」[*9] 悠一は無言の他者の身体の裂け目にこそ自分自身を見て取れると述べている。

こうした交差配列《キアスム》は視覚レベルだけではなく痛覚のレベルでも引き起こされ、誰とも分かち合えないはずの苦痛経験が分有されることになる。しかも、ここからは「あたかも……のように」といった虚構的表現ではなく断定的表現になる。「苦痛は肉体の範囲を出ない。それは孤独だ、と青年は考え

*5 同上、三七六–三七七頁。
*6 同上、四〇二頁。
*7 同上、四〇四頁。
*8 この場面について、ユルスナールは「あらゆる死あらゆる誕生と同様、世の慣習がいたるところで布をひろげて覆いかくそうとする、あるいは私たちの目を慎ましくそむけようとする、秘技伝授的な場面というべきであろう」（『三島あるいは空虚のヴィジョン』、河出書房新社、一九八二年、三七頁）と述べ、村松剛も『禁色』は文学史上、出産の場面を解剖学的にえがいた最初の作品ではないだろうか。」（『三島由紀夫の世界』、新潮社、一九八〇年、二三八頁）として驚嘆している。
*9 前掲、四〇四–四〇五頁。強調は引用者による。

た。しかしこの露わな真紅の肉は孤独ではなかった。それは悠一の内部にも確実に存在する真紅の肉につながり、これをただ見る者の意識の裡にも、たちまち伝播せずにはいなかったからである。」[*10] ここでの「苦痛は孤独ではない」という強引な言葉のうちに三島の特殊な主体性が滲み出ている。どんなに一瞬であれ、「真紅の肉」が「悠一の内部にも確実に存在する」と表現される瞬間があることは看過できない。なぜなら、身体が裏側に捲れて露出した「真紅の肉」、つまり「あの光っている無数の紅い濡れた宝石のような組織、皮膚の下のあの血に浸された柔らかいもの、くねくねしたもの」を露呈させる裂け目が、悠一の内部のどこかで口を開けるからである（これは妊娠中の康子が感じていた不気味な内的感覚と共通の源泉をもつことに注意したい）。出産する妻の身体の裂け目は悠一自身の《どこか》にも存在するのである。この局在化できない場所で、悠一の身体の内部と外部が裂け目を境界にして裏返される。

この「身体的出来事（événement du corps）」は視線としてだけで生きていた悠一の主体的変化を起こすだけの強度を秘めている。同胞のまなざしの対象であった悠一が、まなざす主体に位置転換するのである。

苦しみの絶頂にいる妻の顔と、かつて悠一の嫌悪の源であったあの部分が真紅にもえ上がっているのとを、見比べていた悠一の心は、変貌した。あらゆる男女の嘆賞にゆだねられ、ただ見られるためにだけ存在しているかと思われた悠一の美貌は、はじめてその機能をとりもどし、今やただ見るためにだけ存在していた。ナルシスは自分の顔を忘れた。その機能をとりもどし、いまやただ見るためだけに存在していた。ナルシスは自分の顔を忘れた。彼の目は鏡の他の対象にむかっていた。かくも苛烈な醜さを見つめることが、彼自身を見ることとおなじになった。今までの悠一の存在の意識は、隈なく「見られて」いた。彼が自分が存在していると感じることは、畢竟、彼が見られていると感じることなのであった。見られることなしに確実に存在しているという、この新たな存在の意識は若者を酔わせた。つまり彼自身が見ていたのである。*11

悠一がまなざす側にまわったのは、彼のまなざしを生み出す原因となる対象が存在の表層を引き裂いて出現したからだろう。ここでのまなざす行為は快楽を得る手段というよりも、欲動の衝迫に巻き込まれた結果と言える。もちろん、このまなざし＝対象は知覚することができず、ここでまなざしそのものが記述されているわけではない*12。また、そもそもまなざしは解剖学的器官としての眼とは異なるものである。康子の身体の裂け目を凝視することで開かれてきた悠一の存在の裂け目が非実在的であったように、ここでのまなざし＝対象も非実在的対象である。しかし非実在的とはいえ、独自の物質性《マテリアリテ》を備えており、同性愛の「見られる」経験で得られる満足とは比較にならない、強烈な苦痛と享楽をもたらす。

＊10　同上、四〇五頁。

＊11　同上、四〇五－四〇六頁。強調は引用者による。

＊12　まなざしだけではなく、声としての対象ａも裂け目が重要な特徴となっている。それは音声イメージの連鎖ではなく、音声イメージの連鎖の欠如（沈黙）を強調して、さらにその沈黙のなかの断絶もしくは裂け目を浮彫りにする。この沈黙を生み出す裂け目をラカンは「叫び」と呼んで次のように定義していた。「沈黙を基礎として叫びがあらわれてくるだけではなく、叫びが沈黙を沈黙として現わさせる。」（S.XI. 28/ 上六〇頁）。

こうした経験的に触知可能な対象ではない非-対象は、非実在的な身体の縁（裂け目）に出現するが、まさにこれはラカンにおける幻想の対象と欲動的身体のトポロジーに他ならない。悠一は出産という出来事の頂点において命名不可能なものと邂逅して、視欲動の運動の基底部に触れるような内的経験に襲われたのではないか。

対象ａのヴェールとしての子ども

しかし、この対象ａの顕現は一瞬のもので、すぐに子どもの誕生の記述のなかに埋没する。子どもの身体全体が視界に入る出産の終盤には、この視認欲動の対象はすっかり影を潜めてしまうが、それは三島が出産の進行具合にそって新生児の記述を段階的に進展させ、修辞的効果を狙っているからだろう。つまり、何ものかが「妻の肉体の遠い一端」*[13]においてさぐられ、鉗子が「肉のぬかるみのなかに嬰児の柔らかい頭をさぐりあて」*[14]、そのうち目をつぶった嬰児の頭が出てきて、最後には「嬰児は桎梏から放れて滑り出る」*[15]と時間の経過にそって描写されるのである。最初は不定形な肉塊だったものが次第に新生児の全身として現われてくる様子をよく伝えている。

少々図式的ではあるが、子どもが到来すべき場所に、対象ａのまなざしが秘かに外挿され、子どもとともに出産場面のなかに一瞬露呈していると言えそうだ。この出産の場面は新しい生命の誕生とともに、悠一の新たな主体性の誕生を秘やかに記念しているようである。

この主体的ポジションの変化とは、他者のまなざしの対象となることを自らの存在の基盤としてきた悠一が、その他者のまなざしから自らを切り離して、自分自身にとって直視したくない内部のまなざしを存在の裂け目から外在化させたということだ。つまり、子どもの誕生の記述は、まなざしからの分離の幻想を内に孕んでいる。

出産のあと悠一が感じた「何という透明な、軽やかな存在の本体」[*16]という感覚は、このまなざしから解放されて得られた効果だろう。最初のうち悠一はこの出産を境にして明確に同性愛に対して距離を置こうとする。それは表面的には、出産という出来事の豊饒さに比較して、同性愛の果敢なさや莫迦らしさが目立ってくるという理由による。しかし、こうした主体的ポジションの変化は、必ずしも悠一が父親のポジションを引き受けたことを意味しない。出産を介して象徴的去勢もしくは対象からの分離がなされたわけではまったくない。

子どもの誕生後の家庭の危機とファリック・マザーによる救済

見られる者から見る者への方向転換は、同性愛から異性愛への方向転換をもたらすものでもない。むしろ悠一の性的傾向はさらに揺すぶられ、男性の同性愛者との情交後の孤独のみが男性性を規定するものと考えるようになる。家庭内での父親さらには夫としての根本的曖昧さを抱えたまま、康子と娘の渓子と実母の待つ家庭へと戻ってくる。異性愛の世界へと回帰するのでもなく、また同性愛の性的享楽も放棄しなければ、当然のごとく母と妻に自らの同性愛の秘密が知られてしまう。

＊13　『禁色』、前掲、四〇五頁。
＊14　同上、四〇五頁。
＊15　同上、四〇七頁。
＊16　同上、四〇六頁。

実際にそれが暴露されると、自分の結婚を相談した檜俊輔ではなく、鏑木夫人に自分が女を愛せることを証明するよう泣きつく。事情を把握した鏑木夫人は芝居を打ち、悠一との愛人関係をでっちあげ、しかもその関係は真剣なものではないから心配するなと康子たちに告げ、悠一が同性愛者ではないと（滑稽にも！）証言する。その証言に真実味を与えるため、悠一は家族を放置して夫人と旅に出る。母の反対にもかかわらず、「悠一には後悔がなかった。奇怪なことだが、彼は康子を愛していたからである」*17と理の立たない理由で出発するのである。

こうして、「持前の貴族的な心と娼婦の心とが世にも自然に結びついている」*18鏑木夫人が、悠一を家庭の危機から救うのである。皮肉な言い方をすれば、悠一の母親以上に〈母親的な〉存在により、男性であることの虚構を保証してもらい、夫と父親としての地位を支えてもらう。このファリック・マザー（去勢の〈法〉に従わず、自らの恣意的感情に従っていく母親もしくは母親的存在）は結婚生活を強固に、ときに法外な仕方で支える役割を担っている。悠一という父親は、ラカンの言い方を借りるならば、「象徴的水準について父というシニフィアンの現実化を引き受けることが不可能な状況」（S.III. 230／下八〇頁）にいるのであり、鏑木夫人によって保護された「父の機能が帰されるべきイマージュ」（同上）だけを頼りにして、想像的疎外の次元でのみ、自らを父親として《見る》ことのできる場所を確保したといえる。

帰郷後、当然のことながら、悠一を熱烈に愛していた康子は別の女になってしまう。悠一を前にしても微笑には手きびしい無関心を示すようになる。「康子は自若としていた。彼女は軽い、どうでもいいような笑い方をした。悠一の言葉は知らない国の言葉のようでもあり、硝子の厚い壁のむこうで話しているような唇の動きしか、康子は悠一の唇の上に見なかった。要するに、もう言葉は通じなかった。」[*19]しかも康子は悠一の身体に対して塑像のような物質的な印象をおぼえるようになる。康子は日常を処する態度として、「何も感じないことである。何も見ず、何も聴かないこと」[*20]を選択してそこから一歩も譲ろうとしないだろう。こうして、康子のうちに悠一の《同類》が誕生するのである。

悠一とまったく同じシニシズムを心に抱いた女性が、悠一とともに同じ屋根の下に生活するのである。悠一の〈分身〉とはいえ、夫婦のあいだで双数的関係は生じない。家庭に相互理解と安寧の場を見出すのではなく、刺々しい無理解と対立の場を築き上げるわけである。こうして愛も性も排除した世界を家族の内部に生み出すことに成功する。俊輔の意図がすでに築かれた家庭を破壊するものであったとするならば、悠一の意志は破壊された家庭を築くという転倒した企図である。大きく引き裂かれた家族像、もっと言えば、引き裂かれつつも形式的には存続しつづけることを予め計画された家族のイメージを見るべきなのであろう。

子どもという対象の眩さ

この錯綜極まる家族のなかで唯一の例外は娘の渓子である。「子はかすがい」ではないが、彼女の

*17 同上、五〇九頁。
*18 同上、四九五頁。
*19 同上、五二四頁。
*20 同上、五二五頁。

誕生の時点からすでに、出産にたずさわる人びとの手と手の繋がりが強調され、彼女を中心にした社会的紐帯が生じていた。彼女の誕生の場面に立ち戻ろう。二人の看護婦が左右から康子の蒼白な腹を押し、外科医は鉗子《かんし》を使って渓子を取り出す。夫婦と医療スタッフ全員の力で新しい生命を引き出そうと努力している。悠一は妻の手を自分から離すが、「空中に残された悠一の手の跡をなおも握りしめている妻の手に気づくと、彼は鋳型へまたおのが手をはめこむようにその手を握り返した」*21とあるくらいである。誕生後の渓子は、夫婦のあいだはもとより、世代間のあいだの言葉のやりとりの中心となり、それにより想像的効果として喜びと幸福をもたらし*22、種の再生産を保証しながら家族制度という象徴的体系を支える交換の対象、ファルスの役割を果たす。

お金、贈物、子ども、ペニスが無意識の次元では等価であるとフロイトが主張していたのを受けて、ラカンはファルスをありとあらゆる対象の連鎖から差し抜き、こうした対象を貫いて支配下に置き（ファルス化して）、抑圧の圏内に配するものと規定していた。それは欲望の対象ではなく、個々の欲望の対象を越えたところにある、欲望のシニフィアンとして規定されたのだったが――「ほかの対象――母の乳房、あるいは、糞便という形で、主体に対して喪失の機会たり得るものとして現われてくるような身体の一部分――は、ある程度まで、対象として外部で与えられます。これに対して、ファルスは、愛情に関わる交換の通貨であり、いくつかの遠く離れた部族のなかで交換の対象として役立つ鉱滓や貝殻のような仕方で手段として役立つためには、シニフィアンの状態に移行する必要があります。そうした交換の対象は、既に自然の秩序のうちにあります」（S.V. 482/下三四六－三四七頁）――、これとは対照的に、視認欲動の対象としてのまなざしは、間主観的関係での交換と循環がなく、ファルスとの関係も第1章で論じたように去勢を隠蔽しながら自らも隠れてしまうものである。

しかも、『禁色』の出産場面にまぎれて剔出《てきしゅつ》されたまなざしは、ファルスのシニフィアンによって制御されていない対象であり、ファルスの意味作用の圏域外に位置する欲動の対象である。こうした生の対象（objet brut）が瞬く間に消え去ったのは、ファルスとしての渓子の誕生がポジティヴなものとして無理に挿入されているからである。

まとめれば、三島が『禁色』で意識的に書き綴ったのは、⑴出産を契機に同性愛を維持したまま父親となり子をなし、⑵母親以上に母親的な存在に愛なき夫婦関係を支えてもらうことである。それは核家族の理想とも家制度の伝統とも相容れないことは言うまでもなく、父親の法が排除された場所において、近代家族の見掛け《サンブラン》を築くことであった。そして、三島が『禁色』で意識せずに書き記したのは、⑶対象aとしてのまなざしの剔出の幻想ではないか。

錯綜した家族形態にもかかわらず、最後に悠一は「まずは靴でも磨いて」と嘯《うそぶ》いて世の中に出て行くが、この根源的幻想の剔出への願望といい、子どもの誕生による家族の絆の再生といい、あまり期待することのできない門出となっている。

＊21　同上、四〇六頁。

＊22　「悠一はその乳首を見、窓にうかぶ夏雲の空を見た。蝉が、ときどき聴く耳がそのやかましさを忘れるほど、間断なく啼いていた。渓子は乳を呑みおわると、母衣蚊帳のなかで眠った。悠一と康子は目を見交わして笑った。悠一は突然自分が突き飛ばされるような感じがした。これが幸福というものではないのか？　それともこれは、怖れていたことがのこらず到来し、成就し、目の前に存在しているのを見ることの無力な安堵にすぎぬのではなかろうか。衝撃を感じながら、彼はぽうっとしていた。すべての結果が現前している外見のたしかさと何気なさに愕いた。」（同上、四六六頁）。

感受性に充ちた古い三島からそれを清算した新しい三島へと移行したと考えることが許されるとして、一九五三年に『禁色』第二部で提示された家族像は、実際どこまで一九五八年の三島の結婚に影響を及ぼしているのか。それを具体的に推し量ることは冒頭でも述べたように困難であるが、『禁色』での家族像の提示が三島の実人生にまったく影響を与えていないと主張することはできないだろう。前章において近親者の死が続いて、メランコリーに陥った三島の姿を追ったが、一九五八年に三島が結婚するきっかけをつくったのは実母の緊急手術であったことに鑑みれば（癌は良性のものとのちに判明する）、新しい家庭を築いて自らを支える存在を必要としたのではないかと推測することはできるだろう。

さらに、三島は鏑木夫人を自分自身の母親のイメージと重ね合わせていたと証言してもいる。「実際、永遠女性らしいものを近代文学に探して失望しないのは、鏡花の小説くらいなものであろう。そのヒロインたちは、美しく、凛としており、男性に対して永遠の精神的庇護者である。私はのちに「禁色」で鏑木夫人という女性に、そういう属性を与えてみたが、ついにその面影には、幼時の私が見たような永遠女性の髣髴たる影は映って来なかった。」*23

『禁色』から『憂国』へ

一九六一年初頭の『群像』では、花田清輝、寺田寅彦、江藤淳が『憂国』の創作合評をしている。三者とも現実の家族と作品中の家族のあいだに連関を見出しており、江藤は結婚生活が創作活動に影響していると述べ、「このごろ三島さんは夫婦が出てくる小説をよく書きますね。やっぱり三島さんの美学と夫婦という問題とはうまく結びつかないんだな。〔……〕異常なことでなければ夫婦が描けないというところが三島さんにはあるんだな」[24]と直感的に見切っている。これは『禁色』のみならず『鏡子の家』（一九五九）なども含めた家族の崩壊のイメージを念頭に置いた発言であったのだと思われる。寺田の見方によれば、『禁色』と『憂国』は、そこで描かれた妻たちを軸にして、表裏一体の関係にある[25]。この見解は三島のリアルな家族観を探るためさらにその射程を広げる価値がある。

『憂国』：対象ａの物象化と現実界における出産幻想

『憂国』は二・二六事件に参加できなかった将校が自害するまでを記述した作品である。一九六一年の時点では二・二六事件三部作（『憂国』『十日の菊』『英霊の声』）はまだ成立しておらず、一九三六年の皇道派の青年将校の蹶起事変は、晩年の三島の檄文のようなイデオロギッシュな色彩をまだそれほど帯びていない。あくまで夫婦の心中を位置づけるための歴史的背景でしかなかった。

『禁色』の非対称図式が『憂国』では対称図式に反転していることにまずは注意しよう。ここでは悠一と康子の冷淡な無関心を生きる若夫婦とは正反対に、ロマンティックな愛によって結ばれた相思相愛の新婚夫婦が登場してくる。武山信二中尉とその妻麗子である。この夫妻は馴れ初めから次第に性的快楽をともに深く味わうようになり、割腹自殺を頂点に苦痛も享楽として分かちあおうとする。

＊23　三島由紀夫『私の永遠の女性』（一九五六）『決定版　三島由紀夫全集29巻』新潮社、二〇〇三年、二五五頁。
＊24　「創作合評」『群像』一九六一年一月号、二四九－二五〇頁。
＊25　同上、二四九頁。

麗子の身体は陶器のような冷たいものではなく、大地の豊饒さの比喩を駆使したエロティシズムで描かれており、武山中尉の自害の決断はほぼ以心伝心で妻に察知されている。子どもはおらず、夫婦のあいだの親密さは双数的関係のなかで閉じている。家らしき描写といえば、麗子が好んで集めていた陶器製の動物の置物くらいであり、家庭的なもの、内密なものは最小限に抑えられている。むしろ、すべての家庭的情景は切腹の場面のための舞台装飾でしかなく、さらに言えば、結婚生活そのものも最後のスペクタクルのための道具として描かれているかのようである。

『禁色』においては夫が見る側に立ち、妻が流血（出産）の場面を生きたが、『憂国』では妻が見る側に立ち、夫が流血（切腹）の場面を死ぬことになる。『禁色』の悠一は出産行為に苦しむ妻を見ることで自分自身の醜悪な《もの》を見たが、『憂国』では麗子が夫の切腹行為の苦しみを見るよう自らに命じている。「麗子は中尉が左脇腹に刀を突っ込んだ瞬間、その顔から忽ち幕を下ろしたように血の気が引いたのを見て、駆け寄ろうとする自分と戦っていた。とにかく見なければならぬ。見届けなければならぬ。それが良人の麗子に与えた職務である。」[*26]

『禁色』と異なるのは、苦痛に喘ぐ夫を前にして、夫婦のあいだの裂け目が突然現われるところである。

苦痛は麗子の目の前で、麗子の身を引き裂かれるような悲嘆にはかかわりなく、夏の太陽のように輝いている。その苦痛がますます背丈を増す。伸び上る。良人がすでに別の世界の人になって、その全存在を苦痛に還元され、手をのばしても触れられない苦痛の檻の囚人になったのを麗子は感じる。しかも麗子は痛まない。悲嘆は痛まない。それを思うと、麗子は自分と良人との間に、何者かが無情な高い硝子の壁を立ててしまったような気がした。[*27]

武山中尉と麗子のあいだには身体内的／外的な《繋がり》は最後まで起こらない。中尉がある苦痛の閾域を越えると、そこにオーラのような輝きが現出するが――身体像の想像的な統一性を越えていく意志は、快感原則の彼岸に行く際に美学的魅惑を放ち、その輝きは往々にして太陽の輝きに等しく描かれる――二人のあいだの溝はさらに深まるだけである。どのように麗子がこの切腹の行為を生きたかを要約すれば、結婚してから一心同体であった夫婦の幻想を崩壊させる出来事として経験したに違いない。

ここにはもはや『禁色』の鏑木夫人のようなファリック・マザーは存在しない。というか作品の構成から意図的に家族的なものを排除した時点で、もはや法外な形式での家族救済の可能性は排除されているのだろう。『憂国』では、結婚＝出産＝母の法による家庭の維持という図式はすでに存在せず、むしろ結婚の解消＝ふたりの自決＝理想的な〈他者〉による自死の承認という図式が浮かび上がる。ここでの〈他者〉は天皇とされるが、鏑木夫人とは正反対に、身体的現前はなく、不動の観察者として登場人物たちの人生にも介入してこない。

＊26 三島由紀夫『憂国』（一九六一）『決定版 三島由紀夫全集20巻』新潮社、二〇〇二年、三四－三五頁。
＊27 同上、三五頁。

映画版『憂国』

三島は切腹の場面を特権化するためエクリチュールの領域から飛び出て、『憂国』を映像の世界で再構造化していく。映画版『憂国』（一九六五年）は書籍版よりもさらに抽象的に演出されている。武山中尉の自宅は能舞台に変化させられ、性的なものと家族的なものは完全に排除されている。書籍版では性的な行為を描いてから、割腹自殺の場面を描くことで、性と死の近接性、もしくは死のエロス化を示していたが、映画版では自刃のプロセス自体から性的要素を拭い去っており、観客に有無を言わせず切腹の激烈さに直面させる。『憂国』の映画版について解説する際、三島は映画におけるカントの物自体を参照しながら次のように述べている。「私の場合には、このディング・アン・ジッヒ＝暗喩は、人間のハラワタだった。いきなりそんなことを言い出してもわかるまいが、自作映画「憂国」で切腹する青年将校は、原作に忠実なあまり、内臓を露出させるのである。しかしもちろん日本公開の場合は映倫の良識的判断に基づいて、このディング・アン・ジッヒは公衆の目に触れぬであろう。オリジナル版では、それは正に、ぬるぬると照りかがやき、ふてぶてしくとぐろを巻き、青年将校の掌にあふれていた。その気味のわるさは圧倒的で、そこには人間の誠実を腸に象徴した日本人の伝統的思考のエキジビショニスティックな、ものすごい感覚的説得力が充満していた。」*28『憂国』の映画版において三島が描きたかったのは、儀式化された切腹のプロセスと身体からはじけて出てきた内臓であったとひとまず主張するのは許されよう。

しかし、「ディング・アン・ジッヒ」、つまり腸が前景化することは何を意味するのだろうか。ユルスナールも指摘しているが*29、「吐き出す」という言葉が『憂国』の自決場面と『禁色』の出産場面に共通していることは見逃せない。『禁色』では「康子の下半身は嘔吐する口のような動きを示していた」[*30]とされていたが、『憂国』では以下のように記述されている。「嘔吐が激痛をさらに攪拌して、今まで固く締まっていた腹が急に波打ち、その傷口が大きくひらけて、あたかも傷口がせい一ぱい吐瀉するように、腸が弾けて出て来たのである。腸は主の苦痛も知らぬげに、健康な、いやらしいほどいきいきとした姿で、喜々として辷り出て股間にあふれた。中尉はうつむいて、肩で息をして目を薄目にあき、口から涎の糸を垂らしていた。」[*31]こうして、出産と自刃が通底したものとして提示可能になるのである。

根源的幻想の核となっていたまなざしとしての対象aは消え去ることはない。もし、そこに変化があったとしたら、それは三島の結婚と子どもの誕生という出来事の影響の大きさを垣間見ることができるのかもしれない。『禁色』では、子どもと欲動の対象＝まなざしを区別していた象徴的原理が弱々しくも現前しており、出産という出来事がまなざしの剔出を隠蔽していた。しかし、『憂国』では、対象aは現実界において「直接提示（monstration）」されてしまっている。そのため、ファルスのシニフィアンによって辛うじて保証される、まなざし＝子どもという象徴的な等価性は消え去っている。『禁色』と比較すると、非実在的だった対象（＝まなざし）は、内臓の形象をとって知覚可能ど

＊28　三島由紀夫『映画的肉体論　その部分及び全体』（一九六六）『決定版　三島由紀夫全集34巻』、新潮社、二〇〇三年、九二頁。

＊29　『三島あるいは空虚のヴィジョン』、前掲、一六五頁。

＊30　『禁色』、前掲、四〇四頁。強調は引用者による。

＊31　『憂国』、前掲、三六六頁。強調は引用者による。

ころか過剰なほどリアルに物象化している。つまり、身体の内部の見えない裂け目も非実在的ではなく、身体の表面で口が開いて対象を吐瀉《としゃ》している。まなざしを剔出する幻想は消え去ることなく存続しているのである。

まなざしと家族の問題は父権失墜とまなざしの倒錯の主題の先鋭化によって解かれる。家族の問題は『憂国』を上梓してから、『獣の戯れ』、『美しい星』、『午後の曳航』、『絹と明察』において執拗に反復されて『天人五衰』にいたる。まなざしの問題は『金閣寺』において際立ち、『午後の曳航』において扱われ、『暁の寺』と『天人五衰』まで繰り返される。やはり、すべては『豊饒の海』において語られる。

『豊饒の海』：現実的なまなざしと父親の生殖の現実的機能

『豊饒の海』四部作は、夢と転生がすべての筋を運ぶ小説であり、若く美しい年齢で夭折する運命にある四人の主人公を扱う。彼らは四人にしてひとりの人物であり、三島の人生をそれぞれの仕方で代理しているといわれている。『春の雪』と『奔馬』は、三島にとっての英雄の姿をもう一度作品化したものとされる。前者は王朝風の恋愛小説であり「和魂」を主題としている。『春の雪』では『仮面の告白』で描かれた現実には実現しなかった恋は成就させられ、恋に生き愛に死ぬ若き貴族が描かれた。『奔馬』は激越な行動小説であり、政治的大義のために自らの命を捧げる青年の純粋な精神（「荒魂」）が描かれている。前半二作はどちらも三島が理想としていた若さが主題であると言って間違いないが、ここでは主人公が築く家族という主題は入ってきようがない。家族とまなざしの問題が前面に出てくるのはむしろ後半の二作である。

構想段階の『暁の寺』では、エキゾティックで色彩的な心理小説で、「奇魂」を主題とし、主人公としてはタイの王女ジン・ジャンが立てられていたが、実質的には本多繁邦が脇役から脱して主役の位置を占めている。本多は戦中の大空襲を生き残り、戦前から戦後への移行を印象的に語っている。本多は結婚しているが妻とはほとんど交渉はなく、ふたりのあいだには子どももない。法曹界で成功するばかりか、資産運用でも成功して、ゆとりのある生活を送っていながらも、その安寧に対して根本的な不満を募らせている。このような平凡な日常生活から脱出しようと、本多は東南アジア旅行、とくに斬新なイメージにあふれ、衝撃的な光景の洪水であるインド旅行に出かける。

インドでの過剰さは本多に見ることの病をもたらした。より正確には、その病を自覚するきっかけをもたらしたというべきだろう。「インドでは無情と見えるものの原因は、みな、秘し隠された、巨大な、怖ろしい喜悦につながっていた！　本多はこのような喜悦を理解することを怖れた。しかし自分の目が、究極のものを見てしまった以上、それから二度と癒されないだろうと感じられた。あたかもベナレス全体が神聖な癩にかかっていて、本多の視覚それ自体も、この不治の病に犯されたかのようにに。」[*32] 実際、日本帰国後の本多の行動は、「不治の病に犯された」[*33] まなざしによって駆り立てら

＊32　三島由紀夫『暁の寺』（一九七〇）『決定版　三島由紀夫全集14巻』新潮社、二〇〇二年、七八頁。
＊33　同上、七八頁。

れ、窃視症的な逸脱に走る。仏教の唯識論についての考察もあるが、『暁の寺』では二度も窃視症行為が描かれるため、実質的には窃視行為がメインプロットとなっている。これは非常に評価の低いところであり、どうしてこのような場面を取り入れたのか説明しようと試みる研究者はそれほど多くはない[*34]。しかし、これはまさにまなざしの問題を正面から扱った作品だと考えるべきであろう。

最初の覗きの対象になるカップルは椿原夫人と今西康である。彼女は戦争で息子を喪失して、「悲しみの酢に漬けられた悲しみの果実」[*35]と評価されている。彼女の詩歌の師匠をつとめる鬼頭槇子と異なり、自らのメランコリーを作品に昇華できない女性とされている（「椿原夫人の悲しみはいかにも生に見えた。これはいかにも無残な対比で、精錬され仮面になった芸術的な悲しみがいわゆる名歌を次々と生むのに、弟子のいつまでも癒えぬ生の悲しみのほうは、歌の素材にとどまって、たえて人の心を打つ歌を生まなかった」[*36]）。椿原夫人は男の本性が見抜けない盲目ゆえ、今西を息子のように溺愛していた。そして今西はというと肉体的な若々しさ、さわやかさ、凛々しさがまったくない、「胃弱で、すぐ風邪を引き、弾力のない白い皮膚を持ち、その長身のどこにも筋肉のしっかりした結び目がなく、全身がほどけた長い帯のようで、歩き方もゆらゆらとしていた」[*37]知識人である。革命が早くきて断頭台に送られて、記憶される者になりたいと望みながら、「柘榴《ざくろ》の国」での神の性の千年王国を論じる人間だった。

しかし本多は交接そのものよりも、この場面全体を眺める鬼頭槇子のまなざしを「覗こう」としているかのようである。というのも男女は互いに引かれ合って肌を合わせるのではなく、互いに自分の存在の確かさを証明するために、〈他者〉（槇子）の前で性交を繰り広げているからである。「あそこにだけ二人の正当性の根拠があり、あの目を離れては、二人はただ事象の上を漂う衰えた浮草にすぎず、二人の結びつきは、けっしてよみがえらぬ幻の過去にとらわれた女と、決してやって来ない幻の未来に執着する男との、今のたまゆらの無機質の触れ合い、笥の中の碁石の触れ合いのようなものに過ぎなかった。」[*38] 骸骨同士が成功しているような「笥《け》の中の碁石の触れ合い」という表現からも、完全に脱性化されてしまった性交のあり方が強調されている。ふたりはファルス的享楽が欠如しているにもかかわらず、槇子のまなざしのために性戯を演じて捧げている。

このまなざしを中軸とした四項構造（本多／交接する他者たち／〈他者〉のまなざし）は、『暁の寺』のヒロイン月光姫と慶子のカップルを覗き見するときにも反復される。ここでは女性同士の肉の交わり、その輝かしい身体の交接が覗き見られる。「すべては無限の波動の裡に、未聞の頂きへ向かっていた。誰も夢みたこともなければ望んだこともない無上の堺へ達するために、二人の女は必死に力を協わせているように見えた。本多はその未聞の絶頂が、一つのきらびやかな冠のように、薄明の部屋の中空に浮んでいるのを見る心地がした。」[*39] この女性同士のセックスの理想的なイメージは、今西と椿原夫人のセックスの貧しいイメージの反対表象になっており、本多が求めているのはここでも交接

＊34 武内佳代は『暁の寺』の窃視症を戦後の日本のカストリ雑誌とストリップというサブカルチャーの登場と関連づけている。武内佳代「三島由紀夫『暁の寺』その戦後物語――覗き見にみえるダブルメタファー」『お茶の水女子大学人文科学紀要』第五五巻、二〇〇二年、一〇頁。
＊35 『暁の寺』、前掲、一七八頁。
＊36 同上、一七九頁。
＊37 同上、二六〇頁。
＊38 同上、二六八頁。
＊39 同上、三四六－三四七頁。

するふたりの享楽ではなく、それを眺める第三者のまなざしである。「それはうごめく女二人を瞰下して懸かっているシャム風の満月の王冠で、おそらく本多の目だけが夢見ることのできるものだった。女の一人は交互に身をひきつらせて伸び上がっては又崩折れ、吐息と汗のなかへ埋もれてしまう。もう少しで指が届こうとして果さぬところに、冠は冷然と浮んでいるのである。」[*40]第一の窃視行為では本多のまなざしは〈他者〉のまなざしそのものに向かったが、第二の窃視行為では、本多のまなざしは——指輪もしくは冠として表象されているように——〈他者〉のまなざしのさらに背後に隠された《空虚》に焦点を合わせている[*41]。この場面は長らく三島の小説の中心を占めていたまなざしの裏側を垣間見せるものであり、父の名のシニフィアンの根源的不在によって穿たれた現実的な孔を提示している。

三島はまさに窃視症の構造的真理を言い当てている。さらに言えば、本多はシニフィアンとしてのファルスを見ようとしているのである。しかも、生の再生産を可能にする豊饒なるものの象徴を覗こうとする（第1章で論じられた「光」、「光点」、「光源」と同一視されたファルスを思い起こそう）。しかし、本多が覗き行為をするのは、まさに子どもを作ることができないカップルである。本多の妻はそうした夫の行為のうちに子どもを持ちたい欲望を読み取ったからこそ、夫の覗き行為を発見したあとに養子縁組を無意識的に勧めているのだろう。

窃視症者本多の逮捕

しかしこうした啓示の瞬間も長く続かない。まずは、こうした光景を眺める本多のまなざしが揺るがされる。前述のとおり、本多は妻の梨枝に覗いている場面を発見されるのである。そして「本多が実体を発見したところに、梨枝は虚妄を発見していた」*42とあるように、本多の生の象徴の探究は単なる窃視症行為に還元されてしまう。ファルス的享楽がないところに倒錯行為と間違えられるのは皮肉である（窃視症者本多の覗きの発覚の場面は、サルトルの『存在と無』のまなざしの議論によって分析可能であるが、想像的次元に特化したサルトルの現象学はファルスの問題を見落としてしまう）。

しかし、ここで本多の失墜が終わるわけではない。〈他者〉の空虚なまなざしのもとに交接が繰り広げられた舞台そのものが燃え始めるからである。真理の開示とその消失は、本多の別荘の炎上と同時なのである。この空虚はその幻想の枠組みもろとも崩壊する。「焼けた屋根瓦がひび割れて落ち、ひとつひとつの縛しめが解かれて、家はかつてないほど輝く裸になった。焼け残っていた一階の一角の外壁の、卵いろが周囲から皺立って来て、みるみる茶褐色に変わると共に、うすくにじみ出す煙のなかから、火が兇暴な拳をつき出して、焔の吹き出す口をあける移りゆきの、ほとんど滑らかな速度には、夢よりも巧妙なものがあった。」*43家は焼失して、生活は灰塵に帰し、日常生活の糧は消尽された。束縛を解き放つのが火焔《かえん》であるのであれば、これは戦後のあらゆる弛緩した日常性からの自

---

*40 同上、三四七頁。
*41 「主体が見ようとしているものは不在としての対象です。窃視者が探し求め見出すもの、それはひとつの影、カーテンの背後のひとつの影にしかすぎません。かれはそこにどんな現前の魔法でも幻想できるでしょう。〔……〕彼が探し求めているもの、それは、よく言われるようにファルスではありません。ファルスではなくファルスの不在なのです。」（S.XI. 166/下一三九頁）。
*42 同上、三五一頁。
*43 同上、三五六頁。強調は引用者による。

由、必然性のない世界の放逐をもたらす聖なる焔であったのかも知れない。そしてこの火焔は幻想の枠組みそのものも燃え尽くす。「二回の根太の落ちるらしい轟音が家のうちに起こり、ついで、外壁の一部が焔に引き裂かれて、火に包まれた窓枠がプールへ落ちた。火の煩瑣な装飾が、落ちてくる黒い窓枠に、一瞬シャムの大理石寺院の窓の幻を与えた。水しぶきと共に、窓枠は煮えたぎるような音であたりの空気をつんざいた。」*44 これは本多の幻想の枠組みそのものが失墜したことを告げていると言えよう（『金閣寺』でも建築の全焼が記述されている。次章参照）。

『暁の寺』校了による著者への影響

三島の作品中にまざなしが占める重要性を考慮に入れるならば、ここまで自らの幻想の対象に接近することは危うさを感じないわけにいかない。たとえエクリチュールという媒介があったとしても、その裏に潜む現実的なものに近づきすぎているからだ。実際、『暁の寺』執筆後の心境報告のなかで、三島はこの小説が終わらない方に賭けていたのだが、終わってしまったことに驚愕していると述べている。小説の構築した現実と現実の生活のあいだの緊張関係が崩れて「いいしれぬ不快」を感じたという。「すなわち、「暁の寺」の完成によって、それまで浮遊していた二種の現実は確定せられ、一つの作品世界が完結し閉じられると共に、それまでの作品外の現実はすべてこの瞬間に紙屑になったのである。私は本当のところ、それを紙屑にしたくなかった。それは私にとっての貴重な現実であり人生であった筈だ。」*45 作品の世界が閉じてしまい、そこから作者が放擲《ほうてき》されるとはどういうことだろうか。それはまず前述した政治的行動と家庭的生活の二つの傾向の分裂の用語法で言えば、家庭に籠って、平穏な暮らしを続けながら、小説家の大御所として生きる道が断たれたこと、そして、政治的大義のために死を賭した行動の道を選択したということだろう。「私はこの第三巻の終結部が嵐のように襲って来たとき、ほとんど信じることができなかった。それが完結することがないかもしれない、という現実のほうへ、私は賭けていたからである。この完結は、狐につままれたような出来事だった。」*46

作品が終結しない事態は、エクリチュールがまなざしを中心に構造化された幻想を支え続けることを意味する。反対に、作品が終結する事態とは、エクリチュールの世界が閉ざされ、そこからまなざしもろとも幻想が放擲されたということである。言い換えれば、自らの幻想のメカニズムを把握したあと、小説を書き続けられなくなったという意味で、三島は自らの幻想に騙されなくなったといえるのではないか。

三島にとって『暁の寺』の終結は、自分が書き上げて署名した世界に、自分の存在を認知することができなくなり、まなざしが身体から剔出されたように、自分自身が作品から剔出される事態に至ったということだろう。そうした空虚な作品を書くことで得られることは少なく、「唯一ののこされた自由は、その作品の「作者」と呼ばれることなのであろうか。あたかも縁もゆかりもない人からたのまれて、義理でその人の子の名付け親になるように。私の不快はこの怖ろしい予感から生まれたものであった。作品外の現実が私を強引に拉致してくれない限り、（そのための準備は十分にしてあるのに）、

*44 同上、三五五頁。
*45 三島由紀夫『小説とは何か』（一九七〇）『決定版 三島由紀夫全集34巻』新潮社、二〇〇三年、七四〇頁。
*46 同上、七四〇頁。

私はいつかは深い絶望に陥ることであろう」[*47]と述べている。

たとえ自分の対象が失墜して空虚を残したとしても、三島は自らの最後の作品（『天人五衰』）を執筆することにして、その作品に「義理で名付け親になる」ため作者として署名することを決断する。そのとき主題として父親が再び扱われるのは偶然ではないだろう。『天人五衰』において、三島のエクリチュール、父親観、対象の失墜からなる特殊な結び目が生まれるのを確認しよう。

『天人五衰』：窃視症と養子縁組

『天人五衰』の安西透は松枝清顕、飯沼勲、ジン・ジャンに連なる登場人物である。この青年は見事なまでに若き三島を思い起こさせ、しかもこの脆弱な美青年の唯一の特徴はそのまなざしなのである。「透にとっては、見ること以上の自己放棄はなかった。自分を忘れさせてくれるのは目だけだ、鏡を見るときを除いては。」[*48]この人物は何の苦痛もなしに感受性の世界に漂うことのできる青年である。

本多は一瞥しただけで透が自分の分身であることに気づき養子に迎えることを決断する。『暁の寺』の最後での窃視行為が露呈したあと、妻が養子を取る提案を出したものの、このときは本多が要求を退けていたが（どうしてそれが窃視症の解決策になるのか書かれていない点、それが当然のように解決になると考えられている点は興味深い）、老いた本多はまさにその養子縁組の計画を実現させるのである。透にしても「別段養子になる意志はない」ということは、「養子になることを受け容れる」ということと同じであると論理的矛盾を平気で犯して、本多の申し出を受け入れている[*49]。

ところが本多の父親になるという希望はどこか奇妙な色合いを帯びている。透の本性を再教育するために養子にとるのである。透の自意識に規範を植えつけることで教化して、その自意識から治癒させようとする（まさに三島が自分自身を「改造」したように、本多は透を「改造」しようとする）。自らが父親となり、自分の息子を立派に育てることで間接的に父親になる賭けにでるかのように。

この本多の教育計画は透の結婚相手として浜中百子が出てきたことによって放棄される。本多は透が自分でも知らないうちに清顕の行為を反復していることを見落さなかった（綾倉家が貧窮していたのと浜中家が貧窮していたこと、清顕も透も恋人以外と性行為をしたと恋人に伝えること、聡子と百子の純粋な愛を抱いていること、など相似点は少なくない）。本多は第二の賭けに出る。透が清顕、勲、ジン・ジャンと同じように二〇歳で死ねば、それを悲しむ百子の姿を「見る」ことができ、そこで再び「見る」ことで享楽を得られると想定して、息子をその死まで自由に振る舞わせることを心に決めるのである。教育的意図もしくは父親的配慮は自覚症状のある窃視症的享楽のために何の抵抗もなく放棄される。

透は父親の意志とはまったく関係ないところで、自分の愛人と企てて婚約相手の百子を罠に陥れ、愚劣な手紙を書いて結婚を解消させてしまう。しかし、自分の悪行に酔いしれているところに、父親が自分の自由な悪意の存在をすでに見透かしていたとに気づき、透は自尊心を傷つけられ、父親に対して殺意を抱く。こうして父子ともに死の欲望に取り憑かれていくが、老いが本多と透の力関係を逆

＊47　同上、七四〇頁。
＊48　三島由紀夫『天人五衰』（一九七〇）『決定版　三島由紀夫全集14巻』新潮社、二〇〇二年、三七七頁。
＊49　同上、四七六頁。

転させる。しかも本多は上野公園で窃視行為中に現行犯逮捕されて、父親の権威を完全に失うことになる。透は本多を禁治産者として扱い、金銭を奪って自由気ままな生活を送りはじめる。こうして本多の父親になる企図、そして息子の自意識を改造する試みは完全に失敗したことになる。

ファリック・マザーの介入による家庭生活の破壊

この逆転した父子関係を変えるのが、本多の旧友である慶子の介入である。しかも透自身が正真正銘の「天使殺し」なのだと呟いて恐れたように、慶子は効果的に介入して、透を自殺にまで追い込む。彼女の言葉は自意識と感受性だけを正確に抉出する言葉を投げつける。「あなたには必然性もなければ、誰の目にも喪ったら惜しいと思わせるようなものが、何一つないんですもの。あなたを喪った夢を見て、目がさめてからも、この世に俄かに影のさしたような感じのする、そういうものを何一つお持ちじゃないわ。」[*50]ラカンの言い方に従えば、これはつまり透は自殺しても、誰からも惜しまれることはない——透の死後には誰も喪の作業に服すことはない——という指摘であり、それは文字通り透に破滅的な効果をもたらす。この非常に乱暴かつ巧妙な解釈によって挑発されて、透はその後自殺する（いわば、透は二重の強制的選択（choix forcé）を課せられる。自殺しなければ慶子に馬鹿にされ、自殺しても誰も悲しまない状況に追い込まれる。どちらを選んでも自尊心は必ず傷つく結果になる）。

透の自殺は未遂に終わり、一命を取りとめるが、失明という代償を払うことになる。自分のうちの最も美しいもの、最も貴重なものを喪失するのである。慶子の介入によって透の自意識だけが破壊され、少々歪んだかたちではあるが、本多が望んでいた状況になる。しかし、慶子によってもたらされた解決は決して本多の父性を復権させることにはつながらない。それどころか本多の「象徴的水準について父というシニフィアンの現実化を引き受けることが不可能な状況」(S. III. 230/下八〇頁)を否応なく露呈させる結果になっている。その形姿から慶子は、悠一の家族の危機を救った『禁色』の鏑木夫人を彷彿とさせるが、本多の父親としての危機を救うことなく、そこでの根本的虚無を浮彫りにして立ち去るのである。

しかも、透が自意識とその源泉である視力を失って得たものはといえば、過剰な感受性を矯正された正常な人間ではなく、たんに人間存在の残滓でしかなかった。「胡坐をかいて、絹江のなすがままに任せているのだが、すぐ傍らに本多のいるのを意識の片隅にも置かぬ気構えが、神経質に浴衣の裾に左手をつっこんで腿の痒みを掻いたり、胸もとを掻いたりする仕草にあらわれている。しかしその仕草の放恣が、少しも力を感じさせない。むしろ頭上にのしかかっている広い無力の天井から糸が下りて、一挙一動を操っているような感じがする。」[*51]虚無にどっぷりと浸かった盲目の亡者は、本多にとっての理想、感受性なき《普通》の人間の理想を実現した姿なのかもしれない。

まなざしの剔出をすませて生き残った透が、以前から本多の家に居候していた絹江を孕ませる。しかもその妻の絹江は『天人五衰』の冒頭からすでに擬似的な盲目状態にあった。「絹江は狂気によって、あれほど自分を苦しめていた鏡を破壊して、鏡のない世界へ躍り出すことができた。この世の現実は、見たいものだけを見、見たくないものは見ないですますという、選択可能の、プラスチックなものになり、ふつうの人なら放れ業に類する生き方、しかもいつかは復讐を受けるに決まっている生

＊50 同上、六一〇―六一一頁。
＊51 同上、六二七頁。

き方が、何らの危険を伴わずに、やすやすと可能になったのだった。」*52 視力と自意識を喪失した息子が家庭を築くのである。ここでは何も望まれず、何も期待されず、ただ生物学的に再生産がなされようとし、何より父となることと子をなすことの失敗の反復が永遠に演じられているような印象を受ける。欲望も享楽もなく未来も過去もないところで、透は父親になるのである。そして、望むと望まざるにかかわらず、本多は祖父となる。父親になるどころか一気に祖父になるのである。

『禁色』の夫婦は互いに軽蔑しあいながらも子どもによって癒合された自意識の病の二人であり、『憂国』の夫婦は互いにまなざしという現実的対象を見つめながら死んだ二人であり、『天人五衰』の夫婦は空虚を分かち合った自意識なき盲目の二人なのである。これまでの三島作品のどこにもない家族像がここに至って提示されているが、それを見届けてから本多は月修寺門跡のもとに向かう。完全に開示した虚無と出会い、自らの認識者のまなざしを喪失するためであろう。

＊

『禁色』、『憂国』、『豊饒の海』を通じて、時間の経過、物語の展開にもかかわらず、三島作品の象徴的配置は終始まったく変化せず、ただひたすら差異なき反復に取り憑かれ、歴史の概念が喪失したかのようにみえる。三島が小説を通じて執拗に探していたのは、象徴的な死をもたらす父の名のシニフィアンだったのかも知れない。「子をなすことがその充溢した意味を受け取るためには、男においても女においてもある理解がなくてはなりません。つまり子をなすという意味に充溢した意味を与えている死の経験への関係がなくてはなりません。」（S.III. 330／下二三七－二三八頁）。このラカンの言葉が意味するところは、〈父となること〉と〈子をなすこと〉は、言語という否定的なものによって与えられるシニフィアンとしての死、無制限な享楽を制限する象徴的切断なしには立ち行かないということである。最終的に三島は自分の身体によって言語と現実の壁を横切っていかざるを得なかったのではないか。

　家族を形成することが、父の名の機制《メカニスム》に収まらない根本的幻想に対処するための手段に選ばれたのは、『禁色』執筆時、家族についての社会的通念を挑発することで得られたカタルシスに支えられていたからかも知れない。しかし、実際に自分の家庭を築いてからの作品のなかでは、家族の記述は父の名の排除の補填となるよりも、その虚無に直接に身を曝すような危険をもたらしたように見える。自分の家族形成のプログラムには解決不可能な問題が存在していることに気づいたがゆえに、三島は自分の実際の家族に公共の場で触れなかったのかもしれない。そこには、マスコミの眼から家族を守るという実質的側面だけではなく、彼自身の現実的なものから家族を守るという倫理的側面もあったに違いない。

＊52　同上、三八五頁。

第5章

金閣の書字と身体

三島由紀夫の最高傑作と称されることもある『金閣寺』では、主人公溝口の金閣寺放火もしくは歴史的建築物破損の犯罪が記述されている。しかし、この作品には、犯罪行為への移行の論理だけではなく、これまで本書で取りあげられた主題が凝縮している。主人公の身体像そのものが記載されない代わりに、友人の身体が合わせ鏡のように用意され、金閣寺の建築の構造と類比的に語られる。主人公の窃視症もしくは視認欲動は、父親によって隠蔽された外傷的な原光景から生まれ、壮麗なる金閣の身体美を幻視するまでにいたる。しかし、この作品の真骨頂は、金閣寺の建築という物体=身体を名指す主人公の言葉である。金閣寺炎上を描き出す文字列は、三島の文体構築（古典的文体への移行）の中軸である、日本語のフォルムを焼尽させる方向も示唆している。本章の最重要部分である金閣寺炎上の分析は、三島のまなざしとともに、第1章のラカンの狼男症例読解をさらに推し進めることになる。

溝口の身体像の欠如／青年たちの身体像の投げ返し

『金閣寺』を読んで驚くのは、溝口の身体像がほとんど描かれていないことである。溝口の行動には制止がかかり、その身体は裂け目としてしか現われてこない。それは溝口がまなざしとして他者の言説、行為、身体を観察もしくは目撃することが多いせいでもある。また、溝口の振る舞いが他者の反応によって間接的に記述されるからでもあるだろう。吃音《きつおん》はその典型例であり、会話体としても文体としてもそれと感じさせず、周囲の人間の言葉による応答によってようやく読者は溝口の吃《ども》りを感じ取る*1。

とくに、溝口は鶴川と柏木という友人との差異において、その存在の独自性が際立たされる。鶴川とは戦中に臨済学院中学で出会い、柏木とは戦後に大谷大学で知り合うが、彼らは単に同級生というわけではない。それぞれ主人公の主体的ポジションを間接的に照らし出す鏡となり、ふたりがいなくなってからも、溝口の金閣寺放火という決断に際しても重要な役割を果たす。それは溝口に他者の「衝動の模倣」*2があるからなのかもしれない。ほかのふたりは溝口にとって陽画であれ陰画であれ、模倣の対象として登場するため、鏡にまた鏡が重なるような濃密な関係を通して、読者は溝口の衝動（＝欲動）の世界を発見することになる。

①鶴川という理想的鏡と性の排除

鶴川は東京の裕福な寺の息子であり、学資も小遣も食糧も潤沢に家から送られていた。明朗な容貌をもち、のびのびとした体躯《たいく》をした、白いシャツが似合う少年であった。また「早口で快活な話し方」をしているので、貧しく吃音だった溝口にとっては、経済的にも身体的にも眩しい存在だった。

溝口の舞鶴時代の同級生たちとは異なり、弱者への嘲笑をしない例外的存在であり、ある時期までの溝口にとっては自らの理想──フロイトの「理想自我」──として捉えられていたはずである。

柏木とは異なり、鶴川は溝口の吃音をまったく気にすることがなかった。そのため、溝口の吃音への強迫的執着を和らげ、溝口の悩みの原因を比較的容易く聞き出すことのできる青年でもあった。家庭内の葛藤を経験せずに成長した少年の屈託のなさ、それも前思春期の少年のそれを備えていた。それどころか、溝口の言わんとするところを聞き取ろうとして眉間に皺を寄せ、言葉を絞り出す溝口のしかめ面と同じ表情になったことからも、吃音という壁を乗り越えようと、鶴川は溝口との鏡像的関係に入ってくる気概のある存在でもある。

おそらく、身体的にもふたりは同じような体格をしているのだろう。そのふたりが並んで遠景に金閣寺を眺める光景は、まさに前思春期を記念する「絵画《パンチュール》」となっている。その構図はまさに南禅寺で着物の女性の乳房を一緒に瞠視する経験においても反復されるが、そこがふたりのあいだの差異が浮き彫りになる経験となるだろう。

鶴川は「金閣をわたしのようには愛さない」人間、自分とは異なる人間であると溝口は感じており、終戦直後の不安と混乱のなかで、その差異が決定的なものになっていく。鶴川は未来に不安も期待も持たず、周囲に渦巻く悪が自分に与える悪影響に無頓着であった。溝口の内なる悪は（後述の米兵の金閣寺ガイドの際に）現実のものとなっていたが、今度ばかりは鶴川は溝口の秘密を見抜けず、溝

＊1　川上陽子『三島由紀夫〈表面〉の思想』水声社、二〇一三年。
＊2　三島由紀夫『金閣寺』（一九五六）『決定版　三島由紀夫全集6巻』、新潮社、二〇〇一年、一八三頁。

口から退けられる。しかし、鶴川からすれば、金閣に不思議に魅入られている溝口は不気味であり、すこし距離を置いてみたくなってもおかしくないだろう。

このあとしばらく鶴川は言及されなくなるが、終盤に入ってから自殺していたことが判明する。溝口は友人がトラックに轢《ひ》かれて事故により命を落としたと思っていて、一年ものあいだ喪に服していたが、鶴川は生前ひそかに柏木と文通しており、そこで禁じられた愛を捨てきれない苦悩を吐露していた。ゆえに、おそらく自殺であると柏木から知らされる。

この友の自殺に関する溝口の推理は鋭く、鶴川は少年時代の無垢な精神を永遠に維持しているように見えて、実は性的なものを排除していたのであり、しかも単に排除するだけではなく、「悪の精密さ」*3で排除していたと推察する（「この若者の不撓な肉体の力が、たえずそれを支えて運動していなかったら、忽ちにしてその明るい透明な世界は瓦解していたのかもしれない」*4）。女性の美のみではなく、感覚的なもの、身体的なもの、性愛的なものすべて排除した、自らの存在にたいする透明性を極限まで追究した存在だったとされている。仮にそうであったとすれば、鶴川には自らの身体までも排除する衝動（死の欲動）が潜んでいたのではないか、彼の不安の欠如、外界の悪の無関心は、こうした一連の主体的選択の結果ではないかと想定したくなる。

しかし、これは鶴川亡きあとに、鶴川の人柄を想像して、溝口が描いた自画像であろう。鶴川が本当に「影を持たぬふしぎな若者」*5で、美にたいする無関心を貫き、「生のための生」*6を象徴する光輝く存在であったのかは疑わしい。自らの純粋な世界の完全性を志向して性の享楽を放逐しようと不断に努力したのは溝口であろう。実際には、女性と現実に触れる機会も出てきて、溝口は性の排除を貫くことはできなかったゆえに、なおさら鶴川の純粋性が理想として輝いて見えたのではないか。

存在しない〈他者〉の純粋さの「衝動」を溝口は模倣しているのではないか。

② 柏木という倒錯的鏡とシニシズムの享楽

柏木は大胆に行動して無慈悲な発言も多く、三人のなかで一番目立つ登場人物である。まずはその歩き方に（「いつもぬかるみの中を歩いているようで、一方の足をぬかるみからようやく引き抜くと、もう一方の足はまたぬかるみにはまり込んでいるという風なのである。それにつれて全身は躍動し、歩行が一種の仰々しい舞踏であって、日常性というものがまるでなくなっていた」*7）、つぎにその美と醜の倒錯の論理に驚かされた読者も少なくないだろう。

女性のこころをまったく信用しておらず、シニカルなドン・ジュアンを演じ、自らの内翻足《ないはんそく》を美女と老婆のフェティッシュに変容させてみせる。美女の若さも老女の醜さも等しいものだと示して、美と若さを無価値なもの、存在的残滓に貶める。こうして柏木は、鶴川の方法と比べればはなはだ不徹底な仕方だが、美の破壊を遂行する。それは男性の幻想のなかの女性の優美さをこれみよがしのやり方で破壊することにも繋がる。こうした異性の「対象の貶め」は溝口のような存在には衝撃的であっただろう。

＊3　同上、一三八頁。
＊4　同上、一三八頁。
＊5　同上、一三七頁。
＊6　同上、一三九頁。
＊7　同上、九九頁。

しかし、柏木は物理的な力を他者の身体に行使することは一切ない。良識と道徳的秩序を覆すという意味ではたしかに倒錯的ではあるが、あくまで詭弁《きべん》の次元に身を置く「美の冒瀆家」に留まる。その言説もゆっくりと読み通せば、性的倒錯の仮面を被った道徳的禁欲家の精神態度が見え隠れする。実際、柏木が性的享楽に溺れる場面は記述されない。そればかりか、華道師範の女性と抜き差しならない関係になり、「殺し方が足らんさ」*8と洩らすあたりに、享楽せずに美を冒瀆する倒錯者の理想を実現できずに苛立つ様子が窺える*9。

そもそも、この青年の内翻足は、身体的事実以上に、つねに柏木の思考が強迫的に回帰していき、その都度「暗鬱な認識」を新たにしていくための原因となる享楽の対象である（『音楽』を扱った第2章でも検討したが、三島は音楽を〈他者〉の享楽に限りなく同義なものとして記述することがある）。柏木の存在の基盤には、女性との性的享楽を自由に楽しむドン・ジュアンの理想像ではなく、内翻足という身体の症状にたいする暗い同一化がある。柏木はそれを享楽しているのである*10。

この自らの意志ではどうにもならない部分、自らにたいして徹底的に不透明な身体をもつゆえに、柏木は世界の中に自分の居場所を見つけ、そこから脱落することはない。柏木はこの対象を起点にして自己と他者を眺めている。それゆえ、柏木の世界にたいする見方は冷徹である。内翻足をフェティッシュに祭り上げる女性がいること、言い換えるならば、他者の不能を愛することで、自らの直視したくない真理（去勢）を否定するヒステリー者たちがいること、こうした事実を彼は熟知しており、彼女たちにとっての享楽の対象−原因、慰みの対象としてプラグマティックに生きている。

柏木は自らの詭弁によって内翻足に異常な価値を付与したが、溝口は吃りゆえに吃音を他者にとっての欲望のフェティッシュな対象にすることは難しい。他者の存在欠如に——所有することができないがゆえに、他者が所有したいと欲望する対象の場所に——自らを生きたフェティッシュとして捧げることは、言説の力なしには成し遂げられないからだ。しかし、溝口も自らの濃密な独白により、自分だけのフェティッシュな欲望の対象を生み出している。制御不可能で、予想していないときに現われ、現われてほしくないときに出現する金閣寺という幻想の対象である。言葉と金閣寺の秘めた錬金術の「衝動」に取り憑かれている溝口は、言葉と内翻足の錬金術の「衝動」とシニカルに戯れる柏木を模倣しながら、現実に異性のほうへと導かれる。

溝口とふたりの友人との関係についてまとめておこう。溝口は臆病であり、女性の美に圧倒されることが多く、自分の弱点を他者支配のための道具として使えない若者である。しかし女性の美を完全に否定して〈純粋な〉道を歩むこともできない。ただ、溝口のなかで鶴川とも柏木とも異なるのは、金閣寺との肉感的とも言える関係である。

＊8　同上、一五九頁。
＊9　ラカンによれば倒錯的主体は享楽しない。〈他者〉が享楽を得られるように専心するため、〈他者〉の享楽の道具であるとされる。享楽の権利はあるが、それを〈他者〉のために行使するのである。
＊10　小説の後半部分では、尺八の音楽を好む柏木の横顔が浮かび上がる。女性の身体的な美について特殊な関心を持っていたように、美そのものにも特別な関心を抱いている。その笛の音色によって「音楽ほど生命に似たものはなく、同じ美でありながら、金閣ほど生命から遠く、生を侮蔑して見える美もなかった」と溝口を感動させるが、同じ溝口をして「しばらくのあいだ中空に成就する美のあとに、自分の内翻足と暗い認識が、前にもましてありありと新鮮に残ることのほうを愛していたのだ」と言わせているように、柏木にとって音楽の美は、音楽の旋律を通じて自らの身体から離脱し、生命の流れに自由に身を委ねて、そのあとに自らの内翻足の存在を確認するための陰鬱な手段なのである。『金閣寺』、前掲、一四九頁。

金閣は多義的であり、それは主人公との関係において意味変容していくものであるが[*11]、溝口の希薄な身体を補塡するものとして、特殊な身体的現前性をもって立ち現れてくるところでは共通しているように思われる。とくに身体的危険により恐怖の高まる戦時中はその傾向は強かった。「同じ禍い、同じ不吉な火の運命の下で、金閣と私の住む世界は同一の次元に属することになった。私の脆い醜い肉体と同じく、金閣は堅いながら、燃えやすい炭素の肉体を持っていた。そう思うと、時あって、逃走する賊が高貴な宝石を嚥み込んで隠匿するように、私の肉のなか、私の組織のなかに、金閣を隠し持って逃げのびることもできるような気がした。」[*12]どのようにしてこのような身体的共振感覚をもつに至ったのか、その起源と過程を追っていかねばならない。

金閣の意味の重層化

①両親の言語と身体性の対照

この作品は「幼時から父は、私によく、金閣のことを語った」[*13]という言葉で幕が開く。しかし、それにもかかわらず、この父親は自らの身体を結核に犯され、父性の権威を正当に行使することもかなわない。ひとり息子に仏教の価値を伝達することも果たせない、極めて存在感の乏しい主体である。溝口の身体の希薄さは、彼の父親の身体の希薄さに由来するのかもしれない。

その父親によって発音された「金閣」という言葉も物質性を感じさせない純粋な音《ノイズ》にとどまっている。溝口の父親に美的観照の対象であるが、溝口にとっては/kinkaku/というk音の反復によるトニックな聴覚印象、のちに漢字を習うようになってからは「金・閣」というゲシュタルトをもつ視覚印象に過ぎない。父に連れられて実物を目にしてようやく金閣寺の建築構造と結びつくが、それまではいかなるかたちとも無関係な名づけえないものであり、「途方のないもの」としか形容できないものであった。
そのため、溝口にとっては「遠い田の面が日にきらめいているのを見たりすれば、それを見えざる金閣の投射だと思った」ばかりか、「金閣はいたるところに現われ、しかもそれから現実に見えない点では、この土地における海とよく似ていた」ともあり、不可視の海原と比較されうるかたちなき対象であった[*14]。
溝口の母親の身体は、その息子にとっては目を背けたくなる、いやらしい現前性を備えている。「母は日に焼けた顔に、小さな狡そうな落ち窪んだ目を持っていた。唇だけは別の生き物のように赤くつやつやしており、田舎の人の頑丈な硬い大柄な歯が並んでいた。都会の女なら厚化粧しておかしくない年であった。できるだけ醜くしているような母の顔が、どこかに澱みのように肉感を残しているのが、私には敏感にわかり、それを憎んだ。」[*15]
この母親の欲望を伝える言葉は、美と性の対立の原因、もしくは仏道と俗世の対立の原因となり、この作品を貫く糸となる。母親の口から出てくる「金閣寺」という名は彼女の欲望を直示する。戦争中、金閣は米軍の爆撃によって炎上すると息子が不吉な夢想をしていることなど知らず、母親は「金

＊11 久保田裕子「模型という比喩――三島由紀夫『金閣寺』」『三島由紀夫研究6』鼎書房、二〇〇八年、七四－七五頁。
＊12 『金閣寺』、前掲、五三頁。
＊13 同上、九頁。
＊14 同上、一〇頁。
＊15 同上、六六頁。

閣寺」を現世利益の象徴として捉え、その後継者になるよう息子に耳打ちする。

②溝口の「原光景」

東舞鶴中学一年のとき、実家の寺に戻った際の出来事は、『金閣寺』の物語がかなり進んでから紹介される。フロイトの狼男症例のように乳児期に目撃した原光景とは異なり、すでに性に目覚めた一三歳の少年が母親と親戚の男の肉の交わりに直面する。しかもそれは聖域であるべき父親の寺院で、その父親のまなざしの前で起きるのである。さらに正確を期するならば、肉の交わりの〈他者〉と父親のまなざしのあいだに溝口が挟まれ、父親の掌によって目隠しされたかたちで「原光景」を経験するのである。いわば、溝口は「原光景」を二重化されたまなざしとともに生きるかたちになる。

蚊帳の裾が立てる音から、溝口は異変に気がつく。「風よりも微細な動き、蚊帳全体に漣のように広がる動き、それが粗い布地をひきつらせ、内側からみた大きな蚊帳の一面を、不安の漲った湖のおもてのようにしていた。」*16 溝口が金閣寺を炎上させる際にも、こうした風と漣《さざなみ》と湖のメタファーが利用されるだろう。『金閣寺』においては身体や享楽は微かな音や波動によってまずは知覚される。〈他者〉の享楽の音《ノイズ》が響くなか、目を見開いて、白いシーツの塊を認めたところで、視界の暗転が生じる*17。そのため、溝口は視覚によっては「原光景」を経験していない。〈他者〉の性的享楽は、溝口にとっては純粋な聴覚経験として刻印される。父親は沈黙したままであり、その不甲斐なさがこれ以上ないまでに際立つ場面に見えるだろう。しかし、状況はそれほど単純ではない。最初のうち、溝口は自分だけがこの状況に気づいたと信じているが、すぐに父親が眠っていないことに気づくからだ。それはつまり、父親はわざと寝息を立て、妻と親戚の男をなすがままにさせ、ふたりを騙している可能性があるということだ。この父親の意図は容易に推し量ることができない。もし、ここで父親が激怒したり嫉妬したりして介入していれば、溝口にとっては救われたのかもしれない。

ところが、実際に起きたのは、「たとえようもないほど広大な掌。背後から廻されて来て、私の見ていた地獄を、忽ちにしてその目から覆い隠した掌。他界の掌。愛か、慈悲か、屈辱からかは知らないが、私の接していた怖ろしい世界を、即座に中断して、闇の中に葬ってしまった掌。私はその掌の中でかるくうなずいた。諒解と合意が、私の小さな顔のうなずきから、すぐに察せられて、父の掌は外された」*18という不可解な事態であった。

〈他者〉の享楽の露出だけでも衝撃的だが、父親の沈黙の行為も衝撃的である。この父子の諒解と合意については、その内実は明かされることはない。おそらく、これは父親からの話すべからず見るべからずという禁止の命令であり、〈他者〉の享楽を前にして喫驚《きっきょう》の声をあげるべからずという無言の命令なのであろう。その命令を諒解した印として溝口が頷くと父親の掌は離れてゆくからだ。

しかし、父親の振る舞いはそのあとにまったく痕跡を残さなかったわけではない。溝口は自分でも知らずに父親によって発話されるべきだったパロールを求めて、父親以外の父性の介入を求めて、苦しむだろう。また、驚愕の際の声の切断は、他者を前にした母語の発話時の声の切断を入れる症状と

*16 同上、六二頁。

*17 「父が目をさましているのに気づいたのは、咳を押し殺している呼吸の不規則な躍り上がるような調子が、私の背に触れたからである。そのとき、突如として、十三歳の私のみひらいた目は、大きな暖かいものにふさがれて、盲らになった。すぐにわかった。父のふたつの掌が、背後から伸びて来て、目隠しをしたのである。」(同上、六二頁)。

*18 同上、六三頁。

して残るだろう。この吃音という症状は「原光景」を突端として生じたのか、それとも既在症状をこの「原光景」が強化させたのかわからないが、いずれにせよ〈他者〉の享楽と父親の沈黙は、溝口という主体の身体に強い刻印を残すパロールなき声であった。

ともあれ、この他界の掌はたしかに溝口を救ったのだろう。というのも、ほぼ同時期に起きた有為子との邂逅はカタストロフィックな影響を溝口に残すからだ。

③有為子との邂逅と彼女の死

親元を離れて東舞鶴中学校に入学した溝口は、性に目覚め、隣に住む看護学校生、有為子の身体の白き輝きに魅せられる。あるとき、溝口は急き立てられるようにして叔父の家から飛び出し、自転車に乗ってやってくる有為子を引き止めた。しかし、有為子と実際に正面から向き合ってみると、そこには疾風怒濤《どとう》の欲望が沸き起こることもなく、驚くべき虚無に直面して硬直してしまう。次の文章は後期ラカンの主張する「孔傷《トルウマティスム》(troumatisme)」(「孔《トルゥ》(trou)」と「外傷《トロウマティスム》(traumatisme)」とを掛け合わせた新作造語)の典型例のような出来事である。

> 暗闇の中にかすか輪郭を浮かべている村の屋根々々にも、黒い木立にも、青葉山の黒い頂にも、目前の有為子にさえも、おそろしいほど完全に意味が欠けていた。私の関与を待たずに、現実はそこに附与されてあり、しかも、私が今まで見たこともない重みで、この無意味な大きな真暗な現実は、私に与えられ、私に迫っていた。*19

有為子のみならず彼女の周囲の風景すべての意味が脱落してしまう。こうした状況に陥った溝口は、虚無を覗き込んで石化してしまったかのように、眼を開いているがなにも見えない、主体の死を経験する。有為子のほうは恐怖から解放されるにつれ、「はじめは怖れながら、私と気づくと、私の口ばかりを見ていた。彼女はおそらく、暁焼のなかに、無意味にうごめいている、つまらない暗い小さな穴、野の小動物の巣のような汚れた無恰好な小さな穴、すなわち私の口だけを見ていた。」[*20]本来であれば、まなざす側の溝口が、逆に有為子によってまなざされる。

しかも、吃音の溝口の口の動きには、母親への同一化——決定的な同一化はつねに無意識的である——もしくはその痕跡を認めることは難しくない。母親の影を自らの口に認める溝口にとって、有為子のまなざしが自分の存在に突き刺さる針のように感じられただろう。その孔を見詰められるのは、自らの身体に穿たれた孔に自分の全存在が還元される感じさえ覚えたのではないか。

時間が宙吊りになったような一瞬の停止のあと、有為子の軽蔑のまなざしが煌びやかに外されて、溝口はまなざしの刑苦から解放される。このあとのしばらく異性との邂逅は、自分を軽蔑する異性の美の飛び立ちと自らの口の暗い孔の存在確認という形式を反復するだろう[*21]。

幻想の女性への接近と現実の女性への接近

〈他者〉との邂逅を二度も経験して、溝口は混乱したに違いない。自らの幻想の枠内女性をうまく

*19 同上、一七–一八頁。
*20 同上、一八頁。

捉えられず、あたかも金閣寺が女性と自分の間に介入しているかのように語る。溝口が女性に近づくと、彼の身体は消え去り、女性の視界にも入らない昆虫の体が出現する。例えば、自瀆の「地獄的な幻想」では、溝口は有為子の乳房と腿に張りつく「比類なく小さい醜い虫」でしかなかった[*22]。溝口が女性に接近すると、溝口は男性であるどころか、人間でなくなり、女性の視界に入らない虫螻《むしけら》と化していた。無に近い存在に自らを還元するのである。

まったく逆のパースペクティヴでは、女性が溝口に接近すると、まずは吃音が現われて、言葉が滑らかに口に出てこなくなる。つぎに不安が襲ってきて、さらに金閣が現前して（「金閣は不安が建てた建築であった」[*23]）、溝口は恍惚感のある観照状態に陥る。そのとき女性の存在は消し去られるか、金閣が女性の身体の一部である乳房に還元される。しかし、女性に接近するにせよ、女性が接近するにせよ、幻想のシナリオの幕が閉じられるのは、最後に女性の嘲笑が響き渡ることによってである[*24]。

＊

しかし、溝口の女性像は永遠に不変なままではない。有為子と瓜二つの女性を戦中の南禅寺で垣間見て、その女性の着物から露出された乳房を鶴川と目撃したが、裸体の露出は溝口にとっては〈他者〉の謎を解く第一歩となったのかもしれない。

金閣寺見物のため米兵とその付き添いの赤いコートの女性を案内していると、米兵が女性に暴力を振るうように命令してきたことも、〈他者〉との関係を確実に変容させた。「彼の青い目は高所から命じていた。彼のひろい肩幅のうしろには、雪をいただいた金閣がかがやき、洗われたように青い冬空が潤んでいた。彼の青い目は少しも残酷ではなかった。それを、その瞬間、世にも抒情的だと感じたのは何故だろう。彼の太い手が下りて来て、襟首をつかまえて、私を立たせた。しかし命ずる声音はやはり温かく、やさしかった。「踏め。踏むんだ」」[25]〈他者〉に感じる怒りを排除したのが父親の手であったとするならば、米兵の手は〈他者〉に感じてもいない怒りを暴発させるように強いたのである。この場面は〈他者〉の享楽を前にした父親にしてほしかったことなのかもしれない。溝口はリモートコントロールされたかのように、米兵の青い瞳に魅入られて、妊娠している女性の腹部を足蹴にしている（ちなみに、溝口は英語を話すときには吃らない。彼の吃音は母語に関わることがここで判明する）。

スペイン風の洋館の令嬢の振る舞いを目の当たりにして、さらに下宿の娘から柏木自身は気がつい

＊21　さらに、その後しばらくしてから有為子の心中事件がある。清水の舞台を模して建てられた金剛院の空御堂で脱走兵と命果てるのだが、その御堂の記述は金閣寺炎上を先取りしている。有為子の身体の白さは、この空御堂の建築の白さと二重化されている。「御堂も渡殿も、支える木組も、風雨に洗われて、清らかに白くて、白骨のようである。紅葉の盛りには、紅葉の色と、この白骨のような建築とが、美しい調和をなすのだが、夜だと、ところどころ斑らに月光を浴びた白い木組は、怪しくも見え、なまめかしくも見える。」（同上、二三頁）。

金剛院での彼女の死の直前の〈裏切り〉があるが、溝口はその裏切りゆえに、有為子は十全に自分に所有された、と語っている。その意味は、彼女が裏切ることを溝口が知っていて、そして現実に有為子が裏切るがゆえに、彼女は十分に溝口に所有されるというものである。この溝口の思考はわかりにくいが、母親の〈裏切り〉を先取りしながら寝たふりをした父親を思い出そう。息子の溝口はどこかでこの父親のまなざしと同一化して〈他者〉の死を眺めていたのかもしれない。裏切る〈他者〉の死は寺院という舞台において上演されねばならないかのように『金閣寺』では寺院と〈他者〉の身体的出来事が続く。

＊22　同上、七八頁。

＊23　同上、四二頁。

＊24　「嘲笑というものは何と眩しいものだろう。私には、同級の少年たちの少年期特有の残酷な笑いが、光のはじける草叢のように、燦然として見えるのである」（同上、一三頁）。

＊25　同上、八五―八六頁。

ていない彼の魅力を知らされたことも、溝口と女性との関係を幻想的平面から現実的平面に移行させたはずである。

父性の代理者たちの失墜と性的体験

鹿苑寺老師の性的放埒を偶然発見して、老師を狼狽させたことも溝口の攻撃性を目醒めさせるのに重要だった。老師の交際相手の女性の写真を入手して老師の目のつくところに入れる「行為化」を繰り返し犯しているからだ。しかし、老師の沈黙と否認が続き、父性を感じさせる言葉も得られないため、溝口は偽善と堕落に失望して仏道を放棄した。このことにより、大学の仏教課程を疎かにして金閣寺の後継者になれなくなり、溝口が幼少期から生まれ育った仏教の言説から放擲《ほうてき》される。有為子をはじめとする女性たちは、母親も含めて、仏教や寺院に結びついてこそ特殊なオーラを帯びていたわけであり、仏教の言説から放擲された溝口には、女性の存在はそれほど障害ではなくなる（老師の愛人の写真を裂いて金閣寺の池に捨てるのもこの頃である）。つまり、有為子の存在の影が薄くなり、女性の美の絶対性が弱まり、女性の嘲笑の輝きも色褪せてくるのである。

その証拠に、金閣炎上の行為に移る直前にまり子と交わって、女性の身体を過剰に理想化しなくなる。有為子は遊郭には姿が見えなかったが、それも気にならなくなっていた。はじめての性体験が味気なさしか感じないまま終わったあと、すでに有為子との強烈な快楽を味わったあとのように感じる異常な経験があったが、大きく崩れることはなかった。こうして幻想内部の溝口の身体像も変容する。「死のような仮睡に落ちた」まり子の「枕もとの明かりに丸く照らされた乳房の明るみ」にとまる蠅は、もはや幻想のなかの溝口の反映物ではなく、単なる対象として記述されるだけであり、女性を前にしたときの溝口自身の非人間的な対象への卑下はとまっている[*26]。

ここに至り、甚だ遅きに失したかたちで、父親的人物が登場する。「万般の鑑識眼を恃される」[*27]禅海和尚である。和尚から「見抜く必要はない。みんなお前の面上にあらわれておる」という言葉を受けて非常に感銘を受けている。つまり、溝口は老師から提供された学費を女性を買うために浪費して、金閣寺炎上という悪の意図を持っていることを見抜かれたのである。それぱかりではない。有為子の影を帯びた女性たちの支配からも脱し、金閣《キンカク》をめぐる重層的決定が徐々に解かれていることも見抜いていたのかもしれない。金閣寺を焼く必然性がないことをよくわかっていて、それを和尚に喝破されたいという気持ちが溝口にはあったのだろう。

しかし、それでも溝口は放火を決断するのである。自暴自棄による犯行、もしくは狂気による犯罪行為として読解するのは解釈の試みを放棄するに等しいように思える。

しかも、最終章は、前章までの手記形式を断絶させ、溝口のモノローグが開始される[*28]。この点について小説の構造の不備が問われたりもしたが、単なる構造の不備でテクストに断絶線が走っているのではないだろう。ここに至ってようやく溝口の身体と彼の父親の沈黙のあいだの関係（無－関係）が扱われるのではないか。

＊26　同上、二四四－二四五頁。
＊27　同上、二五八頁。
＊28　許昊「『金閣寺』論――手記とモノローグの間――」『三島由紀夫『金閣寺』作品論集』佐藤秀明編、近代文学作品集成17、二〇〇二年、三二八－三三〇頁。

金閣の書体＝身体の美

冒頭から、監視のまなざしの欠如が強調されており、あたかも金閣の焼失が許されたかのように記述されている。溝口は「金閣の北側の釘を板戸の二寸程の釘を二本抜いて」[*29]、それに誰かが気がつくかを試してみて、金閣寺が誰にも見張られていないことを確認している。これは（三島が『金閣寺』執筆のモデルとした）林賢養が金閣炎上直前に実際に行なったことである。しかし三島は自らの想像力によって林の行なわなかったことを外挿してくる。溝口はわざと警察署の近くを通り、自分の存在を怪しむまなざしが見当たらないことを確認している。さらに、「一察」の字の脱落した西陣警察署という横書きの石の文字を、赤い煙るような門燈の光りが示している」[*30]ことを瞥見している。つまり、警察は未来の国宝の破壊者を、看板の文字のように、あるべきところに欠如したままの状況にして放置しているのである。監視の視線の欠如は警察の文字の脱落と密接に絡まり、赤い煙のような門燈は未来の放火を暗示している[*31]。

板戸の釘の剥脱と警察署の文字の脱落は、金閣寺の老いた案内係の総入歯、この老人の言葉の分節化能力の劣化とも絡んでいる。金閣寺のなかの警備の欠陥が明らかになっても、老人の滑舌のよくない案内は続くのだが、「老人は何か考え事をするとき、顎をうごかして、はまりのわるい総入歯をかち合わせて鳴らしていることがある。毎日同じ案内の口上を述べているが、日ましに聴き取りにくくなるようなのは入歯のせいである。〔……〕そのききとれない呟きをきいていると、私には、彼には入歯にも警報器にも、どんな修繕ももはや不可能だと言っているように思われる」[*32]と記述される。歯の脱落により言葉が不分明にしか分節化されない事態と警報器が作動しない不吉な状況とが重ねられている。この老人は「原光景」を前にして言葉が出てこなかった父親のカリカチュアではないだろうか。女性を知り、その存在に恐怖を覚えなくなった溝口にとって、父親の心象は変わっていたのかもしれない。

いずれにせよ、この老人の言葉の不明瞭さは溝口自身の吃音と響き合う。しかし、響き合うのは昔の溝口の吃音である。ここでの溝口の〈吃音〉は、真夜中にひとりで佇み、金閣を表象しながらのもので、他者もしくは〈他者〉を前にしたときに現われていた既在症状ではない。それは自分の記憶の痕跡もしくは身体の奥底から微かな音《ノイズ》を慎重に救い出す行為の別名である。

> 私は口のなかで吃ってみた。一つの言葉はいつものように、まるで袋の中へ手をつっこんで探すとき、他のものに引っかかってなかなか出て来ない品物さながら、さんざん私をじらせて唇の上に現われた。私の内界の重さと濃密さは、あたかもこの今夜のようで、言葉はその深い夜の井戸から思い釣瓶のように軋りながら昇って来る。*33

＊29　前掲、二五一頁。

＊30　同上、二五二頁。

＊31　ここに金閣寺内部に保管されていた足利義満像を入れてもよいだろう。そして次の記述から、義満は父親の盲目を示唆しているだろう。「『義満の目、義満のあの目』と、その扉から戸外へ身を躍らして、大書院裏へ駈け戻るあひだ私は考へ続けた。『すべてはあの目の前で行はれる。何も見ることのできない、死んだ証人のあの目の前で…』」（同上、二六二頁）。

＊32　同上、二五五頁。

＊33　同上、二六〇頁。

ここでの「一つの言葉」は、他の言葉と絡みあっており、そうした言葉の重みと濃密さゆえに明瞭に分節化されない。どのような言葉なのかは明示されておらず、謎の言葉としての「X」に留まる。この言葉を「深い夜の井戸」から湧き出させるには、溝口の内界の門が開かれる必要がある。しかし、その言葉の浸かっている水源は深く暗い。

しかも興味深いことには、言葉を包む闇は、金閣寺の周囲の夜の闇と重なる、というよりもその闇そのものであることだ。「金閣は雨夜の闇におぼめいており、その輪郭は定かでなかった。それは黒々と、まるで夜がそこに結晶しているかのように立っていた。」*34この溝口の視界を蔽う闇は、〈他者〉の法外な享楽にたいして、父親が掌で息子の視線を妨げた状況の反復なのではないか。そして、この闇は金閣の美を覆い隠すヴェールなのではないか。

全き闇に包まれた溝口は、「盲人の視力」*35によって、純粋に言語的に構築された美を幻視していく。金閣寺を視覚の対象として見ながら、各構成要素を列挙しているのではない。視覚像なしに、純粋に名指しのみで、金閣《キンカク》を現前させていく。

> 何故ならその細部の美、その柱、その勾欄、その蔀戸、その板唐戸、その華頭窓、その宝形造の屋蓋、……その法水院、その潮音洞、その究竟頂、その漱清、……その池の投影、その小さな島々、その松、その舟泊りにいたるまでの細部の美を点検すれば、美は細部で終り細部で完結することは決してなく、どの一部にも次の美の予兆が含まれていたからだ。*36

金閣の細部を数え上げた建築部位の連鎖は、溝口の身体の闇から引き上げられた言葉の連鎖であることに注意したい。自らの闇のなかで、また世界の闇のなかで、溝口は金閣寺の各部位を名づけていく。第3章では、肉の交わりのなかで鞠子が舟木収の身体部位を名づけ、第6章では、ルネがサド公爵の紋章をつけた白い騎士の甲冑の身体部位を名づけていくことになるが、ここでは「原光景」の〈他者〉の身体を建築に見立てて、溝口が各部位を名づけていく行為となっている。白いシーツの塊と父親の暖かくも大きな掌によって見ることが禁じられた〈他者〉の身体である。

金閣の書体＝身体の揺らぎと享楽

このようにして、溝口は「原光景」のまなざしの経験を構造化していく。その際に〈他者〉の身体の「美」についていては、比較的容易く言葉が流れ出してきたが、その「美」を名づける言葉の連鎖には、微かな波動もしくは顫動が次第に混じってくる。

そこでこれらの美の細部の未完には、おのずと虚無の予兆が含まれることになり、木割の細い繊細なこの建築は瓔珞が風にふるえるように、虚無の予感に慄えていた。*37

＊34　同上、二六五頁。
＊35　同上、二六五頁。
＊36　同上、二六七頁。
＊37　同上、二六七頁。強調は引用者による。

建築の身体が漱清を介して池の水に触れ、その鏡像が水面に映し出され、揺らめきながら、拡張されていくのである。これは、「原光景」の記述の際、風と漣と湖のメタファーが表現していた享楽の音《ノイズ》であったことを思い起こせば、次の三島の文章が付け加えられるのも理解できるだろう。「世界を規定する秩序から、無規定のものへ、おそらくは官能への橋を意味していた。」[*38]金閣の建築が触れた水域を形容して、そこでの「無限の官能」もしくは「官能的な力の棲家」[*39]を強調してくる[*40]。

そして金閣は鳴り響きはじめる。「耳鳴りの痼疾を持った人のように、いたるところで私は金閣の美が鳴りひびくのを聴き、それに馴れた。音にたとえるなら、この建築は五世紀半にわたって鳴りつづけて来た小さな金鈴、あるいは小さな琴のようなものだったであろう。その音が途絶えたら……」[*41]現実の金閣寺においては故障していて作動しない装置だったが、溝口の幻視する金閣《キンカク》のなかの警報器は遅ればせながら発動したのだろうか。この音が途絶えることは、溝口が引き返すことのできない地点にまで歩みを進むという警告なのかもしれない。

このあいだに溝口は言葉の想起を続けていることを忘れないようにしよう。溝口のなかで言葉は走馬灯のように回り続けており、「身は痺れたようになりながら、心はどこかで記憶の中をまさぐっていた。何かの言葉がうかんで消えた。心の手に届きそうにして、また隠れた。……その言葉が私を呼んでいる。おそらく私を鼓舞するために、私に近づこうとしている。」[*42]『金閣寺』最終章の冒頭から語の脱落が話題になっていたが、ここで意識から逃れる文字の遅々とした探究の試みは終了する。そして溢れ出てきたのは溝口にはすでに聞き覚えのある次の言葉である。

『仏に逢うては仏を殺し、祖に逢うては祖を殺し、羅漢に逢うては羅漢を殺し、父母に逢うては父母を殺し、親眷に逢うては親眷を殺して、始めて解脱を得ん。物と拘はらず透脱自在なり』[*43]

この言葉は柏木により『臨済録』から引用された言葉だが、ここではその書物の文脈から完全に脱落したものになっている。しかし、この言葉はもはや仏教の教えというよりは「殺せ！ 殺せ！ 殺せ！」と繰り返し命令する超自我の声に限りなく近づいている。しかも、単純な人物や事物破壊の命令ではなく、ひとつの語からもうひとつの語へと連なる言葉の連鎖全体を破壊させる命令、文字殺しの命令となっている。それはとりもなおさず建築＝書字としての身体の自己破壊に繋がっている。父親の沈黙の声にたいする溝口の解釈――「原光景」の際に溝口が父親から聞きたかった言葉――として出てきたものなのかもしれない。

こうして行為への移行の原動力となる〈パロール〉を得て、溝口は実際に金閣に火をつけていく。

＊38　同上、二六六頁。強調は引用者による。
＊39　同上、二六六頁。
＊40　この享楽の「棲家」について、ラカンは絶妙な表現をすでに生み出しているので参照してみたい。フランス語の「言(dit)」と英語の「邸宅(mansion)」を合成して「(demansion)」と名づけているのだが、この金閣《キンカク》の領域についてぴったりの表現である。享楽のエクリチュールの特殊な「次元(dimension)」とも掛けている(AÉ. 16, S.XVIII. 64, 68, 120, 164)。
＊41　『金閣寺』、前掲、二六八頁。
＊42　同上、二七〇頁。
＊43　同上、二七〇頁。

しかもその所作は非常にスムーズである。火焔も動きが非常に速い。はじめて金閣を燃やそうと思いついたとき、溝口は「いつも火は別の火と手を結び、無数の火を糾合《きゅうごう》することができた。人間もおそらくそうであった。火はどこにいても別の火を呼ぶことができ、その声はすぐ届いた。〔……〕待ってさえいれば、隙をうかがっていた火が必ず蜂起して、火と火は手を携え、仕遂げるべきことを仕遂げた」*44と述べていたが、これは吃音の仮面のしたでずっと隙をうかがっていた言葉とまったく同じ構造である。

金閣は溝口を内部に抱え込み、焔に包まれると、そこから鳳凰が飛び立つというイメージが溝口の念頭にはあったようだ。しかし、究竟頂《くっきょうちょう》の扉の鍵は開かずに、金閣寺の「金色の小部屋」は禁じられたままに留まる*45。

最終的には、潮音洞に広がる煙のせいで、溝口は「ある瞬間「拒まれている」という確実な意識」*46が生まれたために、非常にあっさりと観念して、炎上する金閣寺の外へ出ている。

溝口が意識を回復させたときには、まばらな火の粉が空に浮遊していた。「ここから金閣の形は見えない。渦巻いている煙と、天に冲している火が見えるだけである。木の間をおびただしい火の粉が飛び、金閣の空は金砂子を撒いたようである。」*47控え目ではあれ、性的享楽を示唆する光景を眺めながら、しかし、まだ燃やさなければならないかのように、溝口が煙草に火をつけ、口に持っていく仕草は意味深い。溝口は金閣寺を炎上させて自死することよりも、むしろこの光景を眺めたかったのではないか。

三島による身体イメージの幻視については本書でも幾度か触れてきた。しかし、『金閣寺』においては、まず「原光景」という〈他者〉の視覚不可能であった享楽の場面（そして「光」としてのファルス）

を対象としている点において三島作品において独自であろう。

金閣という〈他者〉の身体における象徴的ファルスとその文体・カリグラフィー

第1章でラカンによる狼男の原光景読解を扱ったが、そこではファルスは精神分析の倫理の観点から視覚化されるべきではなく、その場所にローマ数字のVというエクリチュールが置かれていると解説した。そこで重要だったのは、シニフィアンとしてのファルスの不可視性であり、絵《タブロー》における孔としての象徴的ファルスの「流出（ruissellement）」であり、フロイトの過剰な真理のパトスに支えられたまなざしの清算だった。

『金閣寺』においても原光景は中心的主題となっていた。ただし、それ自体は父親の掌により隠蔽され、視覚化不可能な事象として記述されていた。その原光景の反復となる金閣《キンカク》＝〈他者〉の身体の炎上の場面でも、ファルスは視覚不可能な事象として表現されているのだろうか。こうした問いかけ

＊44　同上、二一七頁。

＊45　溝口が自らの言語と身体のうちに、これ以上進もうとしても乗り越えられない場所＝文字＝身体部位があるという感触を得させた、詳しい原因は記されていない。しかし、言語の次元にその原因があるのかもしれない。金閣の「閣」の解字を調べると「各」を元にする「介意兼形声」とあり、「各」は「歩いていくひとの足が四角い石や障害のつかえた姿」であり、「閣」は「門の扉がつかえて止まるようにした杭や石」であり、転じて「上部構造を支えて止める、脚つきの高殿や架道」とされている。門の扉が締まらないように置かれる石というのは、金閣寺という名のなかにすでに話す主体の接近を拒否する声が書き込まれていたようにも思われるが、溝口はそうしたことには触れていない。

＊46　『金閣寺』、前掲、二七三頁。

＊47　同上、二七四頁。

は強引かもしれないが、三島の恵まれた精神分析的感性はすでに確認されたと思われる。三島のエクリチュールが「流出」という現象もうまく捉えてくると想定して金閣《キンカク》炎上を検討してみたい。

① 金閣《キンカク》の身体の美と楷書のフォルム

『金閣寺』においては、仏教建築特有の漢語の使用により、とりわけ視覚的要素が強く出された、カリグラフィックな金閣《キンカク》の身体像が提示されていた。溝口による放火直前、仏教経典の文字の衣を纏って、夜空に浮かび上がった金閣《キンカク》の記述を読んでみよう（漢語仮名混合の言説のうちに住みついた日本語話者の主体の特徴を生かした記述であり、欧米圏の翻訳においては完全に脱落する部分である）。

> そして美は、これら各部の争いや矛盾、あらゆる破調を統括して、なおその上に君臨していた！それは濃紺地の紙本に一字一字を的確に金泥で書きしるした納経のように、無明の長夜に金泥で築かれた建築であったが、美が金閣そのものであるのか、それとも美は金閣を包むこの虚無の夜と等質なものなのかわからなかった。おそらく美はそのどちらでもあった。[*48]

こうして幻視された金字の経典の眩さは、溝口によって列挙される金閣《キンカク》の建築部位にも反映していくのだろう。その漢語の連続――「勾欄《こうらん》」、「蔀戸《しとみど》」、「板唐《いたから》戸《ど》」、「華《か》頭窓《とうまど》」、「宝形造《ほうぎょうつくり》」、「屋蓋《おくがい》」、「法《ほう》水院《すいいん》」、「潮音洞《ちょうおんどう》」、「究竟頂《くっきょうちょう》」、「漱清《そうせい》」――により、濃密な語の塊まりを屹立させる。

ひらがな、カタカナ、漢字を備えた日本語の書字体系の独自性により、漢語を用いた「命名行為(nomination)」では、シニフィアンによる命名の機能が抑えられるようだ。どういうことかというと、日本語では、ひとつの漢語にたいして音読みと訓読みが存在するため（片方しか存在しないこともある）、漢語のシニフィアンとしてのポテンシャルは高いのだが、表意文字ゆえに一瞥で意味把握が可能であるため、シニフィアンの音韻的側面が軽視されて「音のざわめき」に堕し、「見掛け《サンブラン》」として視覚に訴えかけてくるということだ。日本語話者の場合、漢語を駆使した文体の壮麗化には、視認欲動の回路の活性化を引き起こすと思われる。*49

②金閣《キンカク》の身体の享楽と草書のフォルム

金閣《キンカク》の身体の美は、漢語によって壮麗化されたあと、ゆっくりと享楽の領域へと移行してゆく。文字が触れ震え始めるのである。楷書の骨格的な構造が草書の曲線によって丸みを帯びてゆくように、金閣《キンカク》は風と漣と湖によって揺すぶられ、暗闇を映し出す水面に流れ融ける。

> 夕日に映え、月に照らされるときの金閣を、何かふしぎに流動するもの、羽搏くものに見せていたのは、この水の光であった。たゆたう水の反映によって堅固な形態の縛めを解かれ、かかるときの金閣は、永久に揺れうごいている風や水や焔のような材料で築かれたものかと見えた。*50

---

*48 同上、二六七頁。強調は引用者による。「各部の争いや矛盾」というのは、建築様式のあいだの衝突——楼閣建築でありながら、第一層、二層には寝殿造風、第三層には禅堂仏堂風を選び、住宅風の建築に仏堂風を配した調和的衝突——を指すのだろう。

*49 第3章における『鏡子の家』の収の場合、同じく身体部位の命名が問題になっていたが、人間の身体に関する漢語は完全に日常の日本語として見慣れており、金閣《キンカク》の建築部位の命名時の漢語の見慣れなさとは次元を異にする。

この「堅固な形態の縛め」の解かれは、揺らめく水面による文字の形態変化の記述であるが、前述の納経に用いられた金泥の楷書体からの自由とも解釈できるのではないか。草書のかたちを考慮に入れることで、炎上する直前の金閣《キンカク》の書画としてのイメージをよりよく表象しうると思われる。また、金閣《キンカク》が「羽搏く」という表現にあるように、この草書的な動きと揺らぎはさらに激しくなり、最終的には炎上して燃え輝き、闇夜を照らし出す幻想が、溝口にはあったことはすでに述べた。溝口が究《くっ》竟頂《きょうちょう》に潜り込み、燃えさかる鳳凰が飛び立ったときには、さぞかし眩い文字の飛翔となったことだろう。しかしながら、そうした輝かしい光景は起こらなかった。むしろ、溝口にはそうした光景は起こらないことを最初から承知したうえで、犯罪行為に走ったようなところがあり、究竟頂《くっきょうちょう》に拒絶されたとすぐに観念して、燃えさかる金閣寺から逃亡していた。

③金閣《キンカク》の身体からの「流出」

ところが、溝口が金閣寺の炎上を眺める場面において、金閣《キンカク》からおびただしい鳥が乱舞して消え去る書画が挟まれてくる（この光景の性的色合いについてはすでに述べておいた）。この絵《タブロー》を見せるために三島が金閣《キンカク》炎上を描いたかのようである。とくにそのなかの一羽は「私の顔の目近に、大仰な羽搏きを辷らせて翔った」*[51]とある。原光景の視覚を妨げるために溝口の眼を覆い尽くした父親の掌のヴェールを切り裂くような鳥の飛翔である。この飛翔の残像こそ、金閣《キンカク》から離脱した象徴的ファルスの「流出(ruissellement)」の表現となっているのではないか。

しかも、狼男の原光景を隠蔽したVのローマ数字のように、鋭利な刃物のように線刻《トレ》を残すエクリチュールの表現になっている。この文字の線刻《トレ》は、溝口のもとには留まらず、人間の言葉として再認されず、明瞭に発音されることなく飛び去る。しかも、ここで三島は「無数の人間の関節が一せいに鳴るような音」*52という特異な音《ノイズ》を記しており、数え切れないほどの身体の結節点が再配置されたかのような記述となっている。

この唯一の鳥は、金閣《キンカク》の身体をなす文字の全体から離脱した、ひとつの発音不可能な文字ではないのか。さらにいえば、この一羽の鳥＝線刻《トレ》は、視認欲動の対象と見掛け《サンブラン》の病理に犯された言語《ラング》の束縛を切り刻み、またその拘束から自由となった例外的な文字ではないか*53。楷書から草書へと形が弛み、一度炎上した文字全体から流れ融けた「文字の飛翔（lettre volée）」と解釈するのである。

「リチュラテール」論文における「流出」の考察

ラカンは、漢語圏のエクリチュールに配慮を示した、稀有なフランス人精神分析家であり、漢字の特性を周知していた。ジョイスをはじめとした前衛文学を論じた「リチュラテール」（一九七一）において、ラカンは自らの新たな文字観をまとめている。この論文は、彼の二回目の日本滞在後に執筆されたため、書道、文楽、大阪の高速道路、日本の新旧の建築についての言及があるのだが、前年に自

＊50　『金閣寺』、前掲、二六八頁。強調は引用者による。
＊51　同上、二七三頁。
＊52　同上、二七四頁。
＊53　それは溝口の夏菊と蜜蜂の白昼夢からも読みとれる。「蜜蜂はかくて花の奥深くに突き進み、花粉にまみれ、酩酊に身を静めた。蜜蜂を迎え入れた夏菊の花が、それ自身、黄いろい豪奢な鎧を着た蜂のようになって、今にも茎を離れて飛び翔とうとするかのように、はげしく身をゆすぶるのを私は見た。」（同上、一六九頁）。

刃した三島についての論及はない。

しかし、『金閣寺』とは無関係な文脈にもかかわらず、興味深い偶然の一致によって、ラカンは「草書体にあっては普遍的なものが〔書き〕手の固有なものによって砕かれる」（AÉ. 17）と述べている。ここで強調されているのは、書道家が自らの技芸によって、漢語の意味と楷書の形態の《普遍性》を維持しながら、そこに自己の独自性を刻み込む「振る舞い（geste）」である。言い換えれば、その至芸によって《普遍性》の崩落を一瞬だけ実現する、書道家自身にも完全に制御できない「振る舞い」である[*54]。

ラカンは書道家が引いた漢字の「一」の線刻《トレ》を「流出（ruissellement）」と称している。引かれた線が自らの運動自体によって消し去られる線、どこから始まりどこで終わるのか、力点がどこにあるのか、西洋人には決してわからない線である（AÉ. 17）。

「流出」は頻繁に使用されるわけではないが、希少な重要箇所で提示されるラカンの概念である。これが「リチュラテール」において参照されるのも決して偶然ではない[*55]。とりわけ、セミネール一一巻で提示された西洋画の「筆の雨（pluie de pinceau）」の考察を受けて（第1章参照）、この概念が東洋の書画に再解釈されていることは確実だろう。雨が降るように、マチスのような画家が色彩を散らすことで、〈他者〉の悪意のまなざしは飼い慣らされると述べられていた。書道家の筆致や三島の鳥の飛翔の筆致によって実現されているのも、日本語話者にとっての漢語というフェティッシュの鎮静化、さらには、こうした視認欲動の対象aとその見掛け《サンブラン》のヴェールに鋭い線が引かれることによる無化ではないか。

偶然の一致に乗じるかたちで、もうひとつ偶然の一致を重ねるならば、「リチュラテール」には、一羽の鳥と伝統建築に関するエピソードも織り込まれている。ラカンは伝統建築の屋根の急勾配を上空から急降下する鳥の動きに見立て、その放物線の軌跡を記述しているのである。「急降下する鳥の翼の羽搏きとなることによって、最先端の近代建築は伝統建築を再発見する。(l'architecture la plus moderne retrouve l'ancienne à se faire aile à s'abattre d'un oiseau.)」(AE. 17、強調は引用者による)。詩と機知のあいだを縫う絶妙な文体であり、ほとんど草書的と呼びたくなるくらいに、柔らかな音と語の組み合わせからなるエクリチュールの流れになっている。ラカンは書道家の筆致と鳥の飛翔のあいだに流れる同一の線刻《トレ》を幻視しながら、自らのエクリチュールを飛翔させている。

「リチュラテール」論文における「溝入」の考察

「リチュラテール」では、「流出」に対応したもうひとつの過程として、「溝入(ravinement)」という概念が提示されていた。「溝入」は大地の表面に水滴が落ちて溝をなすという意味である。文学と

*54 ラカンの書道について説明は、漢語がひらがなに変容していった過程への一瞥にもなっている。楷書という「堅固な形態」から草書の滑らかに流れる形態への移行は、各漢語の部首や辺の角張った形態をほどき、意味を洗い流して、純粋な音(ひらがな)を抽出した、古代日本人の振る舞いの反復となっているのだろう。

*55 セミネール一四巻『幻想の論理』では、「ララング」(主体の享楽が書き込まれた主体自身に固有な言語使用)の概念が提示され、必然・偶然・可能・不可能の様相論理と結びつけられたときに、この用語が駆使されていた。セミネール二〇巻『アンコール』では、「身体的視覚欲動によって魂を制御する」イタリアのバロック芸術、とくに、教会の壁に配置されたバロック彫刻は「高揚した猥褻」であると形容された文脈において、この用語が用いられた(「殉教者の表象の眩い流出(ruissellement des représentations de martyrs)」S.XX. 105/二〇九頁)。

は無関係な用語だと感じられてもおかしくない。しかし、この用語は消去や抹消を意味する「litura」と大地を意味する「terre」を合わせて、「リチュラテール（lituraterre）」としてラカンによって生み出された造語と直結しており、「文学（littérature）」との差異化も図られている。ラカンは古典文学であろうと前衛文学であろうと正面から文学や文学批評を論じることはないが、「リチュラテール」の表題と絡んだ「溝入」の概念はラカンの文字の学《シアンス》の新機軸である。

この概念は幻想と享楽のトポロジーを現実の物質世界に読み解くことを可能にする。これは、主体の身体の内部のみならず、身体外の領域にまで視野を広げて――ユクスキュルの「内界（Innenwelt）」と「環界（Umwelt）」を含む領域にまで踏み込んで（AÉ, p. 14）――読解するということである。身体の領域が大地や自然にまで拡大されることに奇異な印象を覚える読者もいるだろう（ラカンは飛行機の窓から眺めたシベリア平原とそこを走るアムール川の曲線を書道家の筆致に比類した現象として言及しているくらいである（AÉ, p. 16））。

身体外の享楽についても同様に奇異な印象を受けて当然である。しかし、「ジッドの青春あるいは文字と欲望」において、ラカンは河川に漂流する緑の小枝に転身したグリブイユ（＝ジッド）の享楽、もしくは存在の奥底の震え、すべてを水没させる海、「戦慄（Schaudern）」について語っていた（É, pp. 750-751）。しかも、わたしたちはこうした享楽の〈他者〉の身体への開かれ、身体の周囲の事物や空間への開かれを、すでに日常生活において意識せずに経験しているはずだ。自動車を運転するとき、自動車は自分の身体の延長のように感じられ、インターネットに過剰に接続するとき、そうした無数のコンピュータネットワークを相互接続した地球規模の情報通信網は、自らの身体の延長をなしているのであり、そうした空間を通じて主体の享楽がドライヴしていく。言説の表面のみならず、とりわけ事物の表面において、享楽は身体外で溝をなして堆積するのを体験しているのである。『金閣寺』の溝口という主体は、自らの身体を持たず、それゆえ柏木や鶴川といった他者の身体像を乱反射させて自らの身体像を構築して、金閣《キンカク》という〈他者〉の身体を自らの身体の延長として幻視していた。自らの身体を持たない溝口は、自分自身にとって透明な身体を持っている主体（持っているとさえ意識しないわたしたちのような主体）よりも過剰な身体外部の享楽を生きており、そこに限界線を入れる必要がある主体だった。しかも、それはシニフィアンの連鎖による分節化によってだけでは難しかったのだろう。それゆえ、仏道による修練ではなく犯罪による行為化の道を選ばざるを得なかったのではないか。

彼の身体の孔と言語の孔が重なっていたためだろうか、溝口は〈他者〉の身体（女性の身体）と〈他者〉である言語（シニフィアンの宝庫としての日本語）とも切れ目が入れられず、その交差配列《キアスム》の場に金閣《キンカク》が立ち現れていた。溝口はどこかで知と身体と享楽のあいだの連続に現実的な線刻《トレ》を入れられるのを望んでいたところがある。

こうしてみると、溝口の経験した鳥の流線は、主体のシニフィアン以外の力線から浮き出てきた、「一の線（trait unaire）」であると考えられる。「一の線」とは、フロイトの『集団心理学と自我の分析』で提示された同一化の形態のひとつ――「一なる印（Einiziger Zug）」への同一化――からラカンが借用してきたものだが、ここでは「流出」と「溝入」に結びつき、後期ラカン独自の概念として練り上げられている。つまり、フロイトにおいては、すでに身体を持つ主体が自らの同一化の支えとするために、象徴界から既存のシニフィアン（「一なる印」）を抽出して〈他者〉の領域に自らの場所を占めることが問われていたが、ラカンにおいては、身体なき主体が〈他者〉の身体と享楽にたいする壁を作り、現実界から まったく新しいエクリチュール（「一の線」）を奪取して、それとともに境界線を引くことが賭けられているのである。

＊

『金閣寺』は、意味と物語の独自な構築を目的とする「文学（littérature）」としては傑作であったが、「リチュラテール（lituraterre）」としてはどのように位置づけられるのだろうか。まずは、『金閣寺』におけるファルスとまなざしは、日本語というエクリチュールを媒体としたことで、漢語という壮麗な衣装を纏い、それを流れるようにして脱ぎ去り、享楽の暗闇のうちに微睡《まどろ》んでいたことを確認しよう。しかし、三島は〈他者〉の身体を手で覆い隠して、そのまなざしの熱情を鎮静化するのではなく、それを焚きつけ、さらに炎上させ、消尽させることを選択した。三島はこの絵《タブロー》を極限まで追求した。

日本語に内在したまなざしの構造を燃焼崩壊《スパーク》させてから、三島とその作品制作にどのような影響がもたらされたのだろうか。目に見えるような大きな変化はなかったと思われる。しかし、意味によって紡がれた物語（『金閣寺』はその洗練の極みである）ではなく、無-意味な文字の飛翔（『金閣寺』の最後で垣間見えた）によって現実に楔を打つ、三島独自の政治的行動のきっかけとなったと捉えることはできないか。日本という集団の論理や象徴を徹底的に批判するためには——日本語のエクリチュールの視認欲動の回路をして、日本文化における話存在の身体に孔を穿つためには——書物という文学空間（もしくは読者の意識）ではなく、文学の彼岸に開示される領域《ゾーン》（自意識なき肉体）に深い線刻《トレ》が書きこまれねばならないと、三島はうっすらと感得したのではないか。この意味において、『金閣寺』は「文学」と「リチュラテール」の分水嶺となった記念碑的作品となっていると思われる。

後期ラカンの「流出」と「溝入」の概念では、主体と〈他者〉の身体と享楽に楔を打ち込む集団的、操作が想定されており、一九六〇年代以降、三島にとって先鋭化してくる個人と集団の緊張関係と響き合ってくる。晩年の三島由紀夫における「流出」と「溝入」の概念の運命は最終章までの本書の中心的主題となるだろう。

第6章

『サド侯爵夫人』と『わが友ヒットラー』のあいだ

『金閣寺』(一九五五)に引き続き、『サド侯爵夫人』(一九六五)と『わが友ヒットラー』(一九六八)における身体とエクリチュールの比較をおこなう。大革命期のパリと第二次世界大戦前のベルリンを舞台として、革命を体現する作家の妻とナチス総統の友人である突撃隊幕僚長が扱われる。このふたりの脇役的存在によって表象される〈他者〉の身体(革命的群集とファシスト的軍隊)を検討することで、政治的なものが『サド侯爵夫人』では劇的なものとして、『わが友ヒットラー』ではいかなる情熱も喚起しない「現実的なもの」として表象されていることを確認したい。三島の政治的コミットメントはこのふたつの戯曲の間に大きく変容している。三島の作品と政治活動の直接的関係を扱うことはできないが、政治活動の前提としてのパロールの威力の失墜を提示できればと思う。しかも、『金閣寺』から『サド侯爵夫人』を経由して『わが友ヒットラー』まで、その症状が次第に悪化しているように思われ、前章で取り上げた「流出」や「溝入」が作品のなかで大きく問題になることはないだろう。

両作品の関係性について

三島は両作品を双子の姉弟のようにみなしていた[*1]。「『サド侯爵夫人』における女の優雅、倦怠、性の現実性、貞節は『わが友ヒットラー』における男の逞しさ、情熱、性の観念性、友情に対応する。そしていずれもがジョルジュ・バタイユのいわゆる「エロスの不可能性」へ向って、無意識に突き動かされ、あがき、その前に挫折し、敗北してゆくのである。もう少しで、さしのべた指のもうほんのちょっとのところで、人間の最奥の秘密、至上の神殿の扉に触れることができずに、サド侯爵夫人は自ら悲劇を拒み、レームは悲劇の死の裡に埋没する。それが人間の宿命なのだ。」[*2]これは一九六八年末の『わが友ヒットラー』公演パンフレットに載せられた言葉である。三島が夢見ていた祖国防衛隊の構想を諦めて、楯の会を立ち上げたあとの感慨なので、また最後に立ち戻ってくることにしたい。

この時点で注意すべきことは、前章において『金閣寺』の「究竟頂」の扉が開かなかったこと、両戯曲における「至上の神殿の扉」（サド侯爵の邸宅の扉とヒットラーの首相官邸の窓）が開かなかったこと、三島の言葉が否が応でも反復として映ることだろう。サド侯爵夫人やレームといった人物ではなく、この文字とその反復こそ真の主体と捉えることべきなのかもしれない。この扉は、カフカの短編『法の門前』と類似した仕方で、三島にとって不可能性の名となっていないか。そして、その不可能が『サド侯爵夫人』と『わが友ヒットラー』でいかに変容していくかを念頭に入れて読解を進めよう。

『サド侯爵夫人』

戯曲の構造

『サド侯爵夫人』は三部構成からなる芝居であり、一七七二年秋、一七七八年晩夏、一七九〇年春のパリが舞台である。サド侯爵夫人のルネ、その母親のモントルイユ長官夫人、妹のアンヌ、そしてシミアーヌ夫人やサン・フォン夫人といった女性のみからなる集団が描かれる。印象的な言葉や映像が著者の計算により巧妙に配置されており、結末から遡及的に意味が決定するように仕組まれている。彼女たちが各々の視点からサドについて語り（イタリア旅行での近親相姦、幼少期の無垢な姿、黒ミサの秘儀における倒錯、『ジュスティーヌ』の著者の変貌）、サドの自由か収監かを巡る闘争が繰り広げられる。

サド侯爵は、マルセイユにおいて娼婦虐待事件を起こして当地での裁判により死刑宣告され、逮捕されれば監獄行きが決まっており、精神分析的に言えば、去勢の危機にある男の位置に置かれている。モントルイユ長官夫人は、サド家の爵位に目が眩んでルネを政略結婚させながら、サドがリベル

＊1　三島は登場人物の性別による身体・革命観をパラレルに描出したと強調していた。「『サド侯爵夫人』を書いたときから、私にはこれと対をなす作品を書こうと思っていた。〔……〕『サド侯爵夫人』の装置はフランス・ロココの一杯道具の書割式で、『わが友ヒットラー』はドイツ・ロココの同じく一杯道具の書割式、いずれも三幕で、登場人物は、前者が女ばかり六人、後者は男ばかり四人、中心人物はサドとヒットラーという十八世紀と二十世紀をそれぞれ代表する怪物である。」三島由紀夫「解題」『決定版　三島由紀夫全集24巻』、新潮社、二〇〇二年、七三〇頁。

＊2　同上、七三〇頁。

タンとして振る舞うと自分の品位が穢されると心配して、サドを騙して逮捕・投獄させた。革命勃発後、サドはバスティーユ監獄から解放されるころ、ルネは『ジュスティーヌ』を読んで戦慄し、「ジュスティーヌはわたしです」と叫んで、修道院入りを決意する。若さを失ったサドが自宅の戸口までやってくると門戸を開かずに追い払い、終幕となる。

ラカンはサドの妻、義妹、召使が、「サドへの忠誠ともいうべき病理的なものに固有の英雄主義」(E. 779)を示していると述べていたが、まさに、この三島の戯曲の登場人物たちも同様である。敬虔なカトリック信者のシミアーヌ男爵夫人は幼少期のサドの純真さのため、性的に奔放なサン・フォン伯爵夫人は冒瀆や性的倒錯を享楽するサドの悪徳のため、姉に嫉妬するアンヌは「あの人〔＝サド〕の目に浮かんでいる血なまぐさい思い出」*3 のために尽くそうとする。

ただし、ルネだけは特殊である。彼女のサド侯爵への忠実さは、道徳的な性質のものである。作品最後でサドの存在と作品の失墜が描かれるまでに二度作品中で試されるが、そのたびごとにルネは驚異的な想像力を発揮して、悪をその正反対である善に転換していく。そして、サド本人が大革命によってバスティーユ監獄から解放されて、政治活動に投企する瞬間に、彼女はサドの存在を決然と拒み、文字通り玄関前で追い返す。

しかし、ルネが現実のサドから自由になるためには、まず自分の母親から自由を勝ち取る必要があった。政治的革命勃発前に、保守的一族の秩序に大きな亀裂が走るのである。

黒ミサをめぐる母親との対決：母親の身体の鎧

母親との対立のきっかけは、革命前の時期である第二部で描かれている黒ミサについてのサン・

フォン夫人の報告である。サドが小羊を生贄として屠った瞬間に、サン・フォン夫人は、サドが「自分から抜け出したときにしか自分になれない神の血みどろの落とし児」であることに気づき、「その場にいるアルフォンス以外の者、アルフォンスにいじめられている女こそアルフォンスだし、アルフォンスを鞭打っている女こそアルフォンスだった。あなた方がアルフォンスと呼んでいられる人は、あれはただの影にすぎませんの」[*4]と叫んでいた。

この黒ミサの様子を聞いて、ルネは「憑かれた如く」になり、「あの人は無実で罪がなくて清浄潔白ですわ」[*5]と語り出す。あかたも黒魔術によってサドから美徳の核が剔出されたかのように慌てふためき、サドの無実、その罪なき姿、その善性にすがりつこうとする（ルネにとって性的倒錯の行為は善の概念と矛盾するものではないのだろう）。この否認にもかかわらず、もしくはこの否認のゆえに、ルネは黒ミサの女たちのように、サドに変身したかのようになる。

そして、彼女にとっての権威であり、サドのスキャンダルを忌み嫌い、国王に直訴してサドを逮捕させた張本人、モントルイユ長官夫人がラ・コストでルネの悪徳に染まった姿を暴露すると、ルネはサドの共犯者であることをあっさりと認める。さらに、ルネは彼女自身すでに「女という手に負えない獣」であり、サドに過剰に忠実であると──彼女自身の言葉を借りれば──「貞淑という名の獣」[*6]であると

---

*3　三島由紀夫『サド侯爵夫人』（一九六五）『決定版　三島由紀夫全集24巻』、新潮社、二〇〇二年、二七六頁。
*4　同上、二八二頁。
*5　同上、二八三頁。

告白している。

しかし、ルネは自らの本性を曝け出す勢いで、母親の本性を暴露することも忘れない。母親は良識のもとに過剰に暴力的であると非難を投げ返すのである。「あなたには生得の牙が備わっておいでになる。その丸い乳房、それが牙なのです。お年にしては衰えを魅せないつややかな腿、それが牙なのです。それというのもあなたのお体は、頭の先から爪の先まで、偽善の棘できらきらと鎧われて、近づくものを刺し貫きもすれば、窒息させてしまうこともおできになるのですもの」*7と言い放ち、現実において本当に人を傷つける能力があるのは、神を呪詛して鞭を振るうサドではないと強弁する。道徳的欺瞞こそ唾棄すべきものとしてルネは攻撃するのである。

パロールの奪取：死の要求と要求の死の弁証法

モントルイユ長官夫人の牙の描写は、言葉にならない攻撃性の隠喩になっている。老齢ではあるが、この母親の身体は妙に艶かしく、しかも強力な牙の隠された鎧として表象されている。また、牙という表現には、日常会話の母親の言表のうちには現れないものの、娘に差し向けられた「死の要求(demande de mort)」を読み取ることもできよう。そこでは、母親がサドに「死の要求」を向けることと、母親がサドのことを語りながら娘のルネに死の要求を向けることが、メビウスの帯のように表裏一体をなしている。ラカンの有名な表現を借りれば、「お前はそういうやつだ(tu es cela)」は「それを殺せ(tuer cela)」と結びついている。モントルイユ長官夫人の口吻を借りれば、〈そのままではお前はサドになってしまうよ。お前のなかのサドを殺して戻っておいで〉と述べることに等しい。

またラカンはこうした「死の要求」には、「要求の死(mort de la demande)」(S.V. 495/下三七七―

三七八頁）が結びつくと主張してもいる。どういうことかというと、「死の要求」の目的は、憎しみの対象である他者の抹消にとどまらず、他者との関係構築の核となる言語そのものの抹消を含むからだ。たしかに、自らの要求も他者の要求も言語を媒介にしてしか為されない。とくに愛は欲望する者の告白という行為なしには実現せず、憎しみも心の中で思念しているのと実際に言葉として口に出すことでは雲泥の差が生じる。

モントルイユ長官夫人の邸宅では、彼女以外のすべての言葉《パロール》の力を圧政的に消し去る沈黙が支配していたのであり、ルネにはまったく発言権が与えられず、彼女も自分に発言権があるとは想像だにしていなかったはずだ。黒ミサ以前は、母娘は平穏無事に過ごすため偽善を演じていたが、この事件以後、ルネは母親の支配、つまり「死の要求」と「要求の死」の円環を断ち切りにかかる。そのためにルネは「パロールを奪取する（prise de la parole）」のである。文字通り、言論の自由を希求するのである。

牙の鎧を身に纏った母親から送られてきたメッセージを裏返して返答しながら、ルネは「アルフォンスはわたしです（Alphonse, c'est moi）」*8と高らかに宣言する。自由を剥奪され失墜したファルスであるサドの名において、彼女は母親の道徳的権威に反抗して、「死の要求」と「要求の死」の円環を断裂させることになる。こうして、サドへの忠実さによって、ルネは母親の超自我から解放され

*6　同上、二九六頁。
*7　同上、二九六―二九七頁。
*8　同上、三〇〇頁。

る。

　しかしながら、『サド侯爵夫人』の展開を考慮にいれると、ルネは母親のみならずサド侯爵――作家としてのサドではなく、リベルタンとしてのサドである――との分離を先取りしているとも解釈できそうだ。「アルフォンスはわたしです（Alphonse, c'est moi）」という言表は、「アルフォンスは、あのひとではなく、わたしです（Alphonse, ce n'est pas lui, c'est moi）」という言表行為を秘めているように響く。「貞淑＝忠誠の名の獣」と自らを形容するルネは、自分が考えている以上のことを語っているのではないか。

大革命の到来

　第二の転換点は、収監中のサドによる『ジュスティーヌ』の執筆とフランス大革命の到来である。その象徴である「バスティーユ監獄奪取（prise de la Bastille）」は描かれないが、その発端となったマルセイユでの暴動がアンヌによって印象的に語られる。ここでの革命はパンの高騰など食糧難に苦しむ民衆の王侯貴族や教会にたいする怒りとして表象されるのではない。それは若い娼婦に扮して船乗りの袖を引いていた老サン・フォン伯爵夫人の圧死によって象徴されている。彼女はパリの生活に飽きてマルセイユで遊興に耽っていたが、「貴族は街燈に吊るせ！」という無名の群衆の流れに呑まれて、挙げ句の果てに「輝ける娼婦」として崇高な犠牲者に祭り上げられる。

　黒ミサに参加したサン・フォン伯爵夫人が老若美醜の逆転をもたらす変身譚の犠牲となるのは偶然ではない。アンヌが語るように、革命は貴族と民衆を混同させ、若さと老いを交差させ、聖と俗を逆転させながら、暗い海へとすべてを流し込んで滅亡させ、その無から新たな生を産出する運動として記述される[*9]。その流れに棹差して、サドもリベルタンから革命の小説家へと変身するのである。

こうした奇怪な革命の渦を前にしたルネにとって、長年監獄のなかにとじこめられたサドは、さながら「虫入りの琥珀の虫」もしくは「琥珀のなかに閉じこめた虫」のはずだった[*10]。しかし、革命とともに、サドは作家として目覚め、『ジュスティーヌ』を執筆することで、反対にルネをひとつの物語のなかに閉じこめ、監獄の外側にいる人間を残らず監獄の内側に転置して、世界全体を鉄格子のなかに閉じ込める。

『ジュスティーヌ』に目を通したルネは、サドのエクリチュールの暴力により、一瞬のあいだ監獄の内部と外部が裏返り、個人の幻想が集団の幻想に変容して、現実秩序がテロルのイメージに包まれる光景を幻視する。この暴力のトポロジーの特異点――作品の中の作品という特別な地点――には、三島作品の文脈を超えることになっても、しばし立ち止まってそれを考察する必要がある。モントルイユ長官夫人の身体とはまた別の身体が描かれており、それを明晰に把握するためには、ラカンの倒

＊9　「朝の光りの中で、サン・フォン伯爵夫人の亡骸は、殺された鶏のように、血と白い肉と青い打身の、三色旗の色になりました。そして朝陽は濃い白粉もむざんに射抜いて、あの方の老い衰えた肌をさらけ出し、人々は担いでいた娘の亡骸が、老婆の亡骸に変わったのに驚きました。それでもあの方が輝いていることには変わりありませんでした。羽根毛をむしられ、皺だらけの腿もあらわに、あの方の屍は町なかを、海の方へ進んで行きました。老いがその青さを深め、滅亡がその波を若々しくする地中海の方へ」（同上、三〇五頁）。

＊10　同上、三〇七頁。「この世で一番自分の望まなかったものにぶつかるとき、それこそ実は自分がわれしらず一番望んでいたものなのです。それだけが思い出になる資格があり、それだけが琥珀の中へ閉じ込めることができるのよ。それだけが何千回繰り返しても飽きることのない、思い出の果物の核なのだわ。」（同上、三〇七頁）。

錯の理論を参照する必要が出てくるからだ。

「カントとサド」：倒錯的幻想におけるシニフィアンの身体

倒錯の論理が提示されたラカンの「カントとサド」論文の要点は、『ジュスティーヌ』という書物が、「死の欲動（pulsion de mort）」の寓話となっているということだ。この小説はリベルタンの無慈悲な暴力に幾度も曝される若い女性の不幸を描いたものだが、その最大の特徴はジュスティーヌの身体の特殊性である（É. 775）。

ラカンはこの幻想的身体を「シニフィアンの身体」と呼んだ。それはジュスティーヌがこの鎧なき身体のうちに閉じ込められ、そこで数えきれないほどの打撲を受け、名づけようのない悪列さに耐えるのだが、彼女の身体の傷は瞬く間に再生するため、雷に撃たれて絶命するまで苦難の道を歩むからである。狂おしいまでに美徳に「忠実な獣」の身体についての物語《フィクション》となっている。

ジュスティーヌは、ほとんど不死身であり、あらゆる恥辱にたいして無感覚な美徳の象徴だが、彼女が身を差し出すのはいかなる他者であるのか？　彼女の純真さにつけ込んで自らの自己中心的な享楽を満足させる悪劣漢たちである。

しかし、サドはそこにとどまらず、ジュスティーヌに徹底的な試練を課す「邪悪の最高存在（l'être suprême en méchanceté）」（É. 773）を想定してくる。これはキリスト教の父なる神と同じように、すべてを見通しながら、随所で災難や天変地異を通じて顕現するが、父なる神とは異なり、ジュスティーヌの美徳を試してくる〈他者〉である。

こうした最高存在は、モントルイユ長官夫人のような、個人として「死の要求」を発する他者ではない。つまり、死の要求と要求の死の弁証法の中心にいる、例外的な同胞=他者ではない。自由・平等・博愛の理念を普遍的意志に高め、到達不可能な革命の理想を掲げて、反逆者の怖れのあるものすべての首を落とさずには革命の大義が失われるとしてテロルを駆動させた〈他者〉である[*11]。

もちろん、三島はこうしたラカンの考察を知る由もない。また三島はサドと同じ主体的構造をもつわけでもない。しかし、三島の思考は明確にラカンの思考と同じベクトルを辿っている(三島はこれまで多くの他者の幻想の枠組みを借りて、それを自家薬籠中のものにして作品を執筆してきたので、サドとの構造的差異は問題にはならないだろう)。

ルネはサドの文学活動のうちに悪の普遍化意志をたしかに読み取っている。「充ち足りると思えば忽ちに消える肉の行いの空しさよりも、あの人は朽ちない悪徳の大伽藍を、築き上げようとしました。点々とした悪業よりも悪の掟を、行いよりも法則を、快楽の一夜よりも未来永劫につづく長い夜を、鞭の奴隷よりも鞭の王国を、この世に打ち建てようといたしました。ものを傷つけることにだけ心を奪われるあの人が、ものを創ってしまったのでございます。」[*12]

*11 こうした言説を駆使することでサドが意図したのは、宗教的権威の冒瀆と失墜である。これも革命を志向するサドの戦略のひとつであった。これがまさに倒錯的幻想の構造であるのは、〈他者〉は存在しないからである。ラカンによれば、終わりなき侵犯を続けることで〈他者〉があたかも存在しているかのように倒錯の主体は振る舞うのである。サディズムの幻想はまさにサドによって論理的・神学的形態を与えられたのであり、サディストは単に他者を鞭打って快楽を覚えるだけの主体ではない。倒錯とは優れて言語的構築物なのである。この倒錯の構造が明らかになるためにサドの文学的資質が必要だったといえよう。

前述の「琥珀のなかの虫」という言葉のとおり、サドはルネの記憶のなかに閉じ込められていたが、いまでは彼女自身がサドの小説世界に閉じ込められる。そして、「心を捨てた人が、人のこの世をそっくり鉄格子のなかへ閉じ込めてしまった。そのまわりをあの人は鍵をじゃらつかせながら廻って歩く。鍵の持ち主はあの人ひとり。もう私には手が届きません」[*13]と訴える。

死の欲動における無からの創造

しかし、ルネがサドに反抗するのはここからである。サドの小説による絶対的支配から抜け出すため、ルネは「由緒正しい侯爵家の甲冑」を身につけた巨大な「敬虔な騎士」を幻視する。ここで三島は「アルフォンス。私がこの世で逢った一番ふしぎな人。悪の中から光りを紡ぎ出し、汚濁を集めて神聖さを作り出し、あの人はもう一度、由緒正しい侯爵家の甲冑を身につけて、敬虔な騎士になりました」[*14]という一文からはじまる、戯曲としては異例ともいえる長さの科白をルネに喋らせている。

この騎士の甲冑のすべての部位（楯、銀の兜、剣、鎧、籠手）は、この敬虔な騎士が救うべき世界の無数の惨事を映し出す鏡であり、また革命の犠牲者の血の染み込んだキャンバスとなっている（ちなみに、第三幕でアンヌがルネに「朝から晩まで、生まれてから死ぬまで、あなたが面と向かっておいでなのは、動かない一枚の白い塀。よく見れば血しぶきの黒く凝った跡もある、涙のような雨水の跡もある。動かない塀があるばかり」[*15]と指摘していたが、この記憶を受けつけない白さはルネの幻影を映し出す画面である）。

ルネは、黒ミサを報告するサン・フォン夫人のそばで幻視に襲われたように、ここでまたしても幻視にとらわれ、サドの想像力の倒錯性と破壊性を否認し、無辜なるサドの形象を生み出そうとしている。サドの世界の暗い地獄絵は「あの人の冷たい氷の力で、血に濡れた百合がふたたび白く」なり、

「空は破れて、洪水のような光り」のもと、「見た人の目をのこらず盲目にするあの聖い光り」[*16]によってすべては浄化されると述べられる。

ルネの精神が騎士の甲冑を纏った〈他者〉の形象を生み出したのは、フランス革命とテロルの破壊的衝迫に閉じ込められた世界にたいして孔を穿ち、そこから脱出しようとするためだろう。この〈他者〉の形象は、第二幕でルネが闘ったモントルイユ長官夫人の身体と類似した形式で記述されるが、ここでは個人の「死の要求」を繰り出す身体ではなく、自らが体現している集団的な「死の欲動」の世界を浄化し、自ら浄化されるために召喚されている。

ラカンにおける「死の欲動」解釈は「無からの創造（création *ex nihilo*）」とセットにされていて、三島のルネの幻視は「無からの創造」と結びついていると思われる。これは三島によるサド解釈の枢要な点となっており、ラカンと三島の交差配列《キアスム》の最も深い次元での実現となっている[*17]。

こうしてルネは善なる光のもとに禁断の書『ジュスティーヌ』を書き直してしまうのである。その結末も変更されて、ジュスティーヌ＝ルネに雷落することはない。むしろ敬虔な騎士の方が破れた天に吸い込まれていく[*18]。こうしてルネはジュスティーヌのポジション（〈他者〉の専制的な享楽の対象となる立場）に閉じ込められることなく、サドの小説世界を反転させてしまう。

＊12　同上、三三二―三三三頁。
＊13　同上、三三三頁。
＊14　同上、三二四頁。
＊15　同上、三〇六頁。
＊16　同上、三二四頁。

放逐される老サド

この破格な幻視のあとに老サドが帰宅する。老いさらばえた侯爵がモントルイユ邸に入ろうとして、同じく白髪のルネに拒絶されるのは、〈サド〉の巨大な騎士の身体が消失した余韻さめやらぬ頃である。革命支持者で冷静沈着な召使のシャルロットを前にして、一語一語を区切るようにしてサドは、「私は、ドナチアン・アルフォンス・フランソワ・ド・サド侯爵だ」と名乗るのだが、シャルロットはサドのあまりの変容ぶりに驚きを隠せない[19]。

老サドは自分を迫害したモントルイユ長官夫人をはじめとして貴族の身内の命を救うために帰還したのである。革命によって貴族の名前を剥奪された市民サドとして、また『ジュスティーヌ』の著者として、革命の狂信性とその暴力連鎖の運動に巻き込まれていくが、収監中に老いさらばえて昔の面影はない。自らの貴族の名をシャルロットに誇示するようにして、モントルイユ家の邸宅に入ろうとする。

しかし、ルネはサド本人をその醜悪な肉体の鎧ゆえに棄却する。言い換えれば、身体という鉄格子に閉じ込められた老いと死の徴候を引きずっている〈作者〉を彼女の世界から排除するのである。革命によって名前を切り落とされたサドを介錯するかのように、ルネは「サド侯爵夫人はもうお会いになりません」という切れ目を入れるのである。サド家の名にサド本人よりも忠実な「忠誠の獣」の姿が垣間見える。そして、サドが体現する革命の渦を前にして扉を閉ざすのである。

こうして、ルネは『ジュスティーヌ』の作品世界を転覆するのみならず、サドの地位を失墜させ、著者と作品の両方に死の宣告をする。「ジュスティーヌはわたしです (Justine, c'est moi)」[20]という言表は、革命という〈他者〉の無制限な享楽から身を差し引いた、つまり、歴史のなかの死の欲動の

〈他者〉との分離を成し遂げたというパフォーマティヴな宣言行為として解釈したい。

文字の飛翔と政治

『金閣寺』に引き続いて、『サド侯爵夫人』においても、文字＝存在が上空へと舞い上がっていく。『金閣寺』のように華々しい飛翔ではない。ルネによる身体部位の命名によって立ち現れたサドの巨大な騎士が天空に吸い込まれていき、そのあとに残された「一の線」を見届けることはできるだろう。戯曲という俳優の生のパロールでその線刻を幻視させることができれば、小説作品以上に読者も

＊17　ラカンの死の欲動概念は、フロイトの「欲動とその運命」（一九一五）で提示された「欲動のモンタージュ」によって局在化できない。個々のリベルタンは〈他者〉の意志を実現する道具にすぎない（ラカンは意志（volonté）を要求（demande）とは異なる水準に位置づけ、前者を普遍性に、後者を個別性に結びつけて弁証法的に論じているが、死の欲動は意志の次元にも措定される）。「死の欲動」は、〈他者〉の身体なき声、犠牲者の不死の身体、物理的暴力を加える悪の分子たちからなる集団内部の回路を流れ、その源泉は、主体の身体内部ではなく、身体外部の純粋な〈他者〉に虚構として仮定され、その衝迫は、個人のみならず集団も横断することができ、その目標は、個人には実現不可能な全面的破壊が想定可能である。例えば、『ジュリエット物語』のサン＝フォンの邪悪の最高存在や、ピオ六世の人間の運命に無関心な自然の宇宙論によって寓話的表現が与えられる。

＊18　『サド侯爵夫人』、前掲、三二三頁。これは生を死に帰して死を生に戻すという不可視の極点を図像化している意味で、「無からの創造」としての死の欲動——すべての破壊のあと、すべての再生があることを強調したときの死の欲動概念——の表現となっている。

＊19　「そしてあのお肥利になったこと。蒼白いふくれたお顔に、お召物も身幅が合わず、うちの戸口をお通りになれるかと危ぶまれるほど、醜く肥えておしまいになりました。」（同上、三二五頁）。

＊20　同上、三二二頁。

しくは観客に与える効果は大きいものになったのかもしれない。ルネが老サドを家に入れず追い返したように、「エロスと大義との完全な融合と相乗作用」を引き起こす扉はまたも開かずのままであるが、そうすることが三島のエクリチュールの持続には必要だったのかもしれない。隠れてあることによって、三島の筆を動かす不可視の媒介者の機能を果たしていたとも考えられる。

それにしても、三島は『金閣寺』で〈他者〉の「原光景」を語ったのと同一の図式を使って、政治の扉を開けようとしたのだろうか。『サド侯爵夫人』はフランス大革命の貴族家庭へのインパクトを語る作品だったため、家族から政治への道筋としてはありえないわけではない。しかし、自らの幻想をじっくり解析せずに、その幻想に騙されたまま、政治活動に急き立てられていないだろうか。もちろん、どんなに慧眼な主体であっても、無意識の幻想に騙されないわけではない。三島は政治のリアルにたいしてエロスの文学という虚構装置で力を及ぼすことができるという幻想を保持していたのかもしれない。

ただ、「無からの創造（création *ex nihilo*）」を文学の次元で達成するのか、それとも現実の政治的コミットメントをプラグマティックに達成するのか、まだその見通しはついていないようにみえる。『サド侯爵夫人』上梓時では、革命の禍に巻き込まれた小説家にたいして、女性主人公が斜線を引くかたちで、革命運動の否定で終幕としているのは、この時点での政治と文学に関する三島の逡巡を示唆しているのかもしれない。相当迷いがあったのではないかと思われるが、事後的に振り返れば、後者の道を三島は歩むことになった。

幕間：現実世界へのコミットメント

三島研究の第一人者である井上隆史が強調するとおり、『仮面の告白』以降、三島はつねに戦後日本の欺瞞を突く作品を残してきたが、一九六六年七月には自衛隊に体験入隊を企画して、一九六七年四月中旬から五月末まで平岡公威の本名で入隊して、久留米陸上自衛隊幹部候補生学校にて単独訓練を受け、これまでの文筆活動とは異なる次元に突入した。これは防衛庁事務次官の特別な計らいにより実現した。そのあと、富士学校に移り、さまざまな訓練を受けた。戦車隊では操縦を習い、砲兵隊では、急傾斜の難路を完全武装で行う行軍と山中湖畔での露営に加わる。そのあと習志野の空挺部隊に行って基礎訓練を受けた。

一九六八年五月には「文化防衛論」を擱筆していたが、自衛隊、防衛庁、財界の要人とともに創設しようとした「祖国防衛隊」*21の構想は、同年夏には立ち消えになったとされる。一九六八年一〇月、自衛隊体験入隊をした学生たちと楯の会を立ち上げる。虎ノ門の教育会館にて制服姿で集まった。五十嵐九十九のデザインによる制服を支給される以外は無給であり、資格は、陸上自衛隊で一ヶ月の軍事訓練を受けることだった。当時の学生責任者は持丸博であり、事務所は右翼系雑誌『論争ジャーナル』を発行していた育誠社内に置かれた。独自の路線を歩むことになる。

『わが友ヒットラー』は、井上によれば、「祖国防衛隊構想に行き詰まり、しかし転じて楯の会を結

---

*21　自衛隊を補完する民兵組織。隊員は、年一回以上の訓練教育を受ける義務を負い、隊員の雇用主は、訓練期間の有給休暇を与えるなどの条項を作った。

成した三島自身の歩みが重ねられている」[*22]とのことだが、それだけではないように思われる。

『わが友ヒットラー』

『わが友ヒットラー』も三部構成からなる芝居であり、一九三四年六月のベルリン首相官邸が舞台であり、三幕を通じてそれは変わらない。登場人物は、アドルフ・ヒットラー、三百万人を誇るナチス突撃隊の幕僚長のエルンスト・レーム、ナチス左派の社会主義者グレゴール・シュトラッサー、ステッキをついて歩く死の商人グスタフ・クルップ老人である。劇の中心は、一九三四年六月三〇日から七月二日にかけて国家社会主義ドイツ労働者党が行った突撃隊（ＳＡ）にたいする粛清（通称「長いナイフ事件」）である。

この事件の背景について注記しておこう。突撃隊と陸軍の権力の奪い合いがあり、レームは突撃隊を国軍の中枢に置きたいと願っていた。陸軍には貴族出身者も多いため、旧態依然とした軍では革命を遂げることができないと考えていたからである。他方、守旧派の多い陸軍は、突撃隊には下層階級出身者が多く、社会主義的傾向のみならず、顕著な同性愛的志向もあって、正規軍の地位を明け渡すつもりは微塵もなかった。

ヒットラーは決断できずに時間を稼いでいたが、陸軍を代表する国防相のフォン・ブロンベルク将軍から最後通牒を突きつけられて窮地に陥った。そして、政治的緊張を緩和するために突撃隊幹部を粛正するか、ヒンデンブルグ大統領に厳戒令発布を奏請して陸軍に権限を委譲するかを迫られた。三島も参照したＡ・ブロックの『アドルフ・ヒトラー』[*23]によれば、ヒットラーは突撃隊を粛清することに決めたものの、旧友レームまで粛清に含めるかは最後まで決断できずにいた。三島はその最後の決断に至るまでのヒットラーの葛藤に焦点を当てている。

戯曲の構造

第一幕、ヒットラーは首相官邸のバルコニーから群衆を前にして演説をしたあと、レーム、シュトラッサー、クルップと顔を合わせ、それぞれ意見を聞いていくなかで、自分が取るべき道を決定しようとする。レームとはふたりの若かりし日の思い出が振り返られ、そのあとに現実におけるふたりの立ち位置の違いが際立たされる。次の会談では、シュトラッサー自身から彼が軍部と繋がっており、場合によってはヒットラーを脅かす存在であると告げられる。クルップ商会の首領からは、「鉄の夢」を実現しうるパートナーとして受け入れるにはまだ早いと嗜《たしな》められる。

第二幕は会談の翌日である。ヒットラーとレームは朝食を共にして、レームは死の運命を定められたことも知らずに、自分が有名な保養地ヴィースゼーで休養を取ることで妥協して別れる。そのあと、レームはシュトラッサーとの対話に入る。シュトラッサーは政治的な見解の違いを超えて、ともに革命を再開しようと訴えるが、レームの頑迷さは如何ともできず、この話し合いは完全に決裂し

＊22 井上隆史『暴流の人 三島由紀夫』、平凡社、二〇二〇年、四六八頁。現在では、この『わが友ヒットラー』という題名だけでも世界文学からの離脱を表明したと受け取られかねないが、当時はショアーの問題はそれほど前面に出ていなかったこともあり問題視されなかったが、今後ヨーロッパとアメリカで三島の人気に陰りがさす可能性は否定できない。
＊23 アラン・ブロック『アドルフ・ヒトラー』（二巻本）大西尹明訳、みすず書房、一九五八・一九六〇年。

て、ふたりの死が運命づけられる。

第三幕では、すこし時間が経過して六月末、「長いナイフの夜」を果たしたヒットラーがベルリン首相官邸に戻ったところから始まる。ヒットラーはクルップを呼び出し、ふたりでシュトラッサーとレームの死に様を語り合う。ヒットラーは、ナチス左派のシュトラッサーと右派のレームを斬り捨て、中道を選んだのだと述べて終幕となる。

言語の不調

『わが友ヒットラー』では、科白は流れていくものの、そのセリフの語り手の盲目さによって科白の意味が消去され、科白の言葉が持つべき力を失っていくのが特徴である。虚構と史実の拮抗関係のうちに『わが友ヒットラー』のような政治劇の存立基盤があるはずだが、この戯曲は虚構の枠組みを維持できず内部から崩壊している。三島はラシーヌの『ブリタニキュス』のような政治劇を目指していたが、結果的には、政治劇の崩壊の劇に仕上がっている。

冒頭におけるヒットラーの演説からして言説の次元の失墜が起きている。レーム、シュトラッサー、さらにはクルップもヒットラーの演説を信じていない。クルップとシュトラッサーは演説するヒットラーに背を向けて惰性で会話を始める。ヒットラーも演説が終わるや否や自分の演説の出来を確認せずにはいられない。聴衆のなかにたったひとり途中で席を立った女性がいたというだけで怒りを心頭させている。サド侯爵の老体を排除してみせたルネ・モントルイユ・ド・サド侯爵夫人がこのヒットラー演説の場にいたとしたら、この中座した女性とまったく同じ振る舞いをしていたのではないだろうか。『サド侯爵夫人』ではファリックな存在であるサドを中心に女性の語らいが展開していたが、ここでは老いもしくは言語そのものの老化が主役の位置を占めている。

「ヒットラーの演説と歓呼の声は、幕あき前からはじまり、幕があくと、そのままつづく」とト書きにあるように、ヒットラーの演説の音声は文字通り、背景に退き、激しい手振りだけが目立つことになる。音声と意味の剝奪、もしくはパロールの威力の消失は、『わが友ヒットラー』の最大の特徴である。それが冒頭からヒットラーの演説によって強烈に押し出される。いわば、言説が言説に背を向けてしまう状況が起きる（これは母娘と夫婦の言説による衝突を辞さなかった『サド侯爵夫人』との最大の差異をなすところである）。

すこし論点を先取りすれば、言説《ディスクール》の無力は、ヒットラーの演説の声が突撃隊の若者を殺害する銃声にとって代わられる最後の場面において頂点を迎える。人間の声が銃声にとって替わられただけではない。その銃声はヒットラーが自らに強制して生じた幻聴にとって代わられ、言語の全面的失墜の弔鐘となっている。

革命なき世界の脱落感

政治的言説の失墜は意味の失墜であり、革命なき世界の無為と通底している*24。世界の中心を摘

＊24　「自然にも、人間にも、事物にも、しみとおる力、浸透する力がなくなって、水や空気のようにわれわれの肌の上を滑るだけになったのです。そしてわれわれの繊細な鋭いレエスのような神経組織は、いつのまにか、弛んだ、ほつれた、目の粗いものになった。」三島由紀夫『わが友ヒットラー』（一九六八）『決定版 三島由紀夫全集24巻』、新潮社、二〇〇二年、五六二頁。

出してしまったかのような喪失の苦しみが顕著である。この耐え難い疲労感を言語化していくのは第二幕のレームとシュトラッサーの対話である（もはや対話とは言えない、ふたつの相反する信念の衝突によって空転する対話である）。

シュトラッサーはヒットラーを排して、自分と組んで第二の革命を成就させようと訴える。そして、自分の命を救うためにも、政治的な立場としては正反対のレームを説得しようとする。レームにとっては、ヒットラーという無二の友人を裏切ること、また軍人が命乞いをすることはありえない。当然、シュトラッサーからの危険のシグナルに耳を傾けるなどありえない。泣きつくシュトラッサーの存在はレームの目には侮蔑の対象としてしか映らないのである。

盲目なレームにおいては真理が否認されて、嘘もしくはまやかしとされてしまう[*25]。しかもレームはどこかで自分は不死であるという信念のもとに生きているふしがある。こうした人間からすれば、死を免れるために自分の政敵と組むなどという案などは論外であるはずだ[*26]。

レームにしても、親友を裏切るくらいであれば死を選ぶかのように語るが、それは死に最大の意味を与え、生の空虚を消し去ろうとしているのではないか。無を欲望することが革命を欲望することと同義だった、フランス大革命期のサン・ジュストのように、レームは死を自由に選ぶ〈理性〉を宿しているのだろうか。むしろ、誰からも邪魔されずに自らの享楽を生きようとする自己中心的な快楽主義者ではないか。

アドルスト：鼠の二重の身体

レームとヒットラーの友情にも偽りが混ざっている。レーム自身がまったく唐突にシュトラッサーに持ち出そうとして思いとどまった「アドルスト鼠」の逸話に注目してみよう。この鼠の出自は次のようなものである。若きヒットラーとレームが乱闘から引き上げてくると、レームの長靴の靴底が剥がれて口をあけていた。「戦跡をとどめた突撃隊幕僚長の長靴ほど、われわれの神話的な闘争を記念し、隊員の士気を鼓舞するものはない」とヒットラーが考え、その長靴を飾っておくと、そこに鼠が住み着き、長い夜話をしているふたりの前に現れるようになる。

あるとき、その鼠は「エルンスト」（レーム）と名のついた緑色のリボンをつけられて出てくる。翌日には「アドルフ」と名のついた赤色のリボンである。レームとヒットラーは殴り合いの喧嘩をするが、和解のための妥協策として「アドルスト」鼠とふたりで名づけたのだった[*27]。現れては消え去る小動物の往来に自らの名前の断片を貼り合わせたのは、彼らも逮捕されて鼠のような監獄生活を送っているからだが、個体の区別を超えて同一のものである両者の身体をうまく言い当てている。

このシニフィアンの癒合だけがアドルフとエルンストを繋ぐ結び目ではないか。この言語的案出

＊25 「君は盲らだ。……私の目は人の殺意をすぐに見破る。長い政治生活でそういう術を私は覚えた。……きのうのヒットラーは今までにない暗い目をしていた。あの目を見なかったのか、レーム君。バルチック海の冬のような、あの笹くれ立った青黒い波の色。すべての人間の感情に否《ナイン》と言っている目の色だ。ああいう目が人を殺すのだ。」（同上、五七六頁）。

＊26 ジョイスは『ユリシーズ』第一七挿話においてスティーヴン・デダラスとレオポールド・ブルームの両主人公の名前の音韻を入れ替えて「ブレーヴン（Blephen）」と「ストゥーム（Stumm）」を一瞬だけ登場させていたが（ジョイス『ユリシーズⅣ』丸谷才一・永川玲二・高松雄一訳、集英社文庫ヘリテージシリーズ、二〇〇三年、一六四－一六五頁）、ここでの「アドルスト」も類似の圧縮と置換の操作を施されている。ふたつの固有名の圧縮についてはラカンのコメントも参照のこと（S.XXIII. 70）。

＊27 『わが友ヒットラー』、前掲、五三三－五三五頁。

は、ふたりの人間関係を対等に結合する象徴《シンボル》――その語源的な意味では、ひとつの対象をふたつに割って、それぞれの保有者がそれらを重ね合わせて、相互を認知するための「割符」だった――のようなものである。この戯曲での生きたシニフィアンの次元はここまで切り詰められているのである。

しかし、レームとヒットラーの関係は、前者が主人の位置を占めることで成り立っていた。「アドルフは芸術家、エルンストは軍人」という言葉に如実にあらわれているように、ヒットラーはレームのなかではいつまでも「共に戦い／銃を執る身は／いくさの場に／赤き雛罌粟／胸に咲かせて」*28と作詞作曲した芸術家でしかなかった。しかし、ヒットラーは主人の知らないところで労働をこなして知を蓄積し、もはや従者のポジションを脱していたのである。にもかかわらず、レームは自分がまだ主人の位置にあると信じている。

いずれにせよ、レームとヒットラーは存在の根源で融合している岩漿《がんしょう》ではなく、小動物のイメージと音素の小片によって辛うじて離反を免れているだけだと考えたほうが、ふたりの関係性を正しく言い当てているだろう。

兜虫という身体の非シニフィアン性

レームは破れた長靴という若き日の思い出をいつまでも保持しているが、ヒットラーは軍部と組み、クルップからの支援を得て（サド侯爵の若き騎士と鋼鉄の鎧を夢見たルネとは異なるが）、鋼鉄の鎧を身につけた軍隊を夢見ている。突撃隊では「鉄の夢」を追いかけることができないのである。

また、レーム幕僚長の太った身体は、栄光の身体からはほど遠い。突撃隊の褐色の制服に相応しいのは、千年王国の若き兵士たちの鍛錬された肉体ではなく、衛生学と優生学の行き渡った世界には居場所のない鼠であろう*29。

しかも、レーム自身の兜虫の逸話によって、さらに身体は脆弱なものとして現れる。三島作品のなかでは虫はよく使われる道具立てであり、『金閣寺』では乳房に留まる虫、『サド侯爵夫人』でも琥珀《こはく》のなかに入った虫が記されていた。とくに後者の虫は、琥珀に閉じ込められることで、儚い虫の生命と身体のかたちが時間を超えて保存される様子が特徴的だった。

ここでは兜虫とされているが、琥珀によって保護されることもなく、その薄い殻は剥き出しのまま曝されている。また、砂糖水しか食べないという兜虫の記述ほど、その生物の儚さが強調されるものもないだろう。「雄々しさはすべて表立つ軍隊生活は、それだけ殻の内側に、甘い潤沢な牡蠣の肉のやさしさを湛えています。この甘い魂こそ、共に生きた共に死ぬことを誓い合った魂こそ、戦士のみかけのいかめしさをつなぐ花絲なのだ。兜虫は砂糖水でしか育たぬことをあなたはご存知ですね。」あらゆる仕方で身体について語ってきたのが三島である。この語りのトーンダウンに気づかないわけにはいかない。

---

*28　同上、五三五―五三六頁。

*29　レームの軍隊の幻想は、『サド侯爵夫人』の巨大な騎士の落ちぶれた代理物である。「軍隊こそ男の天国ですよ。木の間を洩れる朝日の真鍮いろの光りは、そのまま起床を告げる喇叭のかがやきだ。男たちの顔が美しくなるのは軍隊だけです。日朝点呼に居並ぶ若者たちの金髪は朝日に映え、その刃《はがね》のような青い瞳の光りには、一夜を貯えた破壊力が充満している。若い野獣の矜りと神聖さが、朝風に張った厚い胸板に溢れている。磨かれたピストルも長靴も、目ざめた鉄と皮の新らしい渇きを訴えている。若者たちは一人のこらず、あの英雄的な死の誓いのみが、美と贅沢と、恣な破壊と快楽とを、要求しうることを知っているのです。」（同上、五二六頁）。

さらに、この兜虫の身体の脆弱さは、兵士たちの着用した軍服が、クルップ商会の新しい機関銃で撃たれたときに、まったく防具としての役割を果たさない事態を先取りしている。三島のエクリチュールは『サド侯爵夫人』のように幻想の論理の内部で展開するのではなく、兵士たちの身体もジュスティーヌのような「シニフィアンの身体」ではないのかもしれない。

クルップという超自我の失墜

老人クルップがヒットラーの悪を増長させるために、新しいパートナーとして一瞬だけ登場する。クルップ一族の第四代目当主グスタフ・クルップは、武器商人と一言で片づけるにはあまりに複雑な存在である。一七世紀からドイツの権力者と癒着して、欧州の王侯貴族と同じ位置につきながら、富と名声を享受してきた鉄の帝国の統領であり、一族の生き残りを賭けて悪魔とも契約することを厭わない、鉄とコークスでできた非情さと効率性の権化である。三島の描くクルップは、レームの突撃隊の夢を嘲弄して、ヒットラーとレームのあいだを裂き、ヒットラーの心の動揺につけ込もうと虎視眈々と他人の会話を覗いてくる老人である[*30]。

第三幕でのクルップは、「長いナイフの夜」直後で疲弊して首相官邸に戻ってきたヒットラーを迎える。ヒットラーの残虐性を真綿で首を絞めるようにして非難していく。たまらずヒットラーはレームの科を数え上げる。まだ罪責感が残っているのである[*31]。最後の仕上げをしようと、クルップが露台から「もう一度ここへ来てくれないか」と命令すると、それにたいしてヒットラーが「レームがやっと死んだと思うと、今度はあなたが命令するのですか」と低く呟き、クルップはその言葉に驚愕してステッキを落としてしまう。

これはクルップが純粋なまなざしとして支配することができず、自分では動けない老いた身体を持つ存在であることを自ら暴露した瞬間である。身体なき声としての超自我の位置から失墜したと言い換えてもよいだろう。ステッキなしには立つこともままならないクルップには、『サド侯爵夫人』のモントルイユ長官夫人のような身体の鎧が記述されることはない。「長いナイフ事件」前のヒットラーは精神的支えを必要としていたが、事件後のヒットラーは松葉杖のように自分を支えてくれる存在をもはや必要としないことに気づいたのではないか。それではいよいよ、アドルフは〈ヒットラー〉に変貌したのだろうか。恐らくそうではない。

美と幻想の終焉

ヒットラーは窓の外で響く銃声を聞いてほしいというクルップの願いを受け入れる。最初は「ここからきこえるわけが……」と当惑気味だが、クルップが「(熱烈に) そう思うだろう。そう思うだろう。しかし君の命じた銃殺だ。君の耳には届かなくてはならない。ぜひ君の心耳《しんじ》を澄まして、士官学

＊30 「レーム君が抱いているのは群の思想さ。そうではないかね。しかしレーム君と別れたあとの、君の暗い額に閃いたのは、羊でもなければ牧羊犬でもない、それこそ嵐そのもの、そう言っては持ち上げすぎなら、暗くはためく嵐の予兆そのものだったのだ。峯々を稲妻の紫に染め、世界を震撼させ、人々の活きた魂を電流をとおして一瞬のうちに、黒い一握の灰に変えてしまう、あの嵐の兆そのものだった。君はおそらく自分ではそう感じはしなかったろう。」(同上、五五七―五五八頁)。

＊31 「レームは有罪でした。有罪でした。叛逆の証拠はそろっている。あの男はあらゆる点で有罪だった。クルップさん、あの男の罪から目を外らしてはなりません。〔……〕……あいつは人に命令することしか知らなかった。あいつが忠誠と称ずる感情にすら、いつもいくらか焦げくさい命令の匂いがあった。それが罪だった。」(同上、五八六頁)。

校の高い無情な塀の中の、銃殺の音を聞き分けてほしい」と耳打ちする。「きこえない筈はない。君の命じた銃声だ」と続け、第一幕で群衆を前に政治演説がなされたバルコニーにヒットラーを連れ出す。敷居を跨いだ途端、ヒットラーは「クルップさん、あなたの言われることには一理ある。この血の夜を動かす源のダイナモの音が、私の耳にひびいてこない筈はない」と返答するのである。あたかもヒットラーが暗示に掛かったかのような科白である。ヒットラーは肉体を象徴するレームを喪失し、身体なき声であるクルップを憎しみながらも頼りにする芸術家でしかないことが露呈する。

こうして、「そうだ、アドルフ。その音をきき、その音に溺れ、血の想像のありたけを鼓舞し、そこからよみがえり、そこから治るのだ。そのほかに自分を取り戻す方法はない。それだけが君の不眠症を癒す薬だよ」*32というクルップの欺瞞に満ちた言葉にヒットラーは絡みとられる。若者を殺害すること、革命の命運を絶つことであり、夢を消失させることがクルップの口から洩れるのである。

最後に、若い兵士の身体と軍服を破り裂くイメージがヒットラーの眼前に立ち現れる。もはやルネのような幻視の喚起力はない。紋切型な表現で飛び立たない言葉である*33。「今はありありと見える。目かくしをした顔が急にのけぞる。弓なりに。……口から吹きだした血に真っ赤に染った、のけぞった男の顎が。それから急激に、射たれた鳥のように、首を自分の胸深く落として死ぬ。〔……〕……レームが気取ってめかし込んでいた突撃隊の制服が、四百着あまりも赤いはじける穴を胸板に開けられて、射的の人形のように、足もとに掘られた穴へころがり落ちる。」*34

退屈さと現実的なもの

『わが友ヒットラー』では、政治的な大義のぶつかり合いよりも、革命なき世界の空虚感が登場人物の身体を支配する。誰もが「何も知りたくない」という無知のパトスに由来する愚鈍さの享楽に流される。死や革命ではなく、退屈さもしくは無為が〈主人〉となったのである。政治的狂信はもとより、マゾヒズムとサディズムの倒錯的享楽も消え去ったところで、倦怠が登場人物の言葉と身体を覆い尽くす。三島がヒットラーを「わが友」と呼ぶとき、ヒットラーはナチスの非情さや冷酷極まりない計算理性を体現しているのではない。ナチス党総統は〈退屈さ〉の象徴である。

ラカンはサドの作品のなかでの侵犯に魅了されることはなく、ひたすら侵犯の眩さの裏側に潜んだ「現実的なもの」に焦点を合わせようとしていた。「退屈さは別のものです。それは存在の応答に他なりません。読者の存在か著者の存在かは重要ではありません。存在が精神的に窒息する白熱状態、あるいは絶対ゼロの中心へと近づく時の存在の応答なのです。」(S.VII. 237/下五五頁)。『わが友ヒットラー』という作品が露呈させるのは、三島という稀有な言語運用能力を持った主体にとってはとりわけ極立つ、存在の錆びつきの「現実的なもの」である。

さらに重要なのは、前記の引用文における「射たれた鳥」という表現である。これは三島自身の言葉もしくはパロールの無力を形容するに相応しい表現ではないだろうか。『サド侯爵夫人』の最後で文字の線刻が飛び立つのを確認したが、『わが友ヒットラー』の最後では文字の線刻が飛翔すること

*32 同上、五九〇―五九一頁。
*33 第二幕のクルップ老人の謎めいた言葉はここで活きてくることになる。「人間の感情の振幅を無限に拡大すれば、それは自然の感情になり、ついには摂理になる。これは歴史を見ても、ごくごくわずかな数の人間だけにできたことだ」というのは、サドの悪の普遍化の意志の遠いひこばえである。
*34 『わが友ヒットラー』、前掲、五九一頁。強調は引用者による。

なく失墜していく図になっている。官邸のバルコニーから望む暗闇の帳《とばり》は裂かれることなく、『金閣寺』の終盤のように金泥の文字が夜空に浮かび上がることもない。なにより、官邸のバルコニーの扉は開かれていても、誰も入ってくる者はいない。またそこに誘おうとする者もいないのである。

いかなる偶然か、『わが友ヒットラー』公演初日のカーテンコールには、三島本人と楯の会のメンバーが舞台に上がった。戯曲の外部からの闖入を呼び起こす扉になったのが『わが友ヒットラー』という作品なのかもしれない。『サド侯爵夫人』が政治と文学の関係についての問いかけであったとするならば、『わが友ヒットラー』はそれについての応答であったということは言えそうだ。小説という形式は、『豊饒の海』の執筆として残っているものの、三島は戯曲というエクリチュールについては文学と政治の弁証法を諦めたのではないか。もちろん、一九六九年以降も『癩王のテラス』と『椿説弓張月』など戯曲は執筆されるが、それは作品というよりも遺書の形式に近くなっていく。

*

ヒットラーはレームと突撃隊もろとも、美という防壁を捨て去ったかのようである。『金閣寺』でも、『サド侯爵夫人』でも、つねに美は滅ぼされる運命にあったのだが、『わが友ヒットラー』では、その滅びの美を可能にする言葉というマテリアルの力が脆弱化して、滅亡の美のイメージが陳腐なものに堕してしまう。三島作品における美とは広義の幻想の名である。

エクリチュールにおける美の衰退を埋め合わせるかのようにして、三島は楯の会の活動に多くの時間を費やしていく。この組織において、三島は右派学生たちのアイドルでしかなかったわけではない。自衛隊で訓練を受けた兵士であった。しかし、実際に軍隊を率いるだけの肉体的資質が欠如していることは自覚していた*35。

そのため、森田必勝と出会ったことは、三島の政治的活動に大きく影響を及ぼしたことだろう[*36]。森田は寡黙かつ無垢であり、がっちりとした体格で、三島にとっての理想の身体を現実において体現していたはずだ。『サド侯爵夫人』のルネではないが、三島にとって森田は「忠実な獣（bête fidèle）」であったのかもしれない。そして、空虚にたいする忠実さにおいては、森田は三島より厳格であったのかもしれない。

『わが友ヒットラー』は『サド侯爵夫人』をパロディーとして反復しているだけのように映るかもしれないが、前者は三島と森田との決定的邂逅――ラカンは「テュケー（tuché）」というギリシア語を用いた（S.XI. 53-55/上一二一－一二三頁）――を現実世界において上演して観客に知らしめる政治的なパフォーマンスになっており、三島の政治的コミットメントの幕を上げる出来事となっているのかもしれない。

＊35　三島は楯の会隊長のポジションについていたが、だからといってフロイトが『集団心理学と自我の分析』のなかで分析したような軍隊の統率者《フューラー》の位置についていたわけではない。フロイトによれば、ひとつの部隊の統率を生み出すために必要な条件として、⑴統率者による部下への脅迫的な――あかたも暴君だった厳父のまなざしの支配下にいるかのような――強い催眠の影響があること、⑵部下から統率者の攻撃性の理想への同一化があること、⑶部下同士の欲動拘束があること、つまり部下同士が互いに個人的な関心を放棄して軍務に従属することを互いに監視することがあげられていた。それにより、個人では実現できない暴力を発揮できると考えられた。

＊36　一九六七年七月の自衛隊訓練のときに、文人ではなく武人として訓練に励む三島の姿を見て感動し、三島も怪我をしているにもかかわらず訓練に加わろうとする森田に関心をもった。そこから三島は森田と密接な関係を結び、金銭的にも物質的にも支援することになる。三島の自刃の際、森田は自死を選び添い遂げた。

第7章

剣と身体の政治的享楽

最終章においては、前章の最後で明らかになった政治劇の顛末について、楯の会とは別の角度から切り込んでいく。また、第5章において問題にされた「流出」と「溝入」について、作品世界とは別な場所に探し求めていく。その場所とは剣道の道場や自衛隊航空訓練における戦闘機のコクピットである。精神分析の臨床の現場とはまったく異質な空間であるが、そこにおいて三島由紀夫は自らの享楽経験の分析を孤独のうちに極めたように思われる。最晩年の三島の行動を追うときには、いつの時点で自死の方向性が決まったかを読み取ろうとして、その地点が読み取れた瞬間からは、誰も抗えない不可逆的な流れ（＝運命）のなかに、三島自身がとらわれていくような印象を与える記述になってしまう。ここでは、そうした事後的なまなざしをなるべく排除して、三島のうちの死との葛藤を強調しようとしている。そのなかでしか三島の行為の「一の線」は浮かび上がってこないように思われるからである。

三島由紀夫は、文体の変容と肉体の変容が通底すると考え、敏感な感受性を反映した擬古文体を否定して、個性を超越した正統性を目指す古典主義文体に移行し、病弱の文筆家の虚弱な肉体を拒否して、文武両道を実現するサムライの筋肉鍛錬された肉体を志向した。しかし、こうした二重の動きと軌を一にして、三島が剣道を自らの政治的生活の基盤として、自らの身体と日本の歴史観を変容させたことはあまり知られていない。

そもそも剣道とは、ひとつの技を極めることで身を修めていく「道」であり、多くの先達によって築かれた技量の反復と差異の創出の「道」である。先達の剣の技量を繰り返し辿り直すことで精神的にも肉体的にも自己の殻を破っていく修身の「道」でもある。こうした剣道の稽古を通じて、三島は日本の伝統という源泉から政治的活動の大義を汲み取って練り上げ、それをもって自己の文体と身体、さらには日本の文学と軍隊を〈修身〉させようとしたように見える。

三島が剣道で追い求めたのは、鏡面に映る筋肉隆々の肉体でもなく、紙面に晴朗かつ剛強に綴られた文体でもない、書き込まれては消え去る力線が彫琢された身体である。いわば純粋な運動の痕跡であり、意味や言語を絶えず犠牲にしていく、過激なエクリチュールの閃光である。その〈修身〉で前提とされているのは、内部の悪を一刀両断し、その内部を空無化して、そのあと失われた理想を内部に復興しようとする機制《メカニズム》である。これによって身体に蓄積される潜在的力能こそが、晩年の三島にとっては重要であり、それが一九六〇年代の政治経済的状況と交差していくなかで、次第に戦闘的な体勢に変容していったのではないか。

このような仮説を立て、三島の政治化の過程を追うのが本章のねらいであるが、ここで頻出することになる「享楽」という用語について一言説明しておきたい。ラカンは「享楽（jouissance）」という用語を提唱したが、これは性的充足を意味する日常語であり、動産・不動産物件の所有権なしの使用権を意味する法律用語である。この二つの意味に精神分析的な色彩を加えると、物質＝身体を所有しないにもかかわらず、その物質＝身体を使用することによって得られる性的充足という拡大解釈が可能になる。フロイトの提示した「欲動（Trieb）」との近接性も気になるが、欲動という用語は、欲動の源泉である肉としての身体に近すぎ、身体外部の欲動の回路の拡がりを視野に収めることができなかった。ラカンの享楽の概念は、マルクスの「剰余価値（Mehrwert）」に倣って、「剰余享楽（plus de jouir）」（S.XVII. 123）として資本主義の回路と接続するために提示されたため、享楽の回路も身体外部にも拡がっていき、複数の回路での蓄積物を考察する方向性が開かれる。

享楽の回路は、資本主義と同じく脱領域的であり、ひとつの回路を大きく越えていく。また、ひとつの回路にひとりの主体が属するだけではない。政治思想や生育環境が異なっても、ひとつの魅惑的な回路であれば、そこに複数の主体が繋がる可能性がある。それはすなわち、享楽の概念は、ひとつの回路の変容のみならず、政治や経済活動など複数の回路の変容も解説可能であるということだ。たとえば、大学の知の権威の裏に隠れたイデオロギー、民主主義の大義のもとになされる戦争暴力にも結びついて理論的説明を可能にする。また、前記の文脈に剣道による身体の〈修身〉の回路を外挿することで、日本の武道の言説に閉じ込もることなく議論を展開することもできる。

剣道と「怪物的日本」の声

三島の政治的活動の基盤には剣道があるというのは具体的にはどういうことか。三島は一九五八年から一九六八年まで——日本が高度経済成長により物質的繁栄を享受していた時代——剣道修身を続け五段まで段位をあげていくが、ここで私たちの関心を引くのは、三島の剣道の技量や実力ではなく、この〈修身〉により三島の身体空間に何が起きたかである。

剣道開始当初については、三島は何も語っていないので、あくまで推測でしかないが、日常生活では許容されない声を発しながら竹刀を操ることで、三島の精神と身体は超自我の鉄鎖から解き放たれたのではないか（三島が同時並行的に進めていたボディビルディングには欠如している次元である）。非常に鋭敏な精神の持ち主であった三島のことである。長い剣道生活のどの時点からかわからないが、こうしたカタルシスの次元に微細な音《ノイズ》が入り込んでいることを意識したのかもしれない。

「実感的スポーツ論」（一九六四）では、三島は自分の叫びがまた別の叫びに結びついていると述べている。この他なる叫びは「もっとも暗い記憶と結びつき、流された鮮血と結びつ」いた「民族の深層意識の叫び」[*1]であり、近代以前の民族の深層意識である「怪物的日本」の叫びである。しかし、この時点での「怪物的日本」の叫びは、「鎖につながれ、久しく餌を与えられず、衰えて呻吟して」[*2]おり、剣道の道場という限定された場においてのみ顕現していた。この閉域から一歩外部に出れば、三島は常識を備えた文学者として日常を生きていた訳であり、強い確信は持っていなかったのかもしれない。

精神分析の用語を使えば、この段階では剣道を通じて三島の身体には現実的な「孔」が開き、そこに名付けられないものが闖入したと主張できるだろう。最初、三島はそれをいかなるシニフィアンによっても名づけられず困惑したのではないか。意味以前の純粋な叫びは、シニフィアンとして分節化される以前の「声」であり、次のシニフィアンによって代理表象されない、純粋な音響《レゾナンス》、その音による空間の切り裂き、そうした特殊な意味での「エクリチュール」であったのではないか。「日本」というシニフィアンは根源的なものではなく、エクリチュールによって穿たれた孔を塞ぐために代補として召喚されたものではないか。

剣道の型を修身の手段として反復することによって、身体には剣道の技量が蓄積し、剣道を為す身体の享楽が結びつく。一瞬にして消え去る快楽とは異なり、享楽は蓄積するからだ。また、発話後に紙などの記憶媒体への刻印のないシニフィアンとは異なり、エクリチュールは記憶として書き込まれ、記憶外の身体的技量として蓄積もされる。それはさらに段位という象徴的なグレードが与えられ、剣道による身体修身の享楽は量化されていく。剣道が日本の伝統的な武道であることで、「日本」というシニフィアンも重みを備えていく。こうした剣道による身体の生政治が一〇年ほど継続すれば、日常世界《レアリテ》も現実的《レエル》な享楽世界にゆっくり変容してもおかしくない。

『太陽と鉄』(一九六八)では、剣道における叫びだけではなく打撃にも焦点が当てられる。「自分の打撃、自分の力によって、空間に一つの凹みが生ずる。そのとき敵の肉体が、正確にその空間の凹みを充たし、正にその凹みそっくりの形態をとるときに、打撃は成功したのだ。」[*3] 打撃によって空間に凹みを作り出し、そこに他者を嵌め込むという奇妙なメタファーからは、可動的で把握困難な対象Xにかたちを与えたい、もしくは対象Xを枠組みに当て嵌めたい、竹刀によって打擲することで対象Xの悪弊を正したいという願望が潜んでいることがわかる。

＊1　三島由紀夫「実感的スポーツ論」(一九六四)『決定版　三島由紀夫全集33巻』、新潮社、二〇〇三年、一六六頁。
＊2　同上、一六六頁。
＊3　三島由紀夫『太陽と鉄』(一九六八)『決定版　三島由紀夫全集33巻』、新潮社、二〇〇三年、五三一頁。

そして三島は次のように続ける。「つまりあの剣尖の先にある空間にひそむ何ものかが、一つの形態をとってからでは遅いのだ。そしてそれが形態をとった瞬間には、すでにこちらの指定し創造した空間の凹みに、ぴったりはまり込んでいなければならないのだ。」[*4] 剣道の一撃は瞬間の勝負である。三島には「敵」が迫り出してくるのを「敵」よりも素早く、しかも的確に食い止める必要がある。それは竹刀とその動き、その動きを可能にする身体が生み出す力線によって、「剣尖の先にある空間にひそむ何か」を巻き込んで固定し、制御可能にする必要である。

理想の高い三島は、敵を打撃する瞬間をひとつの絵《タブロー》（芸術）にまで高めようとしている。「敵手が敗れるときに、敵手は私の指定した空間の凹みに自分の形態を順応させることによって破れるのだが、そのとき私の形態は正しく美しく持続していなければならない。そして形態自体が極度の可変性を秘めた、柔軟無比、ほとんど流動体が一瞬にえがく彫刻のようなものでなければならない。流動している水の持続が噴水の形を保つように、力の光りの持続が一つの像を描くのでなければならない。」[*5] 三島はこの一連の動きから〈他者〉の流れの過剰をうまく抑え込み、自らと「敵」＝〈他者〉の円環包囲の流れを生み出そうとする。二つの流れがありながらひとつの同じ流線形を持続させるのを理想とする。

ここまで追ってくると、「敵」は剣道の試合の相手ではなく、それを超えた存在であると考えてみたくなる。もっと言えば、「敵」は前述の「怪物的日本」であるのではないか。剣道での叫びは、「怪物的日本」の叫びを受け身で反映したものではなく、それとの弁証法的な意味での闘争であり、それにたいする威嚇であり、それへの打撃成功後の雄叫びにもなっていると解釈した方が、三島と日本の伝統とのダイナミックな関係をよく表現していると考えられるからだ。

同じ剣道を語りながらも、最晩年になると、剣道場という叫びの枠組みが外れる。「『国を守る』とは何か」（一九六九）というエセーでは、「怪物的日本」が三島の身体から自然に流露して剣道場の外部にまで湧き出していく。時代も切迫し、三島自身も急き立てられ、「日本」というシニフィアンの意味作用もそれに呼応して理論武装される。歴史の切断を実践するのに万年筆ではなく刀剣が選ばれるのも、三島にとっては必然だったと言えるだろう。また、三島の剣道経験は文筆活動にもフィードバックして、感受性に依拠しすぎた日本と日本文学の歴史の書き換えにもつながっていく。

三島は自分の思想を伝えるときにはつねにイメージをうまく駆使するが、「『国を守る』とは何か」ではパイプの比喩を用いている。「もし芸術行為を、ある無形の源泉から何ものかを汲み取って、形あるものにする行為だと考えれば、肉体はこの行為に携わる重要な媒体であるから、媒体が弱くて不健康であれば、パイプが詰って、できた形を歪めることになる。」[*6] そして、剣道などの〈修身〉によって「私のパイプの詰りが除かれ、肉体が健全な機能を発揮して、源泉から汲み取ったものを、漉さずに、歪めず、忠実に供給しはじめたように思われた。そのとき私は自分の源泉から、超個人的なもの、すなわち「日本」が自然に流露してくるのを感じた」[*7] と三島は回顧する。三島は自分の身体内部の詰まりの解消を語ると同時に、「日本」という怪物の身体の内部で三島自身が「詰り」をなし

*4 同上、五三二頁。
*5 同上、五三二頁。実際の剣道の試合においては、三島はこの理想ゆえに自らの運動を硬直化させてしまい、うまくこの何かを把握できていないように見える。なんとしても彫像化したい気持ちが先走りして、身体を硬直させてしまう。
*6 三島由紀夫「国を守るとは何か」（一九六九）『決定版 三島由紀夫全集35巻』新潮社、二〇〇三年、七一六頁。
*7 同上、七一六頁。

ていいるかのように記述している。「日本」の身体的「源泉」とは何かと問うてみたいところだが、三島自身それをうまく名づけられずに、最終的には「ゾルレンとしての天皇」という超越的概念に寄り掛かることになる。ここではその過程を詳しく論じることはできないが、三島の剣道の身体とその源泉となる日本の伝統との合流点について、三島は論理的な一貫性を崩さざるを得ないことを確認できれば十分である*8。

ともあれ、三島の身体を詰まらせていた何かとは、作家の病的に繊細な感受性であり、芸術家の独りよがりな個性であり、政治家のずる賢く臆病な計算理性である。これらは精神分析用語での糞便という肛門対象と同一視され、身体から排出されるべきものとして捉えることができよう。そして、三島の剣道と「日本」の声についての思考回路が確固たるものになったときには、剣道は剣術への横滑りも完了しているのである。竹刀は刀剣に置き換わり、血というシニフィアンにも繋がってくる。日本の歴史において憂国の士が流した血にも通じる回路もつねに既に生まれている。剣道場は自害の舞台に変容している。

こうした構図が完成したあとでも忘れられてはならないのは、前述のように「日本」もしくは「怪物的日本」とは「敵」でもあったということだ。剣道は「敵」を無理に型に嵌め込もうとする操作でもあった。この「怪物的日本」と三島自身のあいだの双闘の図式はもっと強調されても良いと思われる。晩年次第に過激化した「日本」像は、剣道を通じて鍛えられていった側面が強い。これは言語的な練り上げではなく、剣道の〈修身〉という身体的エクリチュールによって体得され、（三島の文筆家としての才能もあって）よりマイルドな日本的なものに事後的に修正された形成物である。三島が剣道でつねに問題にしていた「敵」は、まさにこの身体という〈他者〉の回路そのものであり——しかもおそらく三島はこの回路の主人ではない――、そこから脱出するための試みとして三島の剣道の営為を読むことができるだろう。

映画版『憂国』の剣の論理

剣道の回路と性的享楽の回路は、三島の場合、切ってもきれない関係にある。この要素についても三島の政治論の文脈では軽視されているだろう。三島の政治的発言を追う際には、『憂国』、『十日の菊』、『英霊の声』の三部作を出発点として、「文化防衛論」や「「道義的革命」の論理」で練り上げられる〈天皇〉論を参照するのが通例だろう。三島の身体が複数の声を集中させる媒体となり、憂国の声を〈一者〉である天皇に宛てて放つ機制、日本の伝統の声に従って行動の論理に移行する機制が重要であるとされる。しかし、その裏側はあまり語られない。もし語られたとしても、バタイユを参照した三島のエロティシズムを文学研究の枠内で語るくらいでは、三島の現実界《レエル》に触れることは到底で

＊8　「天皇は、いまそこにおられる現実所与の存在としての天皇なしには観点的なゾルレンとしての天皇もあり得ない、（その逆もしかり）、というふしぎな二重構造を持っている。すなわち、天皇は私が古事記について述べたような神人分離の時代からその二重性格を帯びておられたのであった。この天皇の二重構造が何を意味するかというと、現実所与の存在としての天皇をいかに否定しても、ゾルレンとしての、観念的な、理想的な天皇像というものは歴史と伝統によって存続し得るし、またその観念的、連続的、理想的な天皇をいかに否定しても、そこにまた現在のような現実所与の存在としてのザインとしての天皇が残るということの相互の繰り返しを日本の歴史が繰り返してきたと私は考える。」三島由紀夫「砂漠の住民への論理的弔辞――討論を終えて（「討論　三島由紀夫vs東大全共闘」）」（一九六九）『決定版　三島由紀夫全集35巻』、新潮社、二〇〇三年、四八七頁。

きないだろう。快感のホメオスタシスが途切れる地点まで偶然足を踏み入れる文学者もいるだろうが、享楽の無人地帯《ノーマンズランド》の彷徨、現実《レアリテ》の自明性の喪失、自らの享楽の制御不能といった地点まで突き進むことは非常に稀である。

男性の主体の場合、性的享楽には生理的な限界による歯止め（射精後の勃起消沈）がかかると素朴に信じられているが、享楽にはそうした「自然な」制限は存在しない。勃起消沈という「去勢」が何らかの理由で外れるだけで、存在論的不安に襲われること（S.X. 197/下一九頁）が臨床的観察により知られている。自分の身体のなかに支配できない対象Xの胎動を感じ、自分の存在を内側から侵蝕される感覚を受けるからだ。それは日常生活とは調和しない荒ぶれた過剰さの経験であり、身体が自分ではなく〈他者〉になっていく経験である。ここで問題なのは、言語《ラング》というシニフィアンの宝庫を具現する象徴的〈他者〉ではない。主体自身も制御できない限界状況において、身体の内部を突き破るようにして立ち現れる現実的〈他者〉である。

三島のエロティシズムの享楽もこうした過剰さを帯びたものだったのではないか。こうした過剰に主体自身は何も感じない場合もあるが、そうしたときには主体の最も近くにいるパートナーの反応を探ると、主体自身の無意識的な不安を推し量ることができる。

三島は映画版『憂国』（一九六六）の演出を堂本正樹に任せた。この事実は、堂本が三島の「切腹ごっこ」の相手だっただけに、些細なことではない。堂本は『仮面の告白』出版直後あたりから「兄さん」三島を慕って付き合っていたが、切腹の入ったシナリオを読まされてからプレイに及んだり、三島が得意気に広げる切腹図などに異様さを感じながらも入手元については質問せずにおいたり、三島の享楽の闇を身近で感じ取っていた人物だからだ（どうして「切腹ごっこ」をしなければならないかという質問は、勘繰りは粋ではないとして、堂本自身によって不問に付されたに違いない）＊9。政治的コミットメントを嫌った堂本は、楯の会の活動まで添い遂げることはできず、遠くから見守るだけになったと述べているが、『憂国』は剣道の〈修身〉と死の欲動が結び目をなし、三島の自決まで見通せる作品である。堂本にとって『憂国』の映像化は、三島の「怪物的日本」の享楽の回路に深く巻き込まれそうになった出来事として、経験されたのではないか。

「切腹ごっこ」に限らず、概して享楽の回路を作動させる原因＝対象を見極めるのは、享楽の回路を生きる当人にとっても大変難しい。とくに対象はフェティッシュな煌めきであり実体はないに等しく、シニフィアンによって把握することができるのは稀である（「切腹ごっこ」を駆動させる煌めきの原因＝対象とは何だろうかと考えてみればよいだろう）。無理してシニフィアンの連鎖によって享楽の回路の核に位置する対象に迫ろうとしても逆効果である。対象への過剰な依存をなす原因は、その対象やその周囲には存在しないことがしばしばであるからだ。上図はまさにシニフィアンが原因＝対象（ラカンの専門用語でいう「対象ａ」）を捉え損ねて、そこから離れていく様子（S.XVI. 248）を上手く捉えていると思われる。フェティッシュな煌めきが失せて、「脱存在（désêtre）」として失墜すれば、享楽の回路からの離脱が理論的には可能になるが——ラカンはこの過程を対象ａの場所に空集合であるφが書き込まれると説明したが——臨床においては享楽の回路から

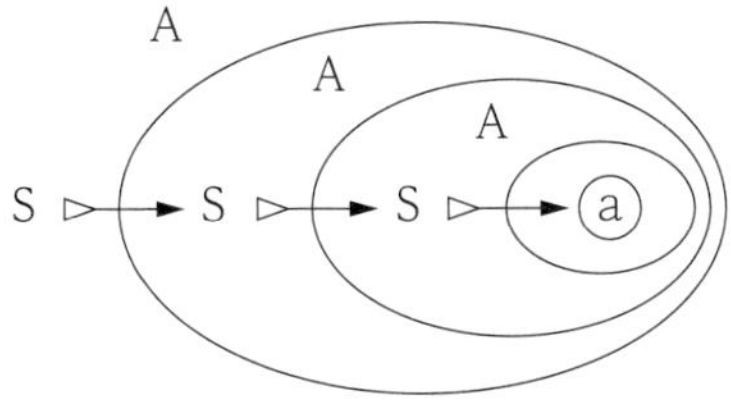

＊9　堂本正樹『回想　回転扉の三島由紀夫』文春新書、二〇〇五年。

の離脱は極めて困難である。

　映画版『憂国』に話題を戻そう。三島は自分の荒ぶれた享楽世界の本質をより生々しく表現するために、非本質的な部分を削ぎ落としていく。二・二六事件という歴史的背景は希薄となり、青年将校を見捨てた「天皇」の存在も脱落する。ワーグナーの『トリスタンとイゾルデ』における「愛の死」を流して、カメラのレンズは武山中尉の切腹と武山夫人・麗子の自害に肉薄する。三島自身は自決による血の流れと身体から飛び出す生々しい内臓の描写にこだわり、「物自体」である内臓＝享楽の対象を露出させるカメラワークを指示した。三島の徹底ぶりは単なる自らの性癖を露出させる倒錯というよりも、享楽の原因＝対象をめぐる苦行もしくは広義の科学的探究を思わせるところがあり、その結果、三島が予期していた以上に彼自身の性的享楽の告白になっているように思われる。

　映画版『憂国』に直接言及しているわけではないが、ラカンは「トロワジエーム」（一九七四）において『仮面の告白』に言及して、三島の身体と享楽について解釈を提示している。三島自身の「探究」とも絡むので参照しよう。『仮面の告白』の主人公は、聖セバスチャンの挿絵を一瞥して性的興奮を覚え、初めての自慰を経験した（ここでは全てが無言のうちに進んでいることも重要である。パロールの媒介されていない享楽である）。ラカンの解釈では、聖人の身体を貫く矢の線が、三島の享楽の回路を始動させたとされる。つまり、他者の身体が矢によって貫通されるのを見ること、三島の身体内部の閉鎖性が破られて享楽が押し寄せてくること、このふたつが同時に起こったと解釈している*10。

　さらに、ラカンは三島の射精時に「それ（自慰による享楽）が画面を潰す（ça crève l'écran）」事態が起きたとしている。フランス語でよく使われる表現として「眼を潰す（crever les yeux）」があるが、ここでは眼ではなく画面が潰されるのである。解剖学的な眼は無事であっても、三島の見ていた映像

（聖セバスチャンの殉教図）の映しだされる画面（＝紙面）が消えてしまうということらしい。画面（＝紙面）が消滅して、外から刺さる矢と、内から放出される性的享楽が不可思議にも繋がるという解釈だろう。他者の身体に矢が刺さる（＝線が刻まれる）のを見る経験は、最初の性的享楽を噴出させる原因となり、三島の身体の内部と外部の輪郭線を一瞬消し去ったのだろう。

こうしてラカンは三島を「身体外（hors corps）」[*11]の享楽を運命づけられた主体として紹介する。この「身体外」という表現が意味するのは、三島自身が初めての享楽の経験を自らの身体と身体像の枠外で生きたということである。享楽が身体の外部にあるという主張は形容矛盾だ、享楽が存在したならば享楽する身体も存在しているはずだと訝る読者もいるに違いない。確かにそうである。しかし、主体は身体現象のすべてを意識・知覚・記憶しているわけではない。また、身体像が一瞬消失して、自分の身体感覚をモニタリングできない状態でも、（重度ヒステリーの身体症状やスキゾフレニーの身体幻覚のように）享楽経験は可能である。

精神分析家としての経験からラカンが示唆しているのは、身体と享楽のあいだには、その単一性と統一性を深く疑わせる何かが存在することもあり、三島はまさにそうした「身体的出来事（événement du corps）」という偶発事で躓いたのだということである。この身体と享楽のあいだの差延は、三島のよく用いる表現では、「見る者」と「見られる者」の根源的不一致として表現されるが、「見る者」と「享楽する者」と書き換えることもできるだろう。

＊10 Jacques Lacan, «La troisième» in *Lettres de l'École freudienne*, n°16, Paris, 1975, p. 191.
＊11 Ibid.

こうして三島は初めての自慰経験によって「外傷《トロウマティスム》（traumatisme）」を受けたのだ。より正確には、享楽を受け入れる器としての身体が一瞬消失したために、知覚も記憶も身体感覚も伴わない渺漠とした無の経験をしたという意味で、ラカンが自分なりの新作造語を使って提唱した「孔傷《トルゥマティスム》（troumatisme）」[*12]により近いだろう。経験に消失線を引く経験であり、日常の時間が一瞬断絶して、それが復帰するまでの空白＝孔の経験である。この「孔傷《トルゥマティスム》」も、「外傷《トロウマティスム》」と同じく、主体の知らないところで、主体の望まないにもかかわらず、回帰してくるのであり、書かれないことをやめない執拗さを備えている。

渺漠《びょうばく》とした無の経験に相応しそうな経験の形態を探究して逢着したのが、たとえば「切腹ごっこ」のような倒錯の形態だったのかもしれない。三島はこの矢＝線を目指して性的享楽の探求を開始したが、これが災いして無制限の享楽の孔に落ち込み、享楽の悪循環の回路に嵌まり込んだのかもしれない。また、その孔からの離脱を願って剣道のような〈修身〉の道に入っていったところもあるのかもしれない。

この孔は、シニフィアン以前の「線刻（trait）」の単独性もしくは孤高性、ラカンの「一の線（trait unaire）」の次元に位置しているため、差異の原理としてS_1－S_2という連鎖を最低でも前提とするシニフィアンによる「裁断線（coupure）」では掬い取れない。この「一の線」については、エリック・ローランが「自伝的虚構から犠牲のエクリチュールの楔である。この「一の線」については、エリック・ローランが「自伝的文楽へ」において論じていた。初の自慰経験での「空白＝孔」を記述するのに、三島が六つの点と長ダッシュを『仮面の告白』で使用したが、この特異な「句読法（ponctuation）」が「一の線」を間接的に浮かび上がらせているのだという[*13]。三島のような才能豊かな作家であっても、一種の僥倖なしには「一の線」に触れることはできない[*14]。

エリック・ローランの『仮面の告白』読解をさらに拡大して、映画版『憂国』という作品は、剣道の回路と性的享楽の回路は重合した特異点と考えてみてはどうか。言い換えるならば、剣道の領域における、性的享楽の「一の線」の反復——恐らくとても不完全な反復——だったと捉えるのである。いわば、映画の領域における剣道の〈修身〉の「孔傷《トルウマティスム》」の回帰である。ここでは観客に正視しがたい映像を見せることによって、象徴的に「画面を潰す」ことになっていないか。「見る主体」(麗子)と「見られる主体」(武山中尉)の二重の自刃についても、身体と享楽のあいだの差延の反復であり、その否定ではないか。なぜ否定かと言えば、自分の身体の外部の他者もまた、自分の死の後に同じ死を遂げなければ、三島の享楽の回路は止まらないかのように、麗子の死が中尉の死よりも冷厳に描写されているからであり、見るものが見られるものとの差延を取り消そうとしているように見えるからである。

映画版『憂国』には、自死に直結する危うさもあるが、それに抵抗するラインも存在したのではないか。映画版『憂国』の演劇的エクリチュールの秘密は、三島の享楽と身体の統一性についての問い

＊12 Jacques Lacan, Le séminaire *Les non-dupes errent*, inédit, séance du 19 février 1974.
＊13 エリック・ローラン「自伝的虚構から犠牲の自伝的文楽へ」『三島由紀夫研究事典』(仮称)、水声社、近刊。
＊14 川端康成は、『雪国』の終わりにおいて、ひとりの女性の身体の飛び降りを描くのに、女性が垂直な姿勢のまま、真横に引かれた〈一〉という文字のように落下したと記している。この筆の冴えによって、川端は自らの「一なる印」に触れることができたと思われる。雪国という自らの故郷の風景に〈一〉を生み出す描線となっている。

掛けである。最初の享楽経験によって引かれた線を消し去る新たな線を引こうとしたのではないか。このようにして享楽の舞台そのものに終焉をもたらそうとしていると解釈することもできるのではないか。

楯の会の創設

三島の政治的活動は、剣道によって開示された日本の声とそれへの抵抗、さらに切腹の享楽とそれへの抵抗によって構造化されたのではないか。楯の会創設においても、剣の論理が自衛隊と楯の会の活動を通して研ぎ澄まされ組織化されていったが、三島の享楽の脱領域化の運動は弁証法的に進んでいったと思われる。

一九六八年フランスの五月革命の動きが全世界に波及するのを恐れて、三島は同年一〇月には日本の現状に危機を抱いていた学生に向けて楯の会を結成した。複数回の募集を経て八八名のメンバーを数えた。雑誌という媒体を利用する戦略は、諸刃の剣でマスコミに利用されることにもなったが、『奔馬』、『若きサムラヒのための精神講和』、『命売ります』、『文化防衛論』によって、剣道で得られた日本の声を伝える通底器を得た。それにより、全員が三島の政治的理想に忠実ではなかったが、天皇の空虚、軍隊の空虚、そして自らの存在的空虚を憂う学生が集まった。日本の伝統を基盤として自らの想像的共同体を現実のものとする機会を得た。実際には楯の会は武力を持たないと宣伝されていたが、初代学生長の持丸博によれば、自衛隊上層部に隠して実弾訓練もおこなっていた。

楯の会の長が持丸博から森田必勝に移行したことは、三島の享楽の論理の観点からすると大きな転機となる。一九六七年七月の自衛隊訓練以来、三島は森田と密接な関係を結び、やがて金銭的にも物質的にも支えるようになっていく。寡黙でがっちりとした体格の森田は自分の師よりもその享楽の原因について知り抜いていたのかもしれない。遺書も残さず、三島の影に融け込み、三島の死の裏で完全な沈黙のなかに消え去った。森田は三島の身体にぴったり合った手袋のような役割を果たすと同時に、死のプログラムから逃げられないような歯止めになったと思われる。三島には愛人が各地に散らばっていたが、森田は三島にとって掛け替えのない存在となり、その存在の核として居座ったということなのかもしれない。実際に享楽の回路の対象を体現してしまう人物が見つかり、「切腹ごっこ」ではなく「切腹」を実現できる相手と邂逅した。三島の幻想は着実に実現する方向に進む。

しかし、こうした楯の会での死へと向かう享楽の回路を現実のものとしていきながらも、ほぼ同時期にF104戦闘機に搭乗して、そうした回路から遠く離れたところで天空に自らの営為を空無化するような文字を描いてもいる（「私の内部に起るあらゆる出来事は、もはや心理や感情の羈絆を脱して、天空に自由に描かれる大まかな文字になった。」）*15。これは剣道の叫びとも、意味の脱落したスローガン（第3章参照）とも異なる。同じ『太陽と鉄』において、三島は「七生報国や必敵撃滅や死生一如や悠久の大義のように、言葉すくなに誌された簡潔な遺書は、明らかに幾多の既成概念のうちからもっとも壮大もっとも高貴なものを選び取り、心理に類するものは全て抹殺して、ひたすら自分をその壮麗な言葉に同一化させようとする矜りと決心をあらわしていた」*16と述べていたが、戦闘機によって記された「大まかな文字」は、戦時中の死の定言命法とは大きく異なっている。人間的な事象から離脱した文

*15　『太陽と鉄』、前掲、五七九頁。
*16　同上、五六三－五六四頁。

字、ひとつの円環を描いた線（trait）を自分の身体の延長である大空に描いている。

『太陽と鉄』（一九六八）の末尾で報告しているように、三島は上空四万五千フィートの高度へ昇り、音速を超えていくにつれ速度の感覚が麻痺して、「行動の果てにあるもの、運動の果てにあるもの」としての「静止」の感覚に浸った。「まわりの大空も、はるか下方の雲も、その雲間にかがやく海も、沈む太陽でさえ、私の内的な出来事であり、私の内的な事物であって不思議ではない」*17と、内部と外部が裏返る地点に到達したところで、「あれはなぜ引裂くのか。あれはなぜ、一枚の青い巨大なカーテンを素早く一口の匕首が切り裂くように切り裂くのか。その天空の鋭利な刃になってみたいとは思わぬか」*18と洩らしている。

『太陽と鉄』における「鉄」は、ボディビルディングのダンベルであり、自死の美学のオブジェたる日本刀であり、大空を切り裂く匕首としての戦闘機でもあるが、この匕首だけはひとつのエクリチュールを描くものとして享楽の無限後退に終止符を打つ手段として期待されたのではないか。当時最新鋭の戦闘機に接続して、享楽の回路を人間の身体の許容範囲ぎりぎりまで拡げた状態で三島が見たのは、音速で飛行しながら停止した自分自身と「日本」との闘いの絵《タブロー》であったように思われる。この戦闘機に搭乗することで、剣道では実現できなかった「形態自体が極度の可変性を秘めた、柔軟無比、ほとんど流動体が一瞬にえがく彫刻のようなもの」（『太陽と鉄』）が実現されたのではないか。そして享楽運動の停止しようとする三島の意志が上演されたのではないか*19。現代の特攻隊ではない。自らをイカロスに比して享楽世界に突っ込むが、そこには『英霊の声』で響く「政治に裏切られた国学的信条主義の長嘆」とは別な意味で重要な叫びが響いているように思われる。『太陽と鉄』はＦ１０４戦闘機搭乗の記述を軸として再読されなければならない。

一の線になること：三島の賭け

左翼運動の退潮により焦りを感じた三島は、行動の次元では、一九六九年一〇月二一日、国際反戦デー闘争に際して、楯の会出動の許可を自衛隊幹部に打診したが、自衛隊幹部と物別れに終わり、自衛隊抜きでの蹶起《けっき》のための行動を急いだとされる。このとき、一〇〇〇人を超える逮捕者が出たが、自衛隊の治安出動はなく、機動隊によって簡単に鎮圧された。なにより、自衛隊の訓練後に幹部との言葉のやりとりから、実弾の管理も非常に厳しく、自衛隊は三島が想像していたような組織ではないとあらためて気づかされる。この騒乱によって左翼の失墜が露呈してからは、三島と楯の会の一部は自衛隊を規定する日本国憲法の修正をするために、市谷駐屯地に突入して決起の檄を飛ばす契機となる予定であった。

こうした行動の背景となる政治的言説の次元では、三島はアメリカの反共政策と民主主義の拡大の路線に乗った日本資本主義の拡大を忌避し、文化大革命を押し進めた中国と言論の自由を奪ったソビ

＊17　同上、五七九頁。
＊18　同上、五七五頁。「自分で自分を喰らう蛇」の環＝回路となる。
＊19　この享楽の線を映画版『憂国』のなかで追ってみると、掛物にタイトルであるYukokuと毛筆で記されているのが目に入る。漢字でも揮毫が見出される。この映画版『憂国』では書道と能舞台を重合させたような舞台を設定して、能楽堂をひとつの白い紙に見たて、そこに「句読法《ポンクチュアシオン》」を入れていくことだろう。軍服を着た三島の身体像が前面に出されるが、その身体の表面に走る線も含めたセノグラフィーになっている。そしてそれを強調するモノクロの画が必要だったのだろう。二人の登場人物の死後、一本の線が舞台に引かれる。そこには眼差しを消し去ろうという意図のみならず、そもそも「画面を破る」ことを繰り返そうとしていないか。最初の享楽経験で引かれた分断線を引き直そうとするかのように。

エト連邦を嫌悪し、第一次世界大戦後の没落から癒えない西洋世界にも愛想を尽かした。また、「文化防衛論」にもあるように、ゾルレン／ザインとしての天皇の両概念を提示して、前者に日本文化の「再帰性、連続性、全体性」を保証させ、言論の自由と暴力を辞さない行動への権利を訴えた。また、ヴェトナム戦争で台頭した学生運動や反帝国主義運動などは疑似民族主義として批判した。

この経過において見過ごされがちなのは、三島が日本文化をひとりの〈他者〉として措定し、〈見る〉／〈見られる〉という想像的まなざしの構造のうちに置いていたことだ。「文化の再帰性とは、文化がただ「見られる」ものではなくて、「見る」者として見返してくるという認識に他ならない。」*[20]もはや見られるだけの――保存されるだけで、額縁に入れられて飾られるだけの――文化は終焉を迎えるべきであり、つねに刺激を与え、つねに享楽とスペクタクルを提供して、継承された伝統を活性化させ、「生きた伝統」にせねばならないと訴えていた。

ここに自らの死を犠牲として捧げて、日本の伝統という〈他者〉を享楽させる図式を見出すのは容易い。日本の伝統の中心にはゾルレンとしての〈天皇〉という〈他者〉を配置すれば、そのために自死するという構図も簡単に浮かび上がる。しかし、供儀の論理だけが三島のメッセージなのか。

再び「「国を守る」とは何か」を紐解いてみよう。そこでは三島と若者の対話が模されている。「君がもし、米軍基地闘争で日本人学生が米兵に殺される現場に居合わせたらどうするか?」という三島の問いに対して、若者は「ただちに米兵を殺し、自分はその場で自刃します」という透徹した返事をする。

そこから三島は三重の死（日本人学生の殺害、アメリカ兵への死の報復、若者の自害）について次のように説明する。アメリカ兵の暴力に対するナショナルな反応として、若者によるアメリカ兵殺害という攻撃性の発露があった。若者は法と秩序のために責任をとって自らの命を断つ。この行為は日本人としてのアイデンティティを誇示するための自害である。また、それは反米デモに繰り出した学生運動家たちから祭り上げられないための自害でもあるとされる。最後に一番重要な説明がなされる。「この自刃は、包括的な命名判断（ベネンヌクスウルタイル）を成立させる。すなわちその場のデモの群衆すべてを、ただの日本人として包括し、かれらを日本人と名付けるほかないものへ転換させるであろうからである。」*21

まず留意したいのは、ここには〈天皇〉への参照がないことである。映画版『憂国』と同じように〈天皇〉という存在への参照は脱落するのである。日本人という「包括的な命名（Benenungsurteil）」は、戦後日本の象徴たる〈一者〉なしに、若者の自死を群衆に見せつけることで成立するのである。

この逸話では、若者の自死は群衆を否応なく日本人として一括りにしてしまう。群衆の一人ひとりがそれまで日本人として自覚していたか否かにはまったく関係ない。政治的見解や信念の違いなども問わずに日本人にしてしまう法外な行為として自害を論じている。これは発話による名ざしの行為ではなく、若者の命を賭した行為への移行によって、若者自ら「一の線（trait unaire）」の身体になり、自刃の場面に居合わせた人間全てを〈一〉としてしまう行為である。「見る者」と「見られる者」の区別も一瞬消去され、個々の差異や分断を消し去られる。三島はそうした発話なしの「命名」行為を恐らく論じている。剣道において敵を凹みに押し込めたのと同じように、三島は自らの望むポス

＊20　三島由紀夫『文化防衛論』、『決定版 三島由紀夫全集35巻』、新潮社、二〇〇三年、四六頁。
＊21　三島由紀夫「「国を守る」とは何か」、前掲、七一八頁。

チュールに相手を押し込むのである。ここでは〈他者〉による承認は必要とされない。

「「国を守る」とは何か」のような目立たない新聞記事に記された虚構は、市ヶ谷自衛隊駐屯地という現実の場において実現された。線刻《トレ》は現実の自衛隊隊員たちの身体には走らなかったが、その当時の時代精神、文化的風土には雷で打たれたような衝撃をもたらした。こうした雲をつかむような事象（時代精神や文化的風土）こそ、第5章で論じた「流出」や「溝入」が当てはまる「場」である。三島は書物という舞台ではもう飽き足らなくなっていた。もっとリアルな場を求めて、すでに戦闘機に搭乗して天空に自らの享楽の文字を書き込もうとしていたくらいである。自らの身体と〈他者〉の身体という場に同時に線刻《トレ》を引くことができる方途を狙ったのではないだろうか。

しかし、こうした法外な手段に訴えながら、なぜ三島がゾルレンとしての〈天皇〉という超越的シニフィアンにしがみつくのか。三島は自らの自決行為によって〈天皇〉も自衛隊も動かないことは想定済みであっただろう。その絶え間ない退隠の連続のうちに日本の歴史の特質があることも百も承知だったはずだ。三島の提示したゾルレンとしての〈天皇〉とは、日本文化を保証する〈他者〉でも、日本文化の連続性と再帰性と全体性を象徴する〈一者〉なのでもない。現実の文化・政治・経済的構造とは無関係な次元、享楽の次元に「外－在（ex-sistence）」する空集合であった。〈一〉に到達すること、その場所に〈一者〉を立ち上げること、この二つは似て非なる事柄である。三島は、その政治的な言説はともあれ、自らの政治的な行為によって、〈一〉となり、三島を真剣に読む者全てにとっての永遠の謎として、あらゆる意味を排して孤立する「孔傷《トルゥマティスム》（troumatisme）」となったと主張できるのではないか。

結語

本書で連鎖《セリー》形式を選択したのは、蓮實重彦の言葉を借りれば、「一瞬のうちに成就して人目を無効にするその無時間的なできごとを、線状に配置されて物語におさまるまいとする点状の言葉によって語りつごうとする」*1 ためである。

三島は「物語」を書き続けてきたが、生涯のある時点で筆を折った。その決断は自らの人生の幕を閉じる劇と重ねられた。これも本来ひとつの「物語」となるはずだったが、いかなる「物語」にも回収不可能な出来事になった。この三島の最期の謎のため、現在でも研究書が書き続けられている。

本書は、ラカンの言葉をつねに反芻しながら、三島の作品と生涯を紐解き、「点状の言葉」の顕現を追いかけ、最終的には文字の飛翔もしくは線刻の眩さの反復として、三島の自刃の行為を把握しようと試みた。

本書の著者は線状の言葉しか綴ることができないが、それでもラカンの精神分析実践の文体《スティル》に倣った読解を試みたのは、無意識が開示する稀有な瞬間と断絶を最大限に尊重する精神分析家として、ラカンがまさに「点状の言葉」でのみ語った主体だったからである。彼は精神分析の諸概念の稜線を峻険にして、その適用を誰よりも厳しく自制した。

*1　蓮實重彦「石川淳または独楽の快楽」『文学批判序説』河出文庫、一九九五年、七三―七四頁。

こうしたことについては、本書の著者も随分前から理解しているつもりではいた。しかし、ラカンが真理を「半分だけ言う（mi-dire）」（S.XX. 80／一六三頁）と語るまでに、どれほど厳しい文体《スティル》構築を自己に課したのか。こうした点については、最近になってようやく察することができるようになった。

それは、ラカンの慎重な言葉の選び方をノートに書き写し、その限界まで彫琢された文法構造の分解を試み、その音の断片がセミネールでどのように発音されるかを録音資料に耳を澄ませたからだと思われる。

ラカンが「リチュラテール」の書かれた原稿をセミネールで読み上げるのを聴き入ったとき、水面から鳥が飛翔するように、ラカンの文字が紙面から飛び立つかのような印象を受けた。幾つかの単語は読み飛ばしているか、聴き取ることができないほどの速さで発していて、ヘッドフォン越しではあるが軽く眩暈《めまい》を覚えた[*2]。

点状の言葉で書かれていても、それに相応しい発音の仕方が伴っていなければ、すぐに線状の言葉に堕してしまう。本書の後半部分で言及した「流出」と「溝入」の概念は、ラカンのエクリチュールがパロールに変容する瞬間に神経を研ぎ澄ませて聴き入ったことで浮かび上がってきた。

絶妙な仕方で発話されて、独特の絵《タブロー》に生まれ変わるラカンの文体《スティル》に触発されて、三島によって自由自在に繰り出される美しい文字の群れが、彼にとって超自我の役割を果たしていることを意識したり、その饒舌な言葉の行間から一言だけ溢れた死の欲動の線《ライン》が視界に入ったりするようになった。ラカンのエクリチュールは、まさにジョイスについてのベケット評――「意味が踊りであるとき、言葉も踊る」[*3]――ではないが、他者のシニフィアンを踊らせるようだった。

概して、精神分析は症状に意味を与える営みと考えられているが、そうではなく意味を擦り減らし、消尽させていく側面もある。そして、意味とは別のところにある文字と享楽を揺り動かす方途を探る側面もある。晩年のラカンは極力意味を媒介しない解釈を探求していたように思われる。意味を経由しない解釈の方向性は、わたしの分析経験のなかに深く刻み込まれているものでもあり、三島作品を読み解くなかでも示唆したい事項だった。シニフィアンの切断《スカンシヨン》によってではなく、エクリチュールの措辞《ディクション》によって無意識の冥界を揺り動かすこと、これが三島とラカンを繋げる線刻《トレ》の瞬間である。

＊2　当時の質の悪い録音器具で録音されたラカンの声でこうした反応が出るのであれば、実際にこのセミネールを聴講し、かつ彼に精神分析を受けていた人間には、相当な衝撃を与えたのではないか。ラカンのセミネール等の録音文献については次のパトリック・ヴァラス（Patrick Valas）のサイトを参照のこと。http://www.valas.fr/?lang=fr

＊3　ベケット『ジョイス論／プルースト論』高橋康也訳、白水社、一九九六年、一〇六頁。

謝辞

一冊の書物は同時代を生きる者のためだけに書かれるのではない。もはやここにはおらず、もしくは、まだここに到来していない、他者のためにも書かれなければならない。本書は、精神分析と三島由紀夫のことをまだ知らない読者（老若男女を問わない）を想定して書かれたが、同時に、鬼籍に入ったふたりの精神分析家に謝辞を捧げるためにも書かれた。

セルジュ・コテ教授（Serge Cottet, 1942–2017）のような偉大な臨床家に導かれて、フロイトとラカンの読解の基礎を習い覚え、サド侯爵についての博士論文の指導を受けることができたのは幸いだった。三島由紀夫について調べるようにと示唆を与えてくれたのはコテ教授である。わたしの博士論文の表紙を眺めながら、「これはブンガクだな（C'est de la littérature）」とボソリと語ることで精神分析臨床の現場に早く入れと急き立てたり、三島についての博士論文補遺の題目を見詰めて「本当に『筋肉のメランコリー』でいいのかな？」とこちらをいたずらっぽく覗き込んできたりした。どこか達観したような、しかし温かいコテ教授のまなざしをいまでもよく覚えている。葬式にも出席できず、墓前で礼を述べる機会も現在までなかった。この場を借りて、こころから感謝の意を示したい。

友人フランツ・カルテンベック氏（Franz Kaltenbeck, 1944–2018）にもこころからの謝意を表したい。配偶者ジュヌヴィエーヴ・モレル氏やご子息とともに休暇を過ごすなど家族ぐるみの付き合いを許された。そうした親密な席において、精神分析家の舞台裏をユーモアたっぷりに披露してくれたおかげで、わたしは精神分析をつねに日常レベルで抱えることを学んだ。なにより、フォスター・ウォラス、プルースト、ネルヴァル、ベケット、ジョイス、シュティフター、カフカなど文学と精神分析の論稿の安定したクオリティにはつねに目を奪われた。その知にあやかり、本書の副題は彼の主著『ラカンとともに読む（*Lesen mit Lacan*）』から拝借した。文学についても臨床についても、こちらがようやく質問できる準備ができたときに、旅行滞在中の金沢で急逝されたのが悔やまれる。

＊

白百合女子大学の井上隆史教授にはつねに精神的なサポートをいただいた。とくにパリで開催された三島の国際学会に招待いただかなければ、ここに掲載された論文の幾つかは執筆されなかったはずである。また、東京大学の原和之教授、江戸川大学の荒谷大輔教授、東京大学大学院／ダブリン・トリニティカレッジの今関裕太氏にもモラル・サポートをいただいた。こころより感謝申し上げる。

晃洋書房編集部の吉永恵利加氏にもこころより感謝の意を表したい。二〇二〇年一一月初旬、約一〇年ぶりにメールを送り、三島由紀夫についての著作を準備していると伝えた。そこから幾度もやりとりをしたが、思慮深い知性の持ち主によって、原稿に目を通していただいたことは救いだった。去年の秋、刻一刻と迫る帰国日に焦りながら幾つか原稿を仕上げ、なだれ込むようにして飛行機に搭乗すると、東京では予想外に長い喪の作業が待っていた。本書の執筆はその作業の中軸となり、本書の出版はこの作業に終止符を打つだろう。これについては分析家のエリック・ローラン氏と考究することになるだろう。

＊

二〇一九年秋から翌年秋まで在外研究に出ることができたのは、学校法人青山学院、青山学院大学総合文化政策学部の同僚、および同大学学術推進部のみなさまのおかげである。こころよりお礼申し上げる。また、同学部の福田ゼミに所属したすべてのゼミ生たちに感謝の念を捧げたい。彼ら彼女らとともに三島作品を読み込んだおかげで、本書の大部分は執筆された。同研究科の諸岡優鷹氏には第1章に目を通していただいた。感謝申し上げる。

最後になるが、留学時代、さらには在外研究中に精神、物質両面で支えてくれた両親に感謝する。また、長きにわたる執筆活動を支えてくれた妻の綾香に深く感謝する。出生前検診の結果を待つ不安の日々、コロナ禍のパリでの出産、さらには帰国後の東京での子育て、厳しい瞬間の連続であったに違いない。こうした経験は彼女の将来の執筆活動にも多かれ少なかれ影響を及ぼすだろう。そのときにはできるだけの支援をしたい。息子の千尋にも無事に生まれてきてくれて本当にありがとうと伝えたい。

二〇二一年七月一四日

福田大輔

初出一覧

第3章「三島由紀夫　筋肉のメランコリー」『I. R. S. ジャック・ラカン研究』（日本ラカン協会）、九一一〇号、二〇一三年、一〇六—一三七頁。

第4章「三島由紀夫　家族の見掛けと対象aの弁証法」『I. R. S. ジャック・ラカン研究』（日本ラカン協会）、一一号、二〇一三年、一〇六—一二九頁。

第6章《La dialectique du maître et de l'esclave dans *Madame de Sade* de Mishima». in *Savoirs et clinique*, Érès, Toulouse, 2016, pp. 64-71.

「三島由紀夫　美徳による革命と反革命——『サド侯爵夫人』における政治的行為とテロルの拒否を巡って——」『アウリオン叢書』（白百合女子大学言語・文学研究センター編）、二〇号、弘学社、二〇二一年、一〇九—一二〇頁。

第7章「剣と身体の享楽——三島由紀夫の政治的無意識」『三島由紀夫小百科』井上隆史・久保田裕子・田尻芳樹・福田大輔・山中剛史編、水声社、二〇二一年、一六一—一七三頁。

第1章、第2章、第5章に関しては、本書のために書き下ろした。また、単行本化にあたり、いずれの論文についても大幅な改稿を施してある。

人名索引

ら

わ

事項索引

本文中にて項目の説明がされているページについては太字で表した。

あ

か

さ

ら

文　献

三島由紀夫の著作

三島由紀夫『決定版 三島由紀夫全集』全 42 巻・補巻・別巻、新潮社、2000-2006 年。

Mishima Yukio, *Confession d'un masque*（『仮面の告白』）traduit de l'anglais par R. Villoteau, Paris, Gallimard, 1972.

——— *Les amours interdites*（『禁色』）traduit du japonais par R. de Ceccatty et R. Nakamura, Paris, Gallimard, 1989.

——— *Le pavillon d'or*（『金閣寺』）traduit du japonais et préfacé par M. Mécréant, Paris, Gallimard, 1961.

——— *Patriotisme*（『憂国』）in *La mort en été: nouvelles*, traduit de l'anglais par D. Aury, Paris, Gallimard, 1983.

——— *Madame de Sade*（『サド侯爵夫人』）version française de André Pieyre de Mandiargues, Paris, Gallimard, 1976.

——— *Le soleil et l'acier*（『太陽と鉄』）traduit de l'anglais par T. Kenec'hdu, Paris, Gallimard, 1993.

——— *La mer de la fertilité*（『豊饒の海』）traduit de l'anglais par T. Kenec'hdu, précédé d'un texte de Marguerite Yourcenar, Paris, Gallimard, 1988.

フロイトの著作

Sigmund Freud, *Gesammelte Werke*, Bände I-XVIII, Frankfurt am Main, Ficher Verlag, 1999 (1940).『フロイト全集』全 22 巻・別巻、岩波書店、2006-2020 年。

———「ある幼児期神経症の病歴より」小此木啓吾訳、『フロイト著作集 9』、人文書院、1983 年、348-456 頁。

———『「ねずみ男」精神分析の記録』、北山修編集・監訳、人文書院、2006 年。

ラカンの著作

Jacques Lacan, *Écrits*, Paris, Seuil, 1966.『エクリ』全 3 巻、宮本忠雄、佐々木孝次ほか訳、弘文堂、1972-81 年。

——— *Autres Écrits*, Paris, Seuil, 2001.
——— «La troisième» in *Lettres de l'École freudienne*, n° 16, Paris, 1975, pp. 177-203.

ラカンの『セミネール』

Jacques Lacan, *Le Séminaire Le Livre I, Les écrits techniques de Freud*, texte établi par Jacques-Alain Miller, Paris, Seuil, 1975.『フロイトの技法論（上・下）』小出浩之・鈴木國文・小川豊昭・小川周二訳、岩波書店、1991 年。

——— *Le Séminaire Le Livre II, Le moi dans la théorie de Freud et dans la technique de la psychanalyse*, texte établi par Jacques-Alain Miller, Paris, Seuil, 1978.『フロイト理論と精神分析技法における自我（上・下）』小出浩之・小川豊昭・鈴木國文・南淳三訳、岩波書店、1998 年。

——— *Le Séminaire Le Livre III, Les psychoses*, texte établi par Jacques-Alain Miller, Paris, Seuil, 1981.『精神病（上・下）』小出浩之・川津芳照・鈴木國文・笠原嘉訳、岩波書店、1987 年。

——— *Le Séminaire Le Livre IV, La relation d'objet*, texte établi par Jacques-Alain Miller, Paris, Seuil, 1994.『対象関係（上・下）』小出浩之・鈴木國文・菅原誠一訳、岩波書店、2006 年。

——— *Le Séminaire Le Livre V, Les formations de l'inconscient*, texte établi par Jacques-Alain Miller, Paris, Seuil, 1998.『無意識の形成物（上・下）』佐々木孝次・川﨑惣一・原和之訳、岩波書店、2005-2006 年。

——— *Le Séminaire Le Livre VI, Le désir et son interprétation*, texte établi par Jacques-Alain Miller, Paris, de la Martinière, 2013.

——— *Le Séminaire Le Livre VII, L'éthique de la psychanalyse*, texte établi par Jacques-Alain Miller, Paris, Ed. du Seuil, 1986.『精神分析の倫理（上・下）』小出浩之・鈴木國文・保科正章・菅原誠一訳、岩波書店、2002 年。

——— *Le Séminaire Le Livre VIII, Le transfert*, 2e édition, texte établi par Jacques-Alain Miller, Paris, Seuil, 2001.『転移（上・下）』小出浩之・鈴木國文・菅原誠一訳、岩波書店、2015 年。

——— *Le séminaire Livre IX, L'identification*, inédit.

——— *Le Séminaire Le Livre X, L'angoisse*, texte établi par Jacques-Alain Miller, Paris, Seuil, 2004.『不安（上・下）』小出浩之・鈴木國文・菅原誠一・古橋忠晃訳、岩波書店、2017 年。

——— *Le Séminaire Le Livre XI, Les quatre concepts fondamentaux de la psychanalyse*, texte établi par Jacques-Alain Miller, Paris, Seuil, 1973. 『精神分析の四基本概念（上・下)』小出浩之・新宮一成・鈴木國文・小川豊昭訳、岩波文庫、2020 年。

——— *Le séminaire XII, Les problèmes cruciaux de la psychanalyse*, inédit.

——— *Le séminaire XIII, L'objet de la psychanalyse*, inédit.

——— *Le séminaire XIV, La logique du fantasme*, inédit.

——— *Le séminaire XV, L'acte psychanalytique*, inédit.

——— *Le Séminaire Le Livre XVI, D'un Autre à l'autre*, texte établi par Jacques-Alain Miller, Paris, Seuil, 2006.

——— *Le Séminaire Le Livre XVII, L'envers de la psychanalyse*, texte établi par Jacques-Alain Miller, Paris, Seuil, 1991.

——— *Le Séminaire Le Livre XVIII, D'un discours qui ne serait pas du semblant*, texte établi par Jacques-Alain Miller, Paris, Seuil, 2006.

——— *Le Séminaire Le Livre XIX, ... ou pire*, texte établi par Jacques-Alain Miller, Paris, Seuil, 2011.

——— *Le séminaire, Le savoir du psychanalyste*, inédit.

——— *Le Séminaire Le Livre XX, Encore*, texte établi par Jacques-Alain Miller, Paris, Seuil, 1975.『アンコール』藤田博史・片山文保訳、講談社選書メチエ、2019 年。

——— *Le séminaire XXI, Les non-dupes errent*, inédit.

——— *Le séminaire XXII, R.S.I.*, inédit.

——— *Le Séminaire Le Livre XXIII, Le sinthome*, texte établi par Jacques-Alain Miller, Paris, Seuil, 2005.

その他の文献

Serge Cottet, *L'inconscient de papa et le nôtre*, Paris, Éditions Michèle, 2012.

——— *Freud et le désir du psychanalyste*, Paris, Navarin, 1996.

Franz Kaltenbeck, *L'écriture mélancolique. Kleist, Stifter, Nerval, Foster Wallace*, Toulouse, Érès, 2019.

——— *Lesen mit Lacan. Aufsätze zur Psychoanalyse*, Berlin, Parados

Verlag, 2013.

Ernst Kretschmer, *Körperbau und Charakter: Untersuchungen zum Konstitutions-Problem und zur Lehre von den Temperamenten*, 23. & 24. wesentlich verbesserte und vermehrte Aufl., Berlin, J. Springer, 1961. エルンスト・クレッチマー『体格と性格』斎藤良象訳、肇書房、1944年。

Marie-Claude Lambotte, *Le discours mélancolique*, Paris, Anthropos, 2003.

——— «Mélancolie» in L'apport freudien, Éléments pour une encyclopédie de la psychanalyse, sous la direction de Pierre Kaufmann, Paris, Larousse, 1998, pp. 305-311. マリー＝クロード・ランボット「メランコリー」『フロイト&ラカン事典』弘文堂、1997年、351-355頁。

Éric Laurent, «De l'autofiction à l'auto-Bunraku sacrificiel. Réflexions psychanalytiques sur l'œuvre de Mishima Yukio»「自伝的虚構から犠牲の自伝的文楽へ」『三島由紀夫研究事典』(仮称)、水声社、近刊。

——— «La lettre volée et le vol sur la lettre» in *La Cause Freudienne*, n° 43, Paris, Navarin, 1999, pp. 31-46.

——— «Mishima avec Joyce. Le corps parlant et le trou de la langue», intervention prévue pour le colloque international de Mishima, annulée à cause des attentats du 15 novembre 2015.「三島とジョイス 語る身体と言語の孔」『混沌と抗戦 三島由紀夫と日本、そして世界』水声社、2016年、315-322頁。

——— *L'envers de la biopolitique*, Paris, Navarin, 2016.

Ruth Mack Brunswick, A Supplement to Freud's 'History of an Infantile Neurosis'. *International Journal of Psychoanalysis*, vol. 9, 1928, pp. 439-476. ルース・マック・ブランスウィック「フロイトの「ある幼児期神経症の病歴より」への補遺」、『狼男による狼男』ミュリエル・ガーディナー編著、馬場謙一訳、みすず書房、187-241頁。

Jean-Claude Maleval, «Fantasme nécrophile et structure psychotique (II)» in *Mental Revue Internationale de psychanalyse*, n° 23, Eurofédération de psychanalyse (EFP), 2009, pp. 155-177.

Octave Mannoni, «L'athéisme de Freud» in *Ornicar?*, n° 6, Paris, Navarin, 1976, pp. 21-32.

Geneviève Morel, *La loi de la mère. Essai sur le sinthome sexuel*, Paris, Anthropos, 2008.

——— *L'ambiguïté sexuelle. Sexuation et psychose*, Paris, Anthropos, 2000.
Maurice Merleau-Ponty, *L'Œil et l'esprit*, Folio Gallimard, Paris, 1964. メルロ＝ポンティ『眼と精神』滝浦静雄・木田元訳、みすず書房、1976年。
——— *Le visible et l'invisible: suivi de Notes de travail*, Gallimard, Paris, 1964, メルロ＝ポンティ『見えるものと見えないもの』滝浦静雄・木田元訳、みすず書房、1989年。
——— *Signes*, Gallimard, Paris, 1964, メルロ＝ポンティ『シーニュ』全2冊、竹内芳郎ほか訳、みすず書房、1969-1970年。
Naguo Nishikawa, *Le roman japonais depuis 1945*, Paris, PUF, 1988.
Élisabeth Roudinesco, *Sigmund Freud En son temps et dans le nôtre*, Paris, Seuil, 2014. エリザベート・ルディネスコ『ジーグムント・フロイト伝』藤野邦夫訳、講談社、2019年。
Jean-Paul Sartre, *L'être et le néant*, Paris, Gallimard, 1943 (1976), ジャン＝ポール・サルトル『存在と無』松浪信三郎訳、『サルトル全集』第18-20巻、人文書院、1956-1960年。

井上隆史『三島由紀夫　虚無の光と闇』試論社、2006年。

———『三島由紀夫 豊饒なる仮面』新典社、2009年。

———『三島由紀夫 幻の遺作を読む もう一つの『豊饒の海』』光文社新書、2010年。

———『「もう一つの日本」を求めて 三島由紀夫『豊饒の海』を読み直す』現代書館、2018年。

猪瀬直樹『ペルソナ 三島由紀夫伝』文藝春秋、1999年。

岡山典弘「三島由紀夫と橋家」『三島由紀夫研究11』鼎書房、2011年、112-127頁。

青海健『三島由紀夫とニーチェ』青弓社、1992年。

川上陽子『三島由紀夫〈表面〉の思想』水声社、2013年。

ドナルド・キーン／徳岡孝夫『悼友紀行』、中公文庫、1981年。

久保田裕子「模型という比喩――三島由紀夫『金閣寺』――」『三島由紀夫研究6』鼎書房、2008年、63-75頁。

ヘンリー・スコット＝ストークス『三島由紀夫 生と死』徳岡孝夫訳、清流出版、1998年。

『年表 作家読本 三島由紀夫』松本徹編、河出書房新社、1990年。

澁澤龍彥「解説」『音楽』新潮文庫、1965年。

武内佳代「三島由紀夫『暁の寺』その戦後物語――覗き見にみえるダブルメタファー」『お茶の水女子大学人文科学紀要』第55巻、2002年、1-13頁。

田中美代子「半教養小説」『決定版 三島由紀夫全集7巻』新潮社、2001年、月報。

堂本正樹『回想 回転扉の三島由紀夫』文春新書、2005年。

村松剛『三島由紀夫の世界』新潮文庫、1996年。

蓮實重彦「石川淳または独楽の快楽」『文学批判序説』河出文庫、1995年。

福島次郎『三島由紀夫　剣と寒紅』文藝春秋、1998年。

サミュエル・ベケット『ジョイス論／プルースト論』高橋康也訳、日水社、1996年。

許昊「『金閣寺』論――手記とモノローグの間――」『三島由紀夫『金閣寺』作品論集』佐藤秀明編、近代文学作品集成17、2002年、116-125頁。

マルグリット・ユルスナール『三島あるいは空虚のヴィジョン』河出書房新社、1982年。

山中剛史「肉体が見出す「日本」――三島由紀夫「太陽と鉄」覚書――」『三島由紀夫研究17』鼎書房、2017年、117-124頁。

吉本隆明「良寛書字 無意識のアンフォルメル」『良寛』春秋社、2004年。

吉本隆明・石川九楊『書 文字 アジア』筑摩書房、2012年。

《著者紹介》

福田 大輔（ふくだ　だいすけ）

2011年　パリ第８大学大学院精神分析研究科博士号取得
現　在　青山学院大学総合文化政策学部教授

主要業績

『混沌と抗戦　三島由紀夫と日本、そして世界』（共著、水声社、2016年）
『精神分析の名著　フロイトから土居健郎まで』（共著、中公新書、2012年）
Sigmund Freud, Immer noch Unbehagen in der Kultur ? （共著、Diaphanes, Zurich/Berlin, 2009）
アラン・ヴァニエ『はじめてのラカン精神分析』（共訳、誠信書房、2013年）

筋肉のメランコリー
ラカンとともに読む三島由紀夫

2021年９月20日　初版第１刷発行

著　者　福田大輔©
発行者　萩原淳平
印刷者　藤原愛子

発行所　株式会社 晃洋書房
京都市右京区西院北矢掛町７番地
電話　075（312）0788㈹
振替口座　01040-6-32280

印刷・製本　藤原印刷㈱
装幀　安藤紫野

ISBN978-4-7710-3528-7